瑪麗迷宮

Lauren Groff

蘿倫・葛洛芙——著　尤傳莉——譯

Matrix

獻給我所有的姐妹們

譯者說明

歐洲中世紀的修院生活，以一天八次的時辰頌禱禮為主要時間架構。教堂敲鐘既是提醒祈禱時間，也有報時的作用。本書的時間描述，便是遵照此架構。

以下將這些時辰頌禱禮換算為現代的時間，以供讀者參考。

必須說明的是，這些時間只是概略。因為當時的計時技巧並不精確，時間感也比今日緩慢許多。且可能因為各地緯度和季節，祈禱時間便有所調整，同一祈禱的冬夏差異時間，有可能長達兩小時。

守夜祈禱（Matins）	深夜，約0點。
晨曦禱（Lauds）	上午3點。
第一時辰祈禱（Prime）	上午6點。
第三時辰祈禱（Terce）	上午9點。
第六時辰祈禱（Sext）	正午。
第九時辰祈禱（Nones）	下午3點。
晚禱（Vespers）	下午6點。
睡前禱（Compline）	下午9點。

第一部

1

她獨自策馬出林。年方十七，在三月的寒冷微雨中，她是來自法蘭西的瑪麗。

這是一一五八年，世間承受著四旬節[1]晚期的疲憊。復活節很快就要到了，今年來得比較早。在田野裡，黑暗冰冷土壤內的種子紛紛舒展，準備要衝向更自由的空氣中。此時她生平第一次見到那所修女院，蒼白而孤立，位於這片潮溼谷地裡的一座小丘上。來自海洋的雲朵在此停駐，繚繞著丘陵，形成恆常不斷的降雨。一年裡的大部分日子，這個地方都是在潮溼中蓬勃生長的翠綠色和寶石藍，充滿綿羊、蒼頭燕雀和蠑螈，肥沃的土壤中冒出小巧玲瓏的蘑菇。不過現在是深冬，眼前只是一片灰天灰地，充滿陰影。

她的老戰馬悶悶不樂地跋涉前行，一隻灰背隼在她鞍後箱子上那個柳條鷹籠內顫抖。

1 Lent，又譯大齋期、封齋期等。從聖灰星期三至復活節的四十天齋戒期（星期日除外），在此期間每天只吃一頓正餐。

風聲靜歇。樹木停止騷動。

瑪麗覺得整個鄉間都在觀察她的移動。

她個子很高，是個少女巨人，手肘和膝蓋笨拙地突出；微雨在她身上累積成一道道細流，沿著海豹皮的斗篷淌下，將綠色頭巾染得溼黑。她那張安茹人的素淨臉龐上沒有美貌，只有尚未收斂的精明和熱情。溼溼的臉是被雨淋的，而非淚水。打從她形同被逐出宮廷之後，到現在還沒有哭過。

兩天前，埃莉諾王后[2]出現在瑪麗的房門口，胸脯豐滿，金髮濃密，身上穿著貂皮襯裡的藍色長袍，雙耳和手腕垂著珠寶，念珠閃閃發亮，身上的香水濃得可以熏倒人。她的意圖向來就是以震懾讓對方卸下武裝。成群貴族女伴站在她後頭，遮掩著笑容，其中包括了瑪麗的同父異母妹妹，同樣是國王的私生女，也是父親的出軌慾望所造成的結果；但這個偷笑的少女知道在宮廷裡受歡迎有多麼重要，當初一發現瑪麗想跟她成為朋友，就嚇得保持距離。日後她將會成為威爾斯王妃。

瑪麗笨拙地行了個屈膝禮，埃莉諾步伐輕悄流暢地進入房間，鼻孔抽動著。

王后說她得到消息，啊多麼愉快的消息，真是讓人鬆了口氣，她才剛接到教宗的豁免令，那匹可憐的馬因為要在今天早上把信送來，一路急奔得太快而心臟爆掉了。

王后說，由於她這幾個月來的努力，來自法蘭西曼恩貧窮鄉下的可憐瑪麗，終於當上一所王室修女院的副院長了。這不是太令人高興了嗎？現在他們終於知道該怎麼處理國王這位古怪的異母妹妹了。現在他們終於能讓瑪麗派上用場了。

王后畫著深濃眼線的雙眼望著瑪麗一會兒，然後走到那扇俯瞰著花園的高窗前，之前瑪麗已經打開了窗子外頭的遮光板，於是只要踮起腳趾，便可以看到人們在外頭行走。

等到瑪麗的嘴巴終於能動，才啞著嗓子說，很感激王后的恩澤眷顧，但是啊不，她不能成為修女，她不配，何況她從來沒有經歷過任何形式的天主召喚，完全沒有。

這是實話，她雖然從小在天主教環境裡長大，但總覺得這種充滿神祕與儀式的信仰有點愚蠢，因為她不明白為什麼有的小孩生來就有罪，為什麼她要向看不見的力量祈禱，為什麼神是三位一體，為什麼她覺得自己胸懷大志、熱血沸騰，卻被視為次等的，只因為世上第一個女人是由一根肋骨造的，又吃了一顆果子而被逐出懶散的伊甸園？太沒有道理了。她的信仰從很小的時候就扭曲了；從此長得愈來愈歪，自行發展

2 史上通稱為「阿基坦的埃莉諾」（Eleanor of Aquitaine, 1122-1204），為阿基坦女公爵與普瓦捷女伯爵，先嫁法蘭西國王路易七世，後被宣告婚姻無效，又與英格蘭國王、金雀花王朝的開創者亨利二世結婚。她性格強勢，深具政治野心與謀略天賦，除了自己的領地之外，也曾數度擔任英格蘭攝政者，同時是史上唯一參加過十字軍東征的王后，公認為當時全歐最有權力的女性。

成一種有稜有角的壯觀模樣。

但是她才十七歲，在西敏宮廷這個閒置的房間裡，遠遠比不上優雅又熱愛故事的王后。而王后雖然身體嬌小，卻吸走了瑪麗腦袋裡所有的亮光、所有的思緒，還吸走了她肺裡所有空氣。

埃莉諾只要看著瑪麗，就讓瑪麗覺得打從離開曼恩以來，自己從來沒有這麼渺小過。她的六個阿姨不是死了，就是嫁了、或去當修女，她母親當年拉著瑪麗的手，按在自己雙乳之間愈來愈大的那個卵形腫塊上，露出大大的笑容但雙眼含淚，說啊親愛的原諒我，我快死了；那具龐大又強壯的身軀迅速地萎縮成骷髏，呼出的氣息好難聞，接著就再也沒有呼吸了，於是瑪麗按壓著母親的肋骨，想把自己所有的生命力灌注進去，還不斷祈禱，但是那顆心臟依然靜止不動。當年十二歲的瑪麗高高站在那風大的埋葬地，心中充滿忿恨；之後是兩年的孤單，因為她母親過世前堅持保密自己的死訊，說否則家族裡的那些豺狼一旦知道，就會搶走瑪麗手上的莊園，瑪麗只是個被強暴而生下的私生女，年幼未婚，沒資格繼承任何財產；那兩年孤單的日子，瑪麗想盡辦法弄到那片土地上所能換來的每一分錢。然後騎馬奔過遠方的橋，逃到盧昂，接著渡過英吉利海峽，來到同父的婚生子哥哥位於西敏的王室宮廷，在這裡，瑪麗的大食量、生澀、笨拙的大骨架身軀嚇壞了所有人；在這裡，她王室血統所賦予的種種特權，大部分都因為她個人的缺點而被取消了。

這會兒埃莉諾取笑瑪麗拒絕她的好意，嘲弄她。可是啊可是，瑪麗真以為她有朝一日能嫁掉嗎？她這麼一個亡命鄉巴佬？比別人高出三個頭，身軀龐大沉重，外加她可怕的低沉嗓音、她的大手、她的愛爭論，還會使劍？誰會願意娶瑪麗這樣缺乏美貌、連一丁點女性技藝都沒有的女人當妻子呢？不，不，現在這個安排比較好，事情老早在去年秋天就已決定，她全家人也都贊同。瑪麗懂得如何管理大莊園，會書寫四種語文，會記帳，在她母親過世後，她雖然還只是個稚嫩的少女，卻對這一切都應付裕如，更厲害的是，她做得太好了，於是有整整兩年，所有人都以為這些全是她母親做的。當然，這表示瑪麗即將去擔任副院長的那家修女院非常窮，現在修女們都快餓死了，真可憐。幾年前她們失去了埃莉諾的歡心，從此就飽受貧困之苦。此外，那裡現在還有一種疾病在肆虐。王后可不能讓一所王室修女院的修女們餓死，或是死於一種可怕的咳嗽病！那會讓她顏面無光的。

她那對畫了黑線圈的冰冷雙眼牢牢盯著瑪麗；瑪麗沒有勇氣和她對視。王后告訴瑪麗要有信心，過一段時間她就會成為頗優秀的修女。任何有眼睛的人都看得出來，她始終註定要成為修女。

說到這裡，那些貴族女伴們才發出笑聲。瑪麗真想掐住那些咯咯亂笑的嘴巴，讓她們閉嘴。埃莉諾伸出一隻戴滿戒指的手，輕聲說瑪麗一定要學著愛自己的新生活，一定要學著盡力過好日子，因為這既是上帝的願望，也是王后的願望。明天她就會由一名王室護衛陪同，帶著王后的祝福上路。

瑪麗不曉得還能怎麼辦，只能用兩隻粗糙的大手握住王后那隻白白的小手吻了一下。好多事在她心中糾結。她好想把那隻柔軟的小手送進嘴裡咬出血；她想用自己的匕首將那隻手從手腕處切下來，塞進自己的緊身胸衣裡，當成聖人遺物般永遠保存。

王后迅速離開。瑪麗暈眩地回到床上，讓她的女僕瑟希莉吻她的頭、她的嘴、她的脖子。瑟希莉像狗一般直率而忠誠。她生著悶氣喃喃胡亂咒罵，說王后是個骯髒淫蕩的南方人，說她第一次當上王后只為了一頭憤怒的法蘭西母豬，第二次則是為了一盤嗆人的英格蘭鰻魚，還說任何人只要唱一首歌就能跟她上床，真的只要唱一首浪漫的歌，她就會掀起裙子，如果她的每個小孩看起來都不像，那是有原因的，還說魔鬼把惡意傳送到那顆王室腦袋裡，啊瑟希莉真聽過不少邪惡的故事。

最後瑪麗終於從震驚中清醒過來，叫女僕安靜點，因為王后的香水味仍在房間裡逗留不去，像個監視的鬼魂。

接著瑟希莉開始哭，把一張乾淨的臉哭得好醜，滿是鼻涕和汙漬，同時給了瑪麗第二個打擊。她說自己不會陪瑪麗去修女院。雖然她愛主人，但是她太年輕了，還有太長的人生要活，不能跟一群眼神死氣沉沉的修女永遠活埋在一起。瑟希莉天生適合結婚，看看這個臀部，可以生出十個活潑的寶寶，何況她的膝蓋不好，實在不是跪著祈禱一整天的料。成天起身又跪下、起身又跪下，活像土撥鼠似的。沒錯，明天早上，瑟希莉和瑪麗就要分開了。

瑪麗和瑟希莉從小就是好友，在她位於法蘭西曼恩的莊園裡，瑟希莉是廚子的女兒，這個粗野的女孩直到這一刻都是瑪麗的一切，是她的女教師、姐妹和僕人，是她的歡愉，也是全英格蘭唯一愛她的人。此時瑪麗終於明白，她將獨自被送去當個活死人了。

瑟希莉一直哭，一遍又一遍地說，啊親愛的瑪麗，啊她的心如刀割。

瑪麗聽了掙脫身子，說這一定是最不忠誠的刀割形式。

然後她起身，從敞開的窗子望著外頭籠罩在濃霧中的花園，覺得心中的太陽落下了。她把杏核放進嘴裡，那是來自她去年夏天從王后的私人桃樹上偷摘來的杏子，因為在秋天和冬天時，她喜歡吸吮杏核裡頭的苦味。她心中的風景已經吹起了黃昏的寒風，陰影中的一切都變得怪誕而陌生。

同時瑪麗覺得，過往那種令她神魂顛倒的愛逐漸消褪了，這份愛曾經充滿她來到英格蘭埃莉諾宮廷後的這幾年，曾經為她心中的種種艱困和寂寞刷上一層細緻而閃亮的光。她來到西敏宮廷的第一天就被征服了，當時她坐下來等著要吃晚餐，嘴唇上仍殘留著渡海的鹽；魯特琴和雙簧管終於開始演奏，埃莉諾出現在門口，腹部和胸部都因為懷孕末期而隆起，右頰因為白天拔了一顆牙而紅腫，她邁著好小的小碎步，看起來像是天鵝般滑行，還有那張臉，依然是瑪麗從小就在夢中見過且深愛的。用餐室裡的光彷彿縮到只剩一小點，只照著埃莉諾。就在那一刻，瑪麗迷失了。那一夜她回到房間，瑟希莉已經在床上打鼾，她猛推她的手將她喚醒。只要埃莉諾開口要求，瑪麗會願意去追尋聖杯，願意隱藏女性身分上馬去打仗、無情殺敵，她會願意低頭忍受殘酷言行，願意耐心地跟瘋瘋患者同住。因為所有出自埃莉諾的都是美好事物：音樂、歡笑和宮廷愛情；她的美貌就會帶來美，因為人人都知道，美貌是上帝恩寵的外顯特徵。

即使是現在，被當成垃圾般拋棄之後，瑪麗在雨中策馬朝那淒涼的修女院前行，仍羞愧地認定自己還是願意為她做任何事。

冷雨中，她望著山丘上那蒼白的修女院，震驚於這個地方有多麼貧窮。全英格蘭都比法蘭西要窮，城市更小、更暗、更汙穢，人們乾瘦且生了凍瘡，但即使以英格蘭來說，這裡還是太悲慘了，破爛的附屬建築物，倒下的圍籬，菜園裡一堆堆焚燒的雜草在冒煙。她的馬吃力前行，後頭的灰背隼不高興地嘎嘎叫，啄著雙翼下的絨毛。瑪麗緩緩接近教堂前的庭院。她對此處所知不多，只知道這座修女院是幾世紀之前一名王室修女所建立的，她死後封聖，遺骸的指骨現在可以治癒膿瘡；另外，將近一世紀前，丹麥的日耳曼人入侵時，這個地方曾被劫掠並破壞，修女被強暴，周圍的沼澤地裡有時還能發現一些骨骸上有北歐的盧恩字母，因為刺青刺得太深，連頭骨上都留下圖案。前一夜瑪麗在休息的客棧裡，試探地對著送晚餐過來的姑娘說出這間修女院的名字，那姑娘嚇得臉色發白，迅速用英語說了些瑪麗聽不懂的話，從口氣表明這片鄉間的人覺得那修女院黑暗、奇怪又可憐，是個會讓人害怕的地方。於是瑪麗在鎮上打發了她的護衛，獨自來到這個她要當活死人的地方。

這會兒她看到了紅豆杉下頭有一些新墳在小雨中發亮，她數了一下，總共十四座。稍後她將會得知，埋在裡頭的是十二名修女和兩個獻身兒童[3]，才幾個星期前，她們被一種奇怪的疾病奪走性命，染病者會皮膚發藍，肺部積水、呼吸困難；有的修女仍在病中，夜裡會氣喘、發出嘎嘎的咳嗽聲。

那些新墳上有剪下來的冬青，上頭的紅色漿果是濛濛細雨中唯一的光亮，除此之外，整個世界沒有其他色彩。

3 獻身兒童（oblate）指父母將幼童獻給本篤會，在修院內生活者。

而且往後她的餘生也將全都是灰的，她心想。灰色的靈魂，灰色的天空，三月的灰色土地，灰中帶白的修女院。可憐的灰色瑪麗。這會兒，從修女院高聳的門內，走出來兩個身穿羊毛會衣的小個子灰色修女。

瑪麗走近時，看到其中一個修女有著柔和且不顯老的鼓脹大臉，眼珠已被渾濁的霧翳遮成白色。關於這個修女院瑪麗所聽說過的事情很少，但是已經足以知道這位就是艾姆院長，她天生有一種內在的音樂，成為她失明的安慰。瑪麗聽說這位院長瘋瘋癲癲的，不過是和善的那種。

另一位修女的臉像個歐楂果，這種果實橙黃而味酸，在這片陌生的潮溼鄉間被稱為「敞著的屁眼」，因為果實尾部看起來就像肛門。這位是助理副院長歌達。她是在前任副院長和助理副院長都死於那令人窒息的疾病後，被匆忙挑上接任這個職位的，因為全院修女只剩她會寫拉丁文。歌達曾不情願地寫信給埃莉諾，說王后幫瑪麗提出的入會金足以讓修女們活一陣子，所以她們只好接受這個私生女。歌達的信裡有一堆嚴重的文法錯誤。

瑪麗在門前勒住了馬，痛苦地下來。她試著移動，但是兩天內騎了三十個小時，加上擔心又害怕，搞得她雙腿發軟。她在滿地的爛泥和馬糞裡滑了腳，迅即趴倒在院長腳前。艾姆院長的白色雙眼往下看著她，模糊中看到新任副院長趴在地上的身影。

院長開口，聲音比較像在頌唱而不是講話，說新任副院長的謙卑真是個奇蹟。感謝聖母馬利亞，派來了這麼一個莊重而謙遜的王室女子，好在大家經歷種種哀傷、咳嗽疾病、饑餓之後，指引並療癒這所修女院。院長快活地對著空蕩的前方微笑。

歌達扶著瑪麗站起身，咕噥著說這位姑娘真是笨拙，又好巨大，而且長相真是古怪，不過衣服質料很好，可惜現在被弄髒成這樣，但是或許愛爾菲可以清洗得乾淨如新，這當然一定要賣掉，光是袖子就可以換來一星期的麵粉。她一邊說著，一邊把瑪麗推進門內，院長跟在後頭。歌達有那種受到冒犯的神態，像是老躲在角落聽別人講自己壞話的人，好讓自己隨時保持滿腹委屈。

這裡的窗子沒有玻璃，而是木製遮光板蒙上塗蠟的布，讓細條狀的光透進來。在這個長形的大房間內，只有壁爐裡一小堆樹枝升起的火，感覺上寒氣比外頭更重。地板上沒鋪燈芯草；只有冰冷而乾淨的石地板發出寒光。所有門洞裡都有腦袋探出在窺看她，然後又縮回去。

飛蛾，瑪麗心想。她或許精神錯亂了。

歌達用指甲把爛泥刮到地板上，拿掉瑪麗髒兮兮的頭巾，故意用上頭的髮夾掐痛她。有個僕人端來一盆冒著蒸汽的熱水。院長跪下，把瑪麗凍得痲痺的雙腳上那雙沾滿爛泥而無用的宮廷便鞋和長筒襪脫掉，然後幫她洗腳。

瑪麗感覺雙腳有如針刺般灼痛，同時逐漸恢復知覺。此時在目盲院長溫柔的雙手之下，她的震驚才逐漸褪去。這個沒有色彩的地方可能就是死後的世界，然而因為院長的雙手，瑪麗覺得自己逐漸變回人類了。

她低聲謝謝院長幫她洗腳，說自己不配得到這樣的好意。

但是歌達帶著怒氣地低聲說瑪麗並不是特例，所有來到這裡的訪客都會接受院長洗腳，這是修會的會規，難道她都不曉得嗎？

院長命令歌達離開，叫她去告訴廚工把晚餐送到院長居所。歌達咕噥著走掉了。

院長要瑪麗別介意這位助理副院長，因為歌達本來有她的種種野心，但是全都隨著瑪麗的到來而化為泡影了。當然了，歌達出身高貴，有伯克利、史雲頓、梅傑德等英格蘭最顯赫家族的血統，她不明白一個來自竊奪王位的諾曼人家族的私生女，為什麼在聖職階級順序可以擠下自己。但是當然，艾姆說，埃莉諾堅持由瑪麗擔任副院長，而面對王后的意志，艾姆又能怎麼辦？此外，歌達當副院長會當得很糟糕。她比較適合照料動物，而非領導院內的修女們，因為她只會成天挑剔、斥責她們而已。院長用一塊柔軟的、早已變色的白布擦乾瑪麗的雙腳。

院長帶著赤腳的瑪麗走過冰冷的石地板，沿著黑暗的階梯上樓。院長居所很小，歌達在裡頭亂堆著一疊疊羊皮紙和書，但是有奢華的窗子嵌著半透明的獸角薄片，照進來的光線彷彿是蠟質的，讓房間內微微發亮。壁爐裡有一堆燃燒著樺木的小火，漂亮的藍色火焰緩緩噬咬著白色樹皮，爐火附近放著瑪麗帶來的鷹籠，那隻灰背隼已經溫暖地安歇在自己的棲架上。一張桌子上放著一些食物，發硬的深色裸麥麵包和薄薄一片閃著光澤的奶油，葡萄酒難得沒有加水，是以前較寬裕時從勃艮第運來的，每碗濃湯裡有四片大頭菜。院長告訴瑪麗說她們正處於饑荒之中，修女們都在挨餓，哎呀，但是受苦能淨化靈魂，讓這些聖潔而溫順的女人在上帝眼中更加聖潔。而且至少今晚瑪麗有東西吃。

她望著瑪麗，霧濁的雙眼空茫地看著她的腦袋後方，問瑪麗對於修女院內的生活知道些什麼。瑪麗承認她一無所知。食物沒有滋味，也或許是她吃得太快而沒嚐出味道。吃完了她還是很餓，肚子咕咕叫。院長聽了露出微笑，把她的麵包和奶油推向瑪麗。

好吧，院長說，瑪麗一定會學得很快，王后說這名少女聰明極了。然後院長描述每天的生活作息。八次時辰頌禱禮：深夜的守夜祈禱，拂曉的晨曦禱，接著是第一時辰祈禱、第三時辰祈禱、第六時辰祈禱、《聖經》選讀、第九時辰祈禱、晚禱、齋日點心、睡前禱、就寢。從頭到尾都是工作、靜默和沉思。她們身心專注於祈禱；時辰頌禱是祈禱，身體的辛勞工作也是。修女的沉默是祈禱，誦讀經書是祈禱，謙遜也是。

而祈禱當然是愛。服從、責任、恭順，這一切都是對天主之愛的直接表示。

院長安詳地微笑，然後開始用一種高而顫抖的聲音頌唱起來。

但是不，愛不是壓低，而是提高，瑪麗冒犯地想著。她感覺這頓微薄的晚餐完全吃不飽。修女的生活似乎就跟她預料的一樣糟糕。

院長突然停止頌唱，說瑪麗在見習修女期間可以保留她的灰背隼和她箱子裡的東西，但是成為正式修女後，她帶來的所有東西就都屬於修女院了。瑪麗知道得太少，不曉得這種寬容是其他人無法享有的。

鐘聲在雨溼的黃昏裡響起。睡前禱。院長讓瑪麗在院長居所裡休息。瑪麗聽著教堂裡傳來修女唱著〈西面頌〉的歌聲，然後睡著了。等她醒來時，艾姆又來到她面前，臉上帶著時辰頌禱禮的榮光。

現在瑪麗該沐浴了，她輕聲說。

瑪麗說謝謝，但是她不需要，因為她十一月已經沐浴過，院長聽了笑起來，說清潔身體也是祈禱的一種形式，修女院裡的所有修女和僕人是每兩個月沐浴一次，因為神不喜歡身體的臭味。

此時房間角落的重重陰影中，一個顏色較深的影子走出來，那是一個老修女，下巴生著長長的白鬍子，整張臉彷彿是原木劈成的。洗澡水準備好了，這個修女用一種抱怨的憤怒聲音說。她講法語的英語腔好重，像是嚼著滿嘴石頭似的，聽得瑪麗皺了一下臉。

院長驚跳起來，哀怨地說她討厭有人忽然冒出來嚇她。她跟瑪麗說這位是見習修女的導師，名叫薇伏瓦。說來奇怪，雖然瑪麗已經匆忙在鎮上的主教堂裡宣發聖願要終身守貞以事奉天主，而且她是以副院長的身分來到修女院，不過在成為正式修女之前，她依然只是見習修女。薇伏瓦對見習修女很有一套。她的方法很嚴厲，但是所有的見習修女都因此學得很快，在很短的期間就能夠成為正式修女。

那位導師點頭。她散發出強烈的不滿，像一種心靈的大風吹過瑪麗和院長。她走路的步伐強弱交錯，有如心跳，因為她小時候有隻腳被馬踩到了，壓壞了那隻腳的骨頭和神經。

幾十年前她來到修女院時，我看過那隻腳，因為我得幫她洗，傷殘得很嚴重，院長說，會讓人作噩夢的。

到今天還是痛得像地獄之火，薇伏瓦滿足地說。

接著這三個女人下樓，瑪麗的赤腳踩在溼溼的石地板上，穿過黑暗的迴廊，來到洗浴區，此時裡頭依然充滿了修女們的聲音和泥巴，因為在田野裡工作的修女回院內參加時辰頌禱禮之前，必須先在這裡清洗。洗浴間最遠那個角落的大木盆裡，蒸汽裊裊上升，飄入寒冷潮溼的空氣中。她們走近時，一股混合多種藥草的氣味濃烈得瑪麗得用嘴呼吸，否則以她的疲憊狀態，會被那股臭味熏得昏倒。這些藥草是用來去除修女院裡肆虐的跳蚤和蝨子，薇伏瓦說，像是用門牙咬著那些字詞似的。她會把瑪麗的衣服掛在修女們解手的廁所裡，尿中的氨會在夜裡殺死這些蟲子。

接著兩個修女把瑪麗剩下的衣服脫掉，包括瑪麗用母親的寬大舊衣改窄的絲質連身裙，以及內衣褲。瑪麗用瘦長的手臂遮住自己，怒火中燒。薇伏瓦彎腰仔細察看瑪麗的私處，然後冰冷的雙手去碰觸，說這位新任副院長的體型和雙手這麼大、聲音這麼低沉、面容這麼不像女人，所以必須檢查她是不是女性，但現在她相信了，瑪麗的確沒有騙人，然後她推了瑪麗的肩膀，示意她踏入浴盆中。

瑪麗放下手臂，狠狠瞪著薇伏瓦，瞪得那老修女後退一步。

院長和氣地說，啊但是導師對這姑娘的冒犯是沒有必要的。然後她輕輕指了一下洗澡水，說瑪麗在漫長又寒冷的騎馬旅程後，洗個熱水澡會很舒服的。瑪麗踏入浴盆。那燒灼感逐步淹沒她的腳踝、她的小腿、她的膝蓋、她的大腿、她的陰部、她的腹部，往上到她的胸部、她的腋下、她的脖子。藥草的臭氣進入她的鼻腔，深入她的頭部。

薇伏瓦修女和院長用粗麻布包住雙手，塗上溼肥皂，接著從瑪麗身上搓出一條條蠕蟲似的灰垢，有些地方還搓出了血。在熱水中，在那種溫暖和不知所措中，在她的疲倦和苦惱中，瑪麗控制不了自己的身體。她開始啜泣起來，儘管她曾發誓再也不哭，發誓自己會堅強地承受一切失去，再也回不了宮廷，再也沒有瑟希莉，再也沒有未來，再也沒有色彩，再也沒有埃莉諾可以讓她從遠處遙望、同時感覺自己心中的渴望像個看不見的朋友隨時相伴。她一直哭，哭到深褐色長髮編成一條溼辮子，哭到她爬出熱水站在冷空氣中，哭到她巨大而瘦削的身體被一條布擦乾，換上衣服。那件亞麻連身襯裙從胸部到下緣有一大塊褐色汙漬；顯然是某位死去修女的舊衣服。外頭的羊毛罩衫有薰衣草和另一個人的體味，長度剛好過膝。薇伏瓦口氣憤怒地跟院長說這件罩衫實在太短了。肩衣也太短了。另外裡頭的襯裙當然也是，這表示那兩條可憐的腿將會沒有遮蓋，暴露在晚冬充滿凍雨和強風的惡劣天氣中。

院長嘆氣。她說明天露絲會去找多餘的會衣，把最破舊的那些剪下來，縫到罩衫和肩衣的下端。瑪麗會穿上三雙長襪，以抵擋寒冷的天氣。她會受苦，但是人類本來就要受苦，受苦的每一刻都會讓塵世的身體更接近天主。

院長親自幫瑪麗穿戴上見習修女的白色頭巾，包括貼頭帽、包頭巾和頭紗，同時薇伏瓦粗手粗腳地幫瑪麗穿上三雙長襪。她尖利的嗓子說，修女院裡頭不可能有夠大的木底鞋。

院長咕噥著這孩子真可憐，但接著又說，好吧，能怎麼辦呢？王后還沒把瑪麗的入會金送來，院裡又這麼窮，她眼前沒有錢去訂製木底鞋。薇伏瓦聽了說，不能讓瑪麗赤腳，修女院裡就連僕人都沒有打赤腳的，要這位新任副院長不穿鞋太不應該了。院長說沒錯，那瑪麗就穿她入院的鞋子吧，薇伏瓦說她入院時穿的是愚蠢的小山羊皮宮廷便鞋，根本沒有用，想想副院長要在外頭泥濘的春日田野裡監督播種，她的腳很快就會又溼又凍，泥巴的寒氣從腳底往上竄，會害她死掉的，這麼一來，她們除了平常的繁忙事務外，還得對付一個王室私生女的巨大屍體。然後院長的聲音不再像吟誦了，反倒變得尖刻，她說那麼薇伏瓦夜間的祈禱就得多加上一段，祈求降下奇蹟，賜予她們一雙鞋，但在奇蹟出現之前，瑪麗只能接受現狀，而木底鞋絕對不是目前修女院最缺乏的東西。瑪麗看得出來，眼前的跛腳修女和霧眼修女之間有一種非常久遠的敵意，在比賽誰受的苦更多。濃厚的敵意清晰可見，就像斷木的年輪般。

院長轉身，腳步堅定地走過黑暗，其他兩位則扶著牆壁，邁著不確定的步伐。她們進入黑夜，穿過迴廊。然後院長沿著她的樓梯往上要回院長居所，中途往下朝瑪麗喊，祝妳一夜好眠，副院長。因為瑪麗明天就要開始工作，整理那些羊皮紙文件和帳簿了。

瑪麗跟著薇伏瓦進入小教堂，裡頭只剩一根蜂蠟細燭還亮著。這所窮困的修女院已經陸續賣掉所有的裝飾物，只剩下一件木雕：瘦削的小腿和傷口和荊棘和血和肋骨，這個古老的故事她再熟悉不過了。她們爬上夜間樓梯[4]來到寢舍，裡頭有一盞燈籠，照著二十名各自在窄床上就寢的修女，人人都穿著全套會衣，或許因為今夜復活天使會吹響號角，她們得準備好飛入天堂的懷抱。瑪麗感覺到有眼睛在觀察著她，但是她所看到的一張張臉都已平靜入睡，無論是裝睡還是真睡。她一路往前經過那些床，依稀聽到低語，以及一陣咯咯的咳嗽聲。風從窗板的縫隙鑽進來，還有幾片雪花在落地前就融化了。瑪麗在薇伏瓦指給她的那張床上躺下來。她的個子對這些床架來說都太高了，找不到舒服的姿勢，最後她只好往下滑，讓膝蓋彎曲，雙腳垂到地上，冰冷的地板害她的腳跟一直好冷。

啊她渴望母親的大善，想念那隆隆的笑聲能讓一切都好過些，還有她頸項的馬鞭草氣味；但是她母親已經死去五年了。啊她渴望瑟希莉會溫暖她的身子，講些粗魯的話，跟瑪麗一起厭惡這個寒冷可怕之地，這樣她就不必獨自承受。她想著瑟希莉對這個地方不知會有什麼想法，小時候這個僕人清晨就跑到充滿塵埃與臭氣的雞舍裡，在

4 夜間樓梯（night stair），中世紀修道院裡，由樓上寢舍直通院內一樓小教堂的樓梯，以方便修女或修士夜間前往祈禱。

斜照的明亮光線中伸手到母雞身子底下撿蛋。她回來時一臉嚴肅，假裝自己是主持彌撒的司祭，身上骯髒的廚房罩衫就是祭衣，手裡搖晃的那桶灰燼就是熏香盒，同時嘴裡吟誦著一堆不知所云的話，磕開蛋殼，把母雞剛下且餘溫猶存的雞蛋倒入瑪麗張開的嘴巴裡，身體與血合而為一，瑪麗在胸前畫了十字，勉強吞下那黏稠的蛋。接著瑟希莉的氣息吹在瑪麗臉上，瑪麗聞得出之前她在削胡蘿蔔皮時一邊咀嚼著削下的皮，她堅硬的小舌頭舔掉瑪麗流到下巴的蛋黃。第二異端，嘴碰嘴。她的身體坦誠而會意；僕人間沒有祕密，於是她學會這類身體技巧。這個臉上有酒渦、頭髮裡有乾草的壯實女孩體內有熱情，有勇於探索的心。她悸動的身體疊覆在瑪麗身上。

這會兒瑪麗緊握住自己的雙手，但那手冰冷而瘦骨嶙峋，不是瑟希莉的手。

逐漸地，寢舍因為修女們的氣息和體熱而溫暖起來。風在外頭寂寞地呼嘯著。瑪麗停止顫抖。她永遠睡不著了，她心想；然後她就睡著了。

她立刻做夢，鮮明的夢。那是一段回憶，有一個溼氣蒸騰的碼頭，以及碼頭外反射著陽光的明亮大海。天氣熱得要命，漁網裡的魚張嘴無聲吶喊，擁擠的人群，女人們頭上頂著赤陶大罐，腐爛、鮮血、身體、煙霧與海水的氣味。孩童在大人雙腿間穿梭。到處都是穿著白色束腰外袍、胸前有紅色十字符號的十字軍戰士。各種異國陌生語言喧譁，遠處的長笛聲，咿呀作響的木頭，拍擊的海浪。她坐在強壯的肩膀上，一隻女人的手穩穩扶著她年幼的大腿，啊那是她的母親。人群圍成一圈。圈內的空地中央站著一名裸女，陽光下的身體油亮，好美。她放下的黑色捲髮長度及腰，腋下和鼠蹊也有成縷毛髮。她的脖子套著一條銀鍊，意味她是奴隸。她一臉輕蔑，沒看圍觀的群眾，而是往上看著遠方的天空。有人大喊一聲，歡快的樂聲響起，一條鞭子揮過空中，危險地逼近那女人柔軟的腹部。那名傲慢如貓的裸女緩緩後退，進入一個高度到她膝蓋的箱子，彎低身子躲起來。箱蓋被釘上封死。接著一把閃閃發亮的劍舉起；隨著一個響亮的吼聲，劍插入那個木箱，瑪麗猛吸一口氣，覺得必然會有一灘血在擴張；不要看，瑪麗看著，但沒有出現一灘血，至少還沒有；緊接著另一把劍揮舞，刺進箱內，然後是又一把，再一把，愈來愈快。凍結在夢中瑪麗腦海中的畫面逐漸融化，有掙扎，有驚駭，一定要有人喊停，當局快點派人來阻止，箱子上頭已經滿是劍柄。別出聲，她母親的聲音此時在她耳邊響起，別出聲，冷靜點，這只是個把戲。接著劍一把接一把緩緩抽出。箱蓋撬開。好長一段讓人屏息驚恐的暫停。然後那女人終於緩緩從箱內起身。好美，依然閃閃發亮，依然充滿不屑與恨意。她活得好好的，皮膚完整無損，光滑而完美的身體上沒有任何傷口，一滴血都沒流。接著一頂帽子在人群間傳遞，裡頭充滿硬幣。一種徹骨的顫慄傳遍瑪麗全身，她母親的聲音又在耳邊響起，沒事了，親愛的，那個可憐的女人剛剛是在箱子裡，像一條小蛇似的溜來溜去。

瑪麗醒來，看到薇伏瓦像一朵龐大的烏雲站在前方，感覺到自己雙膝一陣疼痛，因為薇伏瓦正以木底鞋的鞋尖在踢瑪麗的膝蓋，叫她起床。懶骨頭，起床，愛抱怨的爛東西。她說現在要守夜祈禱了，起來起來起來，賴床貴族瘦巴巴討厭鬼，壞心腸私生的假副院長，起來起來起來，薇伏瓦說她在瑪麗的壞心肝裡看不到對上帝的愛，還說要奮力把這愛播種在瑪麗心中，否則就要讓這個姑娘無法臨終懺悔就死去。

瑪麗慌張起身，只看到窗外夜空中的胖月亮，一切風景都被黑暗吞噬。在她前方唯一那盞燈籠的光線下，其他修女都走下夜間樓梯，在黑暗中看不到臉。瑪麗依然處於剛剛鮮明的夢境中，聽到她們的會衣發出乾燥寒冷的窸窣聲，只能想到一群食腐鳥拍著翅膀，緩緩繞圈下降，要去享用一頓死亡盛宴。

2

瑪麗走下夜間樓梯，覺得自己像是從熾熱的白晝走進黑暗的房間。周圍除了她失去那些光明景象的幽魂片段，其他什麼都看不到。

薇伏瓦推著瑪麗往下坐在長椅上，接著自己在旁邊坐下。坐在瑪麗鄰座的是一名見習修女，她用手背碰了一下瑪麗的手背安撫她。瑪麗偷看了一下這個凸眼暴牙的姑娘，稍後將得知她名叫天鵝頸，而坐在她另一邊的見習修女是小露絲，雙眼總是微帶笑意。兩位日後都將成為瑪麗的摯友。

因為疲倦，瑪麗感覺教堂角落的那些陰影似乎隨時要改變形狀。她發現守夜祈禱是頌唱形式；是在寒夜中坐在陌生人之間發抖。整個過程漫長得彷彿永無盡頭。燭光閃爍，大風呼號著吹過外頭寒冷的鄉間。她覺得胸口疼痛，像是有個拳頭緊握住她整個體內，痛得她差點要哭出來。原先讓她保持安全的痲痺感不見了，她全身到處都痛。

一時之間，教堂在她眼中搖晃著消失了，眼前出現昔日的王后宮廷，彷彿她還好好待在裡頭，大廳很溫暖，僕人為了點蠟燭，有如螢火蟲在昏暗中迅速移動，點完離開後，陰影就被燭光趕跑，英格蘭獒犬、阿蘭獒犬和靈猩跑進來，她鼻子聞到了端上桌那一盤盤美好食物的氣味，接著貴族們穿著鮮豔細緻的衣服單獨或成群進來，那些貴婦歡樂地低聲說話，角落裡開始奏起魯特琴，兩種聲音交織成宮廷愛情的哀傷歌曲，她聽著這種新的、驚心動魄的愛，看著那模式在空中像布一樣展開：婚姻並非不談戀愛的藉口，不嫉妒的人就是不愛，愛情只能專一，愛情不是愈來愈強烈、就是愈來愈減弱，容易到手的愛情讓人輕蔑、得不到的才最珍貴。餐桌上有一隻脖子後扭的烤天鵝、羊肉、成堆柔軟的白麵包、一整塊圓鼓狀未切的乳酪、無花果豬肉餡餅，中間穿插著麥酒和葡萄酒。還有一個令人開心的大驚喜，是一頭神話怪獸雞蛇，頭部以公豬頭加上歐芹烤成綠色，身體是烤過的孔雀、再把尾羽縫回去，怪獸嘴裡塞的破布浸飽了樟腦和蒸餾酒，點燃後就像噴出綠火。那聲音，那光亮色澤和溫暖，都令人大開眼界。

而在這群人中心的桌首處，坐著瑪麗的摯愛，整個人燦亮得讓瑪麗看不清她的形體，只看到她散發出來的光輝。

那一刻逐漸褪去。她再度置身於鬼魂和陰影中，大風在外頭的屋簷間嬉戲。這所修女院太貧窮了，就連那些古老的牆似乎都放棄了，任由疾病和饑餓在牆內肆虐。

然後修女們站起來，再一次默默爬上夜間樓梯，回到已經變冷的床上。天鵝頸讓薇伏瓦一跛一跛地走到前頭，自己拉著瑪麗的手留在後面。她跟她咬耳朵說好高興瑪麗來了，艾姆太無能，歌達只適合照顧動物，院裡得有人主掌大局，感謝聖母派瑪麗來。

再次入睡，但是晨曦禱太快就到來。瑪麗在黑暗中半夢半醒地頌唱，然後淨手禮是到外頭洗浴間用僕人打來的冷水洗漱，到廁所上大號和小號，到了曙光開始透入窗上的遮光板時，她們就回到小教堂參加第一時辰祈禱。之後去食堂接受分配的工作，最虛弱的人會分到最吃重的工作，因為在這個地方，疼痛就是虔誠的證據。薇伏瓦帶領見習修女們用冰冷的水擦洗小教堂的地板。瑪麗這輩子從來沒擦洗過任何東西。她雙手疼痛地納悶著，瑟希莉以前怎麼能不恨她。然後是第一餐，一小塊黑麵包，外加一些剛擠出來、猶有餘溫的牛奶。第三時辰祈禱；在緊鄰廚房的增暖室裡默想祈禱，修女們各自拿著經書唸出聲，但是沒人給瑪麗任何經書，於是她憑著記憶唸出詩句。《詩篇》，總是《詩篇》，由領唱人顫抖的嗓音引導。

歌達拖著腳步走過來，臉很臭。說請瑪麗到院長居所去，原因是什麼歌達並不知道，又說她自己完全有能力根據院長口述而聽寫。然後這位助理副院長就氣沖沖出去撿雞蛋了。

院長那個白色小房間裡頭的暖意太舒服了，讓瑪麗猛地跌坐在一張凳子上。院長茫然微笑著，開始講話，瑪麗還愣了一下，才明白院長是要口述一封給埃莉諾的信。她忙著找羊皮紙和筆，但其實無所謂，因為院長口述的內容太奇怪又沒條理，並充滿諂媚和嚴厲譴責，因此瑪麗什麼都沒寫，只是留神聽著其中要點，隨後用拉丁文寫成一封冷淡而有禮的短信，要求王后立刻將瑪麗的入會金送來，因為修女們快要餓死了。她只有在開頭敬語中表達她的愛。接著瑪麗把信唸出來，院長露出滿意的笑容，驚喜地說瑪麗聽寫得太精確了，把院長口述的完全逐字記錄下來。

寫完給埃莉諾的信，等到瑪麗鼓足了勇氣，才開始看那些亂糟糟的帳簿，這些工作加起來搞得瑪麗很受不了。另有依附於修女院的一些佃農人家在東邊門外排隊，等著要見新來的副院長。而這漫長的一天還不到一半。

瑪麗好想躺在這個白色溫暖房間的地上。把肉身的桎梏留在這個鬆軟潮溼又發臭的悲慘地方，只剩一縷魂靈，去和死去的母親團聚。

結果她繼續工作，艾姆院長睡著了，鼻子發出輕微的呼嗤聲，一隻蒼蠅鬆脆的身體撲打著窗子的遮光板。

沒多久，她就聽到喃喃低語聲，其實工作時間是禁止談話的，或許聲音是樓下蠶絲紡紗房的那些女人。她在地板上找到了一個洞，大概是通風用的，然後她湊近了，蹲下來聽。

此時有個人正在講話，啊頭盔面甲後頭插了一朵金雀花，那個被侵犯的可憐少女，她母親就是這樣知道誰強暴了她女兒；聽到這句話，瑪麗心涼又震驚，知道她們是在講她的母親；講她的出生背景。啊是的，那個聲音起勁地說，是一個才十三歲的少女，但是高大又迷人，在一個溫暖的日子傻傻地跑去田野裡，用罌粟花編了一個花環，正在做白日夢時，聽到一陣金屬的嘩啦聲，她還來不及跑，就被人抓著頭髮提起來，放在馬鞍上，因為你知道，軍隊就在不遠處紮營，那個女孩獨自在那片田野裡，實在太誘人了。後來那個女孩踉蹌著回到城堡，說她只記得那朵金雀花，她母親氣壞了，拿了家傳長劍，騎馬到軍營大鬧一場。金雀花（Plantagenet）的法文就是Planta Genêt，你知道。順帶一提，金雀花[5]是美露莘的後裔，美露莘是仙女王后，原本跟人類一起生活，還生了幾個小孩，直到有一天她沐浴時被偷看到冒出蛇尾巴；然後她飛出窗子，永遠拋棄人類。那位少女被金雀花強暴後，過了九個月生下了女兒，當然就是我們新任副院長瑪麗。所以，你看，我們新來的副院長就是這樣成了國王的異母私

5 此處金雀花強暴者，指安茹伯爵若弗魯瓦五世（Geoffrey V），據說喜以金雀花為帽飾，性格風流歡樂，綽號「美男子金雀花」，後來便以金雀花為姓。他娶英格蘭國王長女瑪蒂爾達為妻，長子亨利二世娶阿基坦的埃莉諾，且日後繼承英格蘭王位，開創金雀花王朝。

生女妹妹。這是因為那樁可怕的強暴罪行。真是奇怪啊，擁有王室血統，卻又摻雜了這樣的恥辱！

瑪麗覺得反胃。如果她還有一點自愛，就會逃掉了，但是她只是憤怒地將耳朵更貼近洞口，聽她們對她還知道些什麼。

有人開始低聲唸起聖母經。

另一個人這會兒很快接腔，說沒錯，副院長老家在曼恩，很靠近諾曼地和不列塔尼。是個中等規模、還不錯的莊園，附近有一條羅馬道路和一條河，那裡相當漂亮，說話者本人是她們的遠房親戚，她第一手知道瑪麗那個剽悍女子家庭，瑪麗守寡的外婆帶著七個女兒，加上後來的瑪麗，湊成八個強悍過頭的姑娘。事實上，這位說話者的少女時期，家裡的姑娘老是被長輩告誡，說如果她們以後變得像這些沒有女人味的表親一樣，就會被掐死。那些表親全都好野，可恥地跨坐騎馬飛馳過鄉間，跟著她們的劍術和匕首術家教學習，懂得八種方言，甚至還會一些阿拉伯語和希臘語，家裡有一大堆灰塵覆蓋的手抄本，那些意見強烈的反常女人彼此大聲講話、爭辯、比武受傷、學習使用戰斧，古怪又粗野。但是講話者可不是這樣。不不，她自家姊妹們都很女性化，那個聲音得意地說。

於是瑪麗再度渴望著曼恩的那條河，壯碩得像一條巨蛇。有金色小鳥疾飛來去的綠色田野。瑪麗記憶中巨大的外婆和阿姨們，當時她個子好小，整個家好完整，有聽之不盡的故事和唱個沒完的歌，櫥櫃裡裝滿了書。

但是有個嗓音甜美柔和的聲音忽然喊道，啊她也聽說過這家人，她們全都是女巫，沒錯，她們曾在一個藍月之夜變成狼女，然後去偷僕人的小女孩，撫養成犬女，口鼻尖尖、牙齒鋒利，打獵時這些犬女就跟在旁邊跑。

假消息，前一個聲音沒好氣地說。謊言。事實上，這一家人是出了名的虔誠。事實上，他們家四個比較大的女兒，外加當年還是小女孩的瑪麗，當年曾跟著王后的女子軍團去參加十字軍東征。

我們的副院長是十字軍戰士？那個甜美柔和的聲音驚奇地說；瑪麗眼前浮現出那支女子軍團在拜占庭帝國衝下一片山坡的情景，她們很不像女人地跨騎，喊叫著，舉著拔出的劍，披散的頭髮在腦後飄飛，全都穿著紅白兩色的束腰外袍，嘷叫著，非常嚇人。其他修女聽了敬畏地喃喃低語，因為十字軍戰士的身體上有朝聖之旅的神聖特質，她們的皮膚上有流血的聖潔性。瑪麗想到可以從馬背空翻下馬的厄菲蜜阿姨，帶著一對白色遊隼的歐諾琳阿姨，還有穿著金色靴子、美豔至極的悠蘇蕾阿姨，以及強壯愛笑又活潑的母親，當時都還只是年輕女子，她們把握十字軍東征的機會，從中得到冒險經歷和神聖恩典。

然後瑪麗眼前的景象更展開，她看到色雷斯平原，拜占庭在地平線上發亮，那一夜還是小女孩的她趁著其他人都熟睡之際爬起來，把她插著匕首（握在她的小手裡就像一把劍）的腰帶綁好，光著腳走出帳篷，進入危險的黑夜中，她奮力奔跑，經過一堆火堆，經過那些伸出但來不及抓住她的手，來到那個頂部有一隻鷹的帳篷。因為之前她母親和阿姨們看到這個帳篷時，低聲說著要在葡萄酒裡下毒，或是用匕首割斷喉嚨，或用雙手掐死人，因為她們邊講邊看著她，於是瑪麗隱約知道一定是跟自己有關，知道她有某種仇要報。在帳篷外，她找到土裡有一根鬆掉的短樁，於是用匕首柄撬起來，從那帳篷布的開口鑽進去。裡頭只有一盞提燈亮著。地上到處都是睡著的身軀，門口的那兩隻狗抬起頭嗅嗅她，但是沒叫。她抽出匕首走向床，看到床上有兩具隆起的身體，比較遠的那個發出濁重鼾聲，比較近的那個隨著她看久了而逐漸清晰，毛皮床罩上的一邊乳房，長長的脖子，發亮的頭髮糾纏著，描了黑色眼線的一隻眼睛睜開看著她。是個女人。當時瑪麗驚奇極了，彷彿胸口狠狠挨了一拳，那是她的初戀。那女人低聲問瑪麗是不是魔鬼，然後下一刻看到了那把匕首和那張小臉，她明白了，自言自語說，不，只不過是醜得像癩蝦蟆的小孩。瑪麗走近。那女人裸身坐起來，打量著瑪麗的臉，說啊，這就是那個有名的私生女，她可以清楚看到跟父親的相似之處，但是好奇怪，竟沒有一絲金雀花著名的美貌。不過她說，瑪麗真是個奇怪又強壯的孩子，可惜是個女孩。然後那女人穿上一件絲袍，遮住光裸的身子，伸出手拿走瑪麗握著的匕首。她冷冷地說，反正她一定得回到她母親的帳篷，回到她可憐而溫順的教會床上。她牽著瑪麗的手，帶著她經過地上睡著的那些人，還有兩隻看到那女人就畏縮的看門狗；她身體周圍籠罩著一層力量。等到離帳篷夠遠，不會被任何還沒睡的人聽到，那女人低聲問，在那群可怕的姊妹中，瑪麗的母親是哪一個，是那個穿金色靴子的美女，還是帶著兩隻鳥的那個，或是有張猴子臉的那個，或是胖得走起路都會讓地面震動的那個。瑪麗說她母親不胖，但是非常強壯，然後那女人說她明白，這個小女孩顯然有顆忠誠又勇敢的心，她是要為她母親所遭受的那樁惡劣罪行報仇。但真是個傻孩子啊，因為瑪麗去的那個帳篷裡沒有她要找的仇家，那個人拒絕加入十字軍，又肥又懶地待在家裡。不，不，這個帳篷是屬於一個朋友的，這個朋友曾出言為瑪麗爭取更好的待遇，而當時瑪麗還只是一顆種子。一顆強暴的種子[6]，哈。

然後那個女人說，此外，難道瑪麗不知道，真正的貴族女子從來不會讓自己的雙手沾上血腥，而是溫柔地影響別人去替她做這種最糟糕的工作嗎？

然後那女人輕拍瑪麗的頭，叫她往前跑，要快得像是會飛似的，因為如果讓異教

6 Rape為強暴，另義是油菜；rapeseed即油菜籽，但拆為rape seed則字面亦可解為「強暴的種子」。

徒抓到，他們就會把她賣掉，逼她去刷洗地板、用狗吃剩的殘渣餵她。她推了瑪麗一下，瑪麗踉蹌跑了三步，等她回頭時，那女人已經消失在黑夜中。瑪麗滿心驚奇地跑回自己的帳篷，在水盆裡洗了自己的髒腳。旁邊沒有可以擦乾的布，於是她兩腳溼溼地爬進毛皮床罩裡，靠近母親散發的暖熱，母親感覺到女兒冰冷的身體，於是睡夢中緊抱住瑪麗。然後母親半醒著問瑪麗去了哪裡。最後，母親完全醒了，鼻子嗅了嗅坐起身來，問女兒身上的氣味為何像是王后的香水。

這就是瑪麗第一次見到埃莉諾的情形，當時埃莉諾極有權勢，是法蘭西王后與攝政者，日後將成為英格蘭的攝政者，十個孩子的母親，鷹群中獨佔鼇頭，各種權力背後的權力。王后早期的這段畫面將會有如倒鉤般嵌入瑪麗內心一生，至死方休，有如一隻年邁的巨鯰身上還深深嵌著年輕時咬過的第一個魚鉤。

她內心感覺到的是愛，堅硬、鋒利又牢牢固定的愛。

但是埃莉諾已經迷失在遠方的宮廷世界裡，她把瑪麗永遠趕跑了。瑪麗失去過很多，母親、家、宮廷，但眼前這個才剛證明是最難以承受的。瑪麗難過得沒辦法再去偷聽有關自己的其他流言了。

她站起來走到窗邊，打開遮光板，望著外頭大風吹過的灰色風景。

等到她冷得受不了了，這才關上遮光板，轉身時感覺到艾姆沒在睡覺了。這位院長睜開霧濁的眼睛，輕聲說，原諒她們講那些閒話吧。她們沒有惡意的。瑪麗什麼都沒說。

院長舉起一隻手臂，鬆垮的臉上露出大大的笑容，然後在召喚她們去時辰祈禱的鐘聲響起時，她放下手臂，彷彿是她用那隻豐腴而蒼白的手，從空中帶來那些鐘聲。

3

日後，瑪麗將會記得剛到修女院的那些日子是深濃的黑色。當她回顧那段時光，就像從一個燈光明亮的房間裡望著窗外的黑夜；除了她自己的臉像月亮般懸在上方之外，其他什麼都看不到。

那麼饑餓，那些修女的臉在黑暗的寢舍裡像是一個個剝去皮肉的骷髏。濃湯裡的肉煮好之後要撈出來，留著下回煮湯時再用。冰冷的指甲是天空的藍色。

然後在她來了一個星期後，有回在第三時辰祈禱，正當她在陰沉的黑暗中假裝頌唱時，忽然明白自己必須做什麼了。

埃莉諾最喜歡的就是故事；透過歌謠給予或接受愛意。

瑪麗想到了一首不列塔尼吟唱故事詩，以押韻句寫成，整首作品短而優美。她放在膝上的雙手開始顫抖，她要寫一部不列塔尼吟唱故事詩集，翻譯成文雅可吟唱的宮廷法語。她會把這些手稿寄去，像是一支熾熱的箭射向她的愛人，當箭射中目標後，就會讓那顆冷酷的心燃燒起來。埃莉諾會讓步，允許瑪麗回到宮廷，在那裡沒有人會挨餓，總是有音樂和狗和鳥和生活，傍晚時花園會充滿愛人和花朵和偷情，瑪麗可以在那裡練習各種語文，在各個廳內聽著大家在談話中迸發出火花四射的新想法，不像這裡唯一談的就是三位一體的聖父、聖子和聖靈。宮廷內不會有這些永無止盡的工作、祈禱和挨餓。

祈禱結束後，瑪麗奔出教堂，從自己的箱子裡挖出她的錢，收買了一個僕人去鎮上幫她買一包細蠟燭、羊皮紙、墨水，以及構思用的蜂蠟刻字板。她從一隻氣呼呼的鵝身上拔了一根羽毛，削成鵝毛筆。她走動，她呼吸，吃下院裡僅有的稀少食物。到了夜裡，等到寢舍裡的人聲逐漸平息而陷入沉睡，她就起身光著腳、躡手躡足地來到夜間樓梯下樓。

外頭是深藍的夜色。星星清晰耀眼，像在控訴。穀倉內很溫暖，因為擋掉了外頭的疾風，又有牲畜身體所散發出的熱氣。她走到自己那匹老戰馬旁邊，臉貼在馬脖子上，直到麻痺褪去。那馬轉頭，用潮溼而柔軟的鼻子嗅著瑪麗的臉頰。她拿出自己的東西，小心不要吵醒睡在上方廄樓的僕人，走到老鼠發出吱吱聲的最黑暗之處，坐在沿石牆堆放的最後幾袋燕麥上頭。她打出一星火花落在乾草上，燃起一小朵火，用來點燃蠟燭，然後兩腳踩著乾草裡的那一小朵火，直到火熄滅為止。接下來，藉著這一小抹燭光，伴隨著老鼠發綠的眼睛從最暗的角落望著她，她開始書寫。

白天時，她就想像著夜裡的詩句。

修女院的生活是夢境。她正在寫的那些詩才是真實世界。

在這些詩裡，她寫下自己在十字軍國家[7]初見、至今仍縈繞腦海的那個王室的紫色大帳篷，頂端有個純金打造的鷹，裡頭一名女子裸身躺在華貴的毛皮上。她寫下可憐的瑪蜜兒修女，沒有鼻子，因為鼻子在她出嫁那天被一隻嫉妒的獵犬咬掉；於是依然是處女的她就被送到修女院，因為夫家怕她生下來的小孩也會沒有鼻子。她寫下獻身兒童愛德麗莎所說的話，有天院內最刻薄的見習修女艾迪特在果園裡撿起了一顆落下的爛蘋果丟出，砸中愛德麗莎的脖子，愛德麗莎就嚷著，但願對他人行惡者遭到惡報！瑪麗改寫了一首古老的吟唱故事詩，於是除了原先的故事之外，也可以視為王后的外祖母鄧哲赫絲的故事，鄧哲赫絲是著名的大美女，向來任性而為，儘管已經結婚生子，但是愛上別人就拋夫棄子跑掉，而且毫無悔意。瑪麗寫下當年母親帶著她從失敗的十字軍東征之旅回家時，途中看到一隻黃鼠狼叼著一朵紅花跑過的情景——是黃鼠狼還是雌狐？——她決定還黃鼠狼。她寫下仙女美露莘，瑪麗身上就流著這位奇異祖先的血。她寫下王后，她的驚人美貌和無懈可擊的教養，她得天獨厚的身體形成完美的和諧，她顛倒眾生的魅力，她美麗的臉，她明亮的雙眼，豐潤的嘴，完美的鼻子，閃亮的金髮，彬彬有禮，講話討人喜歡，臉頰有淡淡的粉紅色。世上沒有女人比得上她。

而在她私下最喜愛的那首吟唱故事詩中，她寫到自己生平第一次見到的幻象。在瑪麗的母親死去的幾個星期前，當時瑪麗的阿姨們不是死了就是嫁人了，唯一剩下的悠蘇蕾阿姨開始常去家族裡的小教堂祈禱。最後她去找瑪麗的母親，哭著說她寧死也不要結婚。我會願意當個獵人，用刀子刺進肉裡，但我不會成為獵物。我不會倒在那裡，讓刀子刺進又拔出，悠蘇蕾說。瑪麗的母親聽了忍住笑意，輕聲說別擔心，說她已經跟豐特夫羅修道院談好了入會金，他們會接受悠蘇蕾去當見習修女。

在離家兩天前的晚上，悠蘇蕾帶著瑪麗去進行最後一次打獵。兩人在寒冷的四月夜晚起床，徒步前往樹林裡的一個水池邊，附近的動物天黑後都會來這裡喝水。到了那裡，瑪麗和悠蘇蕾坐在樹下，拋開種種思緒，讓自己更像是她們所坐著的那些樹根，抹去自己身上某些人類的特質。有好幾個小時，兩人坐在那邊什麼都不想，然後，在黎明最初的曙光中，溫暖的水面揚起一縷縷霧氣，瑪麗看到離她最遠的水池邊緣有一隻鹿的形影。那是母鹿，有隻幼鹿正湊在她的腹部，這不像真的，因為那隻母

7 Outremer，字面意為「海外之地」，即一般通稱的十字軍國家（Crusader States），尤指第一次十字軍東征在征服聖地耶路撒冷之後，於中東地區所扶植、建立的四個國家，成為基督徒在當地的前哨基地。

鹿頭上生著一對大大的鹿角，身體是純白色。看著這隻彷彿是霧氣聚集而成的鹿，瑪麗憋著呼吸，完全不敢動。要是她阿姨看到，這隻母鹿現在就已經沒命，鮮血將如紅絲帶流入水中。

然後那隻白鹿抬起頭，看著水池另一頭的瑪麗，全神貫注打量著這名人類女孩。她對著沉默的瑪麗說了些什麼。時間靜止。整個森林旁觀著。然後那母鹿轉身一躍，就進入灌木叢中消失了，那小鹿也蹦跳著跟在後頭。次日悠蘇蕾就去了豐特夫羅修道院，瑪麗一直記得那隻母鹿，忘不了那種敬畏和神祕，直到她終於寫下來。

她寫了好幾天，把那些吟唱故事詩仔細抄錄下來。她興奮不安地寫著，睡得很少，皮膚變得半透明，因為曾經有的一點皮下脂肪都沒了；她滿腦子渴望著回到穀倉，在搖曳的燭光下寫作。白天時，她只花一小部分心思整理帳簿，開始明白整個修女院運作系統的種種漏洞和缺失，但是幾乎不在意。

可憐的尤拉麗雅修女（她每回彎腰時，臉上的粉刺就會爆出可怕的膿，所以常常白天工作到一半，就因為包頭巾太髒而得換掉）看著瑪麗說，新的副院長現在瘦得整個人只剩兩顆灼亮的大眼睛了。

天鵝頸說，瑪麗的皮膚也像是在燃燒，坐在小教堂的長椅上，她的體溫可以讓兩旁的修女都保持溫暖。

露絲說她認為瑪麗很快就會死了，因為露絲出身算命師家庭，她看得出死亡的印記在瑪麗的臉上發亮。

瑪麗為她的詩集寫了序言。但凡獲得天主賜予理解力和流利口才的人，絕對不能保持沉默或隱藏自己的天賦，而是必須予以發揮，讓這些才華在他人的讚賞之下煥發茁壯。在序言中，她的詩集並不是題獻給真正的目標，而是稍微偏向一旁，獻給重要性低得多、但是權力也大得多的國王。如果王后沒有被這部吟唱故事詩集打動，那麼或許也會因為太嫉妒詩集竟是題獻給別人，而將瑪麗召回宮中。

等到那一小疊羊皮紙的詩集完成，並盡力修改得完美，她這才發現已經是聖母領報節的前一天，自己來到修女院已經好幾個星期了。她又從自己的箱子裡拿了一些錢幣，沒有請求允許就跳過第六時辰祈禱，逕自騎著馬到鎮上，發現周遭的一切都變綠了。她打算買些做麵包的白麵粉和做蛋糕的蜂蜜，還要買頭母牛宰來過節，否則次日就會只有堅果和乾莓果，以及一隻死產的牛犢了，這隻小牛是歌達之前從那頭狂吼的母牛身邊扛上肩、送到廚房的。歌達當時還對著滿臉驚駭的廚工說，只要把牛犢烤過、嘴裡塞個蘋果之後，任何人看到都不會覺得難過了。瑪麗以歡慶的心情騎著馬，手稿緊緊塞在胸口。到了鎮上，她用自己所能買到最細緻的皮革把書和信包起來，又花了一大筆錢請人快馬當天送到西敏的宮廷，交到王后手中，她很確定自己接著就會被召回宮，就算不是當天，也會非常快。她付錢時笑了起來，因為那些錢幣上有國王頭像，而這本書稿指名的收件人（而不是真正的收件人）就是國王。

接下來她就等，焦急得幾乎是喘不過氣來。她想像埃莉諾低頭對著書稿，閱讀著，終於完全看到瑪麗，完全懂得她了。瑪麗覺得自己會死於她的愛。或者，也可能會死於必然降臨到她身上的榮耀。因為埃莉諾將會像是一件刻花玻璃，透過這件刻花玻璃，瑪麗的光芒才能流動；王后將會找人傳抄這本書，送給自己喜歡的那些人，而每一個讀到瑪麗詩作的新讀者，都會深深感受到這位少女的才華。

瑪麗陶醉地想著，藉由王后的代為傳播，藉由她回報的愛，自己將會永垂不朽。

她看著太陽升起，溫暖地照耀著新年的這一天，也就是聖母領報節，這是創造的第一天，天使加百列降臨在童貞女馬利亞耳邊低語、讓她充滿神性的一天。

她焦慮得完全沒辦法做院長交代的事情，於是趁院長對空口述一封給債主的嚴厲信件時，她就去書櫥拿了奧維德的《愛情三論》（*Amores*）來閱讀。但是今天這本書她看不進去，書上說，要忍耐並堅強起來，這種痛苦有朝一日將會對你有用的，她覺得這是對著另一個心中沒有希望的女人所說的話。

於是院長口述到一半，她站起來把她的灰背隼放到肩上，沒理會院長抬高嗓門警告她，就走出去到馬廄，為她的馬套上馬鞍，騎著下了山丘。她騎到種植著冬裸麥的農田時，就放開拴繩讓灰背隼飛出去；而她自己則朝鎮上的方向騎，經過田野和森林，沿路注意看有沒有信差出現。但是快到小鎮時，都沒看到信差的影子，於是她勒馬停下，掉頭慢慢騎回去，一路認真聽著後方是否有馬蹄聲。但結果回程一路上也都沒有。在菜園裡工作的修女們像是一群松貂般紛紛直起身子看著她接近，因為院裡總是有工作要做，她還騎馬出去玩，太不像話了。薇伏瓦一定會狠狠懲罰瑪麗的。

烏雲遮住美好的晴朗天空，大雨開始落下。她哨子吹了又吹，想找她的灰背隼回來，但是那隻鳥始終不見蹤影。等到雨大得她沒辦法吹哨，就只好回到馬廄，幫那隻母馬梳刷，用一根削尖的木棒挑掉馬蹄上的泥巴。第九時辰祈禱的鐘聲響起；在小教堂裡，她的會衣流下水來，在長椅下面積聚成幾灘水，她冷得發抖。祈禱之後，薇伏瓦用一根細樹枝抽打她的手，因為她跑掉，因為她這麼粗心讓自己全身溼透，最後打到她的雙手腫起流血，不聽使喚。但是瑪麗想著自己很快就能離開這個地方，於是幾乎感覺不到疼痛。

她穿著溼透的會衣，全身發抖、雙手刺痛地走進食堂，裡頭聖母領報節大餐的食物散發著美味的香氣，儘管照規矩應該沉默用餐，但修女們開心地竊竊私語，最後院長柔軟的臉上出現了罕見的怒氣，站起來說，夠了。大家沉默下來。然後她們安靜吃著柔軟的麵包、肉、蛋糕和烤大頭菜，吃了又吃，吃到飽了之後，還繼續吃到太撐，可憐的獻身兒童愛德麗莎還吃到跑出去嘔吐，擔心自己沒時間再填滿肚子。但是食物很夠，時間也勉強夠。那天發給教堂小門外乞丐的剩菜很豐盛。

雨停了，但是地面溼透且冰冷，路上的泥巴好厚。

晚禱。

睡前禱。她竭力傾聽得耳朵都發痛了。但還是沒有信差到來。

睡前禱之後，一個在廚房工作的女佃農等在小教堂外的迴廊。瑪麗出來時，那女佃農就把一塊髒布塞進她手裡，隔著那塊布，瑪麗可以感覺到她那隻鳥的輕盈身軀。

一開始她好難過失去了這隻灰背隼，她小小的、凶猛的好朋友。然後一種奇怪的幸福感忽然穿透她全身，因為在她的詩集裡有個故事，裡頭兩個相愛的人是透過一隻包在刺繡布巾裡的死夜鶯交換訊息，或許眼前這個就是她一直渴望的訊息。

是的，她心想，為了得到訊息，她連自己的鳥也可以犧牲。

她打開那塊髒布，看到了她預料中鳥被撕開流血的身軀，是被一隻比較大的鷹隼殺死的；這隻灰背隼因為漫長的冬季都待在室內，因而變得緩慢而遲鈍。但是她檢查半天，那塊髒布裡面沒有任何訊息。

那個僕人口氣虔敬地說了些話。歌達走過來幫忙翻譯成法語。那女佃農說她正要走回自己家時，看到天空有一隻大鷹，是野生的母鷹，從初升的銀月那邊像箭矢般衝下來，雙爪抓走這隻灰背隼，那爪子抓得好緊，這隻小鳥的鮮血有如小麥灑落地面，這個僕人循著血滴，在小徑上發現了副院長小姐的這隻鷹隼，知道高貴的副院長小姐會想知道牠的下落，因為把這種森林中的凶猛惡鳥養來當寵物雖然很反常，但是貴族人士有奇怪的喜好，批評他們也沒有好處，教會裡信仰虔誠的人都知道，批評的流向就像水的流向一樣，只會往下流、不會往上流，唉。那女佃農朝瑪麗露出缺牙的笑容。

瑪麗很小聲地說，拜託，助理副院長，請向這個女人道謝，又說她明天會去找她，給她一便士。

但是這個女人似乎反對，接著歌達口氣很凶地對她說了些話，那女人就抓走瑪麗手中的那塊髒布，把死鳥塞回瑪麗手裡，咕噥著走進黑暗裡消失了。

歌達昂起下巴說，那個女人想要兩便士，於是歌達說她太貪心，一毛都不給她了。其他修女都已經離開回寢舍了。只剩目盲的院長跟瑪麗站在一起。她抬起手摸著瑪麗的臉，摸到一片溼溼的。

院長說，啊，所以瑪麗現在知道，當妳忽視自己的責任又不服從時，會發生什麼事了。

瑪麗說是的，雖然帶著恨意，但聲音很輕。

院長說她本來想罰副院長去禁閉室。鞭打五下，而且從第一時辰到第三時辰之間要跪在未去殼的大麥上。但是現在她覺得瑪麗已經受夠多苦了，何況院裡也沒有多餘的大麥。可憐的小鳥。院長現在已經逐漸喜歡上牠夜裡發出的那些小小聲音了。

瑪麗說好。

薇伏瓦悄悄走過來，說其他修女都已經去睡了，但瑪麗的床還是空的，如果她不想被鞭打的話，就趕緊回寢舍去吧。

瑪麗說好。她默默跟著薇伏瓦回到寢舍，在自己的床躺下，把冰冷發痛的雙手包在袖子裡取暖。她傾聽了一整夜，兩度誤以為紅豆杉樹枝在風中的喀噠聲響是快馬奔跑的蹄聲。但結果不是。沒有人來。也不會有人來。完全不會有人來接她回家了。

她的哀傷倍增，周圍是只吃了一頓大餐仍然很餓的修女，院裡的生活灰暗而悲慘，於是她開始認真考慮要讓自己死掉算了。

她參加晨曦禱，坐在那裡卻完全沒聽進去。

她知道懶散是一種罪。絕望也是。

憎恨更糟糕；瑪麗的憎恨太強烈了，要是她一不注意，就會扯斷自己的手腳了。

她想過要逃離修女院；逃進樹林裡獨自生活，靠自己用雙手捕捉野獸來吃，從溪澗裡喝水，成為野人、山賊或隱士，住在空心的樹洞裡。但在這個島上，荒野地帶也是所剩無幾，而且都太接近有人居住的聚落。不，她的性別和太高的身軀把她給困住了，她會很容易被認出來，而且她不太會聽講英語，之前在母親死後，她已經被迫偷偷過了兩年孤寂的生活，當時她模仿母親處理所有事務，因為她母親家族的那些豺狼絕對不會讓一個私生女繼承那麼多財富。那兩年瑪麗獨自困在命運的牢籠中，只有忙碌的瑟希莉能讓她好過些；瑪麗絕對不想再經歷一次那種靈魂的荒漠狀態。她天生的性情就不是那種可以一個人過得很好的。

一隻夜鶯飛入瑪麗的腦海中，那是王后的寵物，從花園裡撿到的小鳥蛋一路親手養大。宮廷裡人太多，有時某些貴族還得並排睡在大廳裡，但這隻鳥卻獨享一個小室。白天那隻鳥會從窗子飛到棲架上，張嘴唱歌，王后和她的貴族女伴們聽了都很開心。但瑪麗很了解夜鶯——法語是rossignol，不列塔尼語是laüstic——在她居住於河畔城堡的快樂童年時期，漫長的夏夜裡常常聽到窗外的野生夜鶯唱歌。她發現籠中囚鳥的歌聲令人難以忍受。牠不會歌頌那些充滿靈感的飛行、或是從其他鳥那邊學來的奇怪曲調，而是只會用固定幾種方式唱同樣的那幾首歌。牠的想像力被限制在那個封閉的房間裡，從窗子只能看到最小的一片天空，室內的空氣令人窒息，吃著王后親手逐一餵食的蠕蟲。

每當瑪麗在宮廷裡覺得前途茫茫、格外難受時，就常常會想把那隻鳥抓來擰斷脖子。

然而那些貴族仕女們聽著這隻夜鶯唱歌，就會雙眼迷濛起來——這些女人的生活就是在宮廷和小室和教堂之間不斷循環，從沒想到要騎馬馳騁過田野，也沒想過要比武，打獵，辯論，或閱讀古代偉大哲學家作品，還是在水流湍急得可以讓人失足、沖到一哩外的河裡裸泳，她們成天只會做針線活，為了宮廷愛情、偷情、暗自受苦的故事而嘆氣——瑪麗也可以想像用自己的一雙大手擰斷這些女人的細瘦脖子。

當黎明的晨光透入窗內、染亮小教堂西牆的白色灰泥時，她感覺到自己的指尖有一團火。這團火帶領她回到眼前冰冷的現實。她的身軀靠在長木椅上，臀部貼著薇伏瓦和天鵝頸的髖骨。她的鼻子聞到她們皮膚的氣味，她的舌頭嚐到自己牙齒上的睡眠酸味。在領唱人的歌聲中，她聽得到一隻歌鶇在外頭的山楂樹上唱歌，那棵灌木昨天才開滿了一樹宛如顫抖蕾絲的白花。

她彷彿可以看到這隻歌鶇的歌聲化為實體，從那小小的鳥喙中冒出來，狂野地往上飛，但因為進入了更廣闊的天空，那歌聲很快就消失在風中。

她把注意力集中在眼前，因為周圍的修女都在頌唱。院長熱誠地閉上霧濁的雙眼，清脆悅耳的嗓音特別突出。

瑪麗也可以看到這片歌聲一波波出現在眼前。

歌聲形成一團團白色霧氣，從修女們的嘴裡冒出來，飛昇膨脹，觸到高高的白色天花板，然後在那裡聚集，直到變得太重，開始沿著牆壁和柱子和窗子流下，形成一道小瀑布；那歌聲流過石地板，回到修女們的木鞋下，然後沿著鞋跟往上，來到她們柔軟的皮膚，注入她們的血液，在她們的體內奔流且淨化，往上經過發臭的內臟，再從肺部呼出。那些回到她們體內、再一次從嘴裡湧出的頌唱強化了，每經過一次新的循環，力量就倍增。

於是她明白，因為這些頌唱的禱告是封閉在小教堂內，無法逃脫，所以聽起來格外有力。

或許小室中的鳥啼比野鳥的歌聲更珍貴，因為是小室本身造成的。

或許讓野鳥唱得更好的自由空氣，其實反而限制了禱告能觸及的範圍。

這份理解如此渺小，渺小得微不足道。不過，或許已經足以讓她活下去。

那麼好吧，她恨恨地想著。她會留在這個悲慘的地方，盡力過好日子。她會窮盡一切辦法，在這個世俗的階段提升自己。她會讓那些把她逐出的人後悔。有一天，他們將會看到她散發出的威嚴氣質，心生敬畏。

她對埃莉諾的愛會深埋心底，雖然這愛沒有死滅，而且愛火會在她的人生中一再重新燃起、又必須一再封蓋住；但那愛將會變形，化為憎恨，然後愛火再度燃燒，再被掐熄為悲痛，在她心中留下一片空蕩。

瑪麗看著四周，看到修女們雖然穿著厚羊毛會衣，但瘦得脊椎骨都看得出來。她低頭看著自己瘦得沒有肌肉的雙手，奮力脫離那種絕望的恍惚狀態。

祈禱結束，在小教堂外迴廊內的淡淡冷光中，她轉身阻止那些要去工作的修女。她畢竟是副院長，地位比她們高。薇伏瓦想命令她安靜，但瑪麗狠狠盯著她，目光嚴厲得連薇伏瓦都不吭聲了。

在之前的暫停休息時間，她擬定了一個計劃，她告訴她們，要把大家分成幾個小組。她會接掌這個地方，她一臉嚴肅地說。

首先，她把紡紗修女帶到池塘邊，教她們如何用麻線和糞肥堆裡挖出來的蠕蟲釣鱒魚，這個方法簡單得很，她四歲就會了，然後她說，聽到她們厭惡的尖叫聲，真讓她替她們覺得羞愧。她要種田的修女們去採剛長出來的蕁麻嫩葉，並搜尋蘑菇，不過當然不能採那些一按壓就會瘀青的，她說，除非她們想做噩夢，夢中充滿魔鬼和色彩鮮豔的奇怪炫星。今天的晚餐至少會有魚和濃湯。

接著她快步奔跑去找管窖人，後頭跟著同為見習修女的露絲和天鵝頸，她要求進入儲藏食物的地窖，在裡頭發現了一整大塊的培根和一小桶好麥酒，是管窖人私藏要給自己和部屬們享用的。

培根？瑪麗說。但是我讀過會規，會規禁止我們吃四條腿的動物。

歌達站在門口嗤之以鼻，說光靠麵包可養不活麼多人。只有我養的那些動物的身體，才能讓我們在挨餓的時光活下去。

瑪麗心想，的確，在這個嚴寒又潮溼的地方，要是連培根的撫慰都沒有，她不相信自己活得下去。那麼，好吧，她就准許大家吃培根了。

這會兒管窖人把強壯的手臂交抱在胸前，用一種氣憤而戒備的口吻說，院裡吃肉也不是什麼新鮮事，其他修院除了星期五之外，天天都可以吃四條腿的動物，她做的只不過是其他管窖人都會做的事。

啊。其他管窖人會私藏食物，不管其他修女都在挨餓嗎？瑪麗問，露絲後來敘述，這一刻瑪麗的臉好可怕，花崗岩似的，冷酷極了；那管窖人是個大嗓門的粗壯女人，常常會打僕人和比較年輕的修女，此時卻害怕得退縮了。瑪麗沒抬高嗓門，但是她把管窖人降級去種田，雖然被派去種田的修女大部分都是英格蘭人，絕對不會是出身貴族的法蘭西人。

她拔擢了無鼻修女瑪蜜兒當新的管窖人，瑪蜜兒自從鼻子被咬掉之後就不會感覺到饑餓，而且只憑公平和正義行事。日後她將會證明自己是最出色且思慮最周全的管窖人，直到瑪麗擔任修女院院長的最後時日都是如此。

過了一會兒，瑪麗就逼自己去把她放在箱子裡的硬幣找出來，交給歌達，這位助理副院長或許很不厚道，但非常誠實，瑪麗要歌達去鎮上買足夠的麵粉、豬跟鵝，好餵飽修女們，撐過菜園還不能栽種的這段期間；另外還吩咐歌達到鎮上時，務必要買幾雙給瑪麗穿的大木鞋，因為她已經厭倦薄鞋底老是擋不住石地板的寒意，冷得她兩腳刺痛。她遞給助理副院長一根棍子，上頭畫線標示了她兩腳的長度。

歌達接過棍子和硬幣看著，憤怒得全身顫抖。她怒斥道，如果瑪麗一直有這些錢，為什麼不早點拿出來，為什麼不讓修女們少挨幾星期的餓。

瑪麗心想，啊天主在上，因為她原以為往後很多年她待在宮廷裡會需要用錢，而不是待在這個豬舍似的修女院，跟這些被拋棄且愚蠢的廢物修女們在一起；但是她收拾自己的表情，直到臉上沒有一絲輕蔑，這才說，她的心思之前都被別的事情佔滿了，這話倒也不假。

瑪麗上樓到院長居所，坐在隔著獸角窗片照進來的光下，覺得自己彷彿是一根點燃蠟燭的燭芯。接下來她必須做的事情就放在她面前，完整清楚，而且很繁重。

一整個下午，瑪麗都在檢查那些帳簿，查出艾姆院長為了當地鄉紳們的一點小禮物，而讓修女院的許多土地被拖欠租金。院長在角落低聲頌唱，面帶微笑。當瑪麗口氣憤怒地問院長為什麼讓承租人這麼久都不付租金時，艾姆才說，她自己眼睛瞎了，而且下屬們又都太無能，她仔細想過，認定如果自己控告這些租戶，要他們繳清租金，他們就不會送禮物給修女院了，因為瑪麗自己也知道，這些鄉紳彼此都有親戚關係，只要打擊其中一個人，就會被當成是打擊所有人。

失去租金總比失去朋友好，院長說，好像這是什麼至理名言似的。

瑪麗問，可敬的院長真的是在說，她寧可收到幾磅胡椒和幾車柴火當免費禮物，不惜放棄讓修女們可以吃飽並茁壯的租金嗎？

但是院長已經說了她想說的，認為能解釋自己的最佳方式就是頌唱，於是開始用高音調的悅耳聲音唱了起來。

瑪麗脫掉她最外層的那兩條長襪，用來捂住自己的耳朵，然後低頭開始工作。

那天下午，在所有不交租金、將修女院土地據為己有的佃戶中，瑪麗挑出了最惡劣的一家，這家人生活得像是上流階層，好像那些土地是他們自己的，而不是這些挨餓修女們的。

在夜裡，她心裡有個聲音悄悄跟她說千萬不能這麼做，她不過是一個沒有歸屬、沒人疼愛的笨拙少女，她才十七歲，甚至還沒成為正式的修女，她的會衣是用不同顏色的羊毛布料拼接起來的，寒傖得丟人，而且她的臉沒有美貌，手臂也只是女人的手臂。她怎麼敢。

唔，她在心裡回答道，要是她真的做不到，最壞的結果就是死掉，若是如此，那麼其實也不會太慘，不是嗎。但是她眼前一直浮現獻身兒童愛德麗莎的臉，愁眉苦臉、泛藍又悽慘，於是瑪麗心中再度燃起怒火。她至少得試試看。

於是她起床，大批修女跟在後頭，因為此時大家全都聽說她是十字軍戰士，懂得用長劍實現神聖與公義。她們凌晨很早就來到那個農莊。瑪麗穿戴著她最有王室氣派的衣著，在戰馬上看起來很嚇人。她下馬敲了門，一個打哈欠的下等僕人開了門，看到這位模樣奇怪、個子奇高的修女站在那裡，就立刻又摔上門。

瑪麗很冷靜地又回到馬上，略微轉身，命令露絲修女再去敲門。等到那個邋遢的女主人開門大罵露絲吵醒了全家人時，瑪麗就策馬從露絲旁邊經過，衝進正廳內，這一家人跟僕人都還躺在裡頭睡覺；瑪麗舉起她帶來的院長權杖，痛打裡頭所有人，直到這一家子瘀青又流血，從廚房的後門溜出去，逃進樹林裡。瑪麗事先已經安排修女院的所有僕人和工人帶著盆子和鏟子等在附近的樹下，以防萬一需要動手打架，此時她從裡頭叫來一個貧困寡婦，這寡婦長年在修女院忠誠服務，六個子女大部分都長大了，每一個都壯得可以打鬥。她下令讓這一家成為這個產業的合法居民。最後，她逐一檢查每個房間，修女和僕人將東西拿在手上，直到每雙手都沉重地堆滿東西：這一家人儲藏的銀器，所有的盤子和畫作，甚至還有書房裡所找到半發霉的手抄本和植物標本——修女院為了籌措食物，已經把所有珍貴的東西幾乎全都賣光，院裡沒剩幾本書可以閱讀。瑪麗也帶走了所有乳牛，只留一條給寡婦一家，另外還帶走了所有山羊和雞。

那個白天，瑪麗副院長氣勢洶洶地騎馬去其他拖欠租金的佃戶家，她會衣底下露出繡著金線的袖口，一張出自金雀花家族的臉，後頭跟著騎驢的歌達，因為常常需要她幫忙把英語翻譯成法語，然後再把法語翻譯成英語。此時，每個拖欠的佃戶都已經聽說瑪麗趕跑了那戶高傲的人家。一看到這位年輕的副院長出現，人人都知道可怕的新日子降臨到自己身上了。

等到這些佃戶被召去償還積欠租金的那一天，那些失勢的佃戶都出現了，有的哭著說家裡貧窮或子女太多，但瑪麗毫無憐憫之色；於是最後他們讓步了，從口袋裡掏錢出來付清積欠的租金。其中有的發牢騷，但是大部分也同時覺得很榮幸有這麼一個強悍、勇武、出身王室的女人來發號施令。因為關於人類的一個深刻真理是，大部分人都需要一個比自己強大得多的力量來保護，否則是不會覺得安心的。

第二部

來到修女院的第一個春天，瑪麗把她以前從王后花園裡偷來的那些杏核仁種進土裡，讓它們離開自己，因為那是她所失去一切的紀念。這些杏核仁將會艱難地成長，生出瘦弱的薄葉，她心想，而她將會覺得自己的人生彷彿就綁在這些杏樹上。此時她還不知道自己希望這些樹枯萎還是茁壯。

施加在修女們身上的教會政治壓力是天天都有，重得簡直壓垮人。瑪麗逐漸認得出那些教區上司出現在走廊的腳步聲，因為他們都穿著靴子，而不是修女院裡的女人們所穿的木鞋。一聽到他們的腳步聲，瑪麗就會趕緊起身，悄悄從後門溜掉，留下糊塗的艾姆——畢竟她是修女院長——去對付種種要求、會規、金錢的需索，以及無休無止地請求修女們奉獻自己的時間、心力、禱告，這一切艾姆都會親切地同意，然後輕易就忘記告訴瑪麗。

唔，瑪麗決定，自己得像是訓練狗或鷹隼般訓練這些教會裡的上司，要用獎賞，而且慢慢來，這樣他們才不會發現自己是在受訓。

上司們斥責她老是不見人影。她寫信道歉，說因為她書寫時比較沒那麼笨拙，接近她渴望成為的樣子。她附上一份清單，列出她那天必須到現場處理的事務：蘋果樹的修枝；牛奶裡有股野蔥的臭味；一位年老修女鼻血流個不停；佃農的稚女被狗咬傷、人和狗現在都口吐白沫；拖欠租金的農莊，被抓到在吃洗衣皂的僕人。我真希望我的時間能用來吃蛋糕、喝美酒聊天，她用詞謙卑地寫道，小心流露一絲怒氣。

然而，她的那些教會上司們——一個個口氣臭呼呼的，因為用太鈍的教會剃刀刮鬍子而臉頰上有一個個疙瘩，滿臉自負的微笑，挺著大肚腩——還是持續想找到她。她也持續溜掉，留下艾姆去對付他們。

很快地，那些上司們就曉得要把自己的人員撤回城裡，改用寫信聯繫，而瑪麗的回信則充滿錯綜複雜的客套話和讓步，並逐漸拉長回信的間隔時間，而且把他們強硬的要求巧妙地變成自己在幫他們的忙。

她的手段是漸進的，她多年後成為院長時，她已經完全掌控他們了。

復活節剛過的那段時間是最饑餓的，冬天的存糧只剩最後一點，而菜園裡又還沒開始收成。有一家農民餓得再也受不了，就從修女院所屬、騎馬要花上半個白天的農田裡偷了冬裸麥，烤成麵包吃。但是那些裸麥染了病，也或許是被魔鬼詛咒了，於是吃下去以後，就有人光著身子跑到街上、失控地跳舞唱歌，有人看到可怕的幻象而尖叫，還有人全身僵直、難以呼吸。

任何辦法都趕不走那種疾病：祈禱沒有用，在聖水裡浸浴沒有用，把他們綁在床上沒有用，夜裡忽然跳出來嚇他們沒有用，抓住腳踝、讓他們泡在冰冷的河水裡沒用，用紅豆杉樹枝用力打他們腦袋沒有用，從頭到腳埋在溫暖的糞肥裡沒有用，把他們高高倒吊在樹上、一直旋轉到嘔吐也沒用，在他們的腦殼上鑽一個小洞、讓壞體液流出腦部也沒用。謠言開始散播，說修女院的土地被魔鬼盯上了，凡是有人吃了修女院土地上長出來的東西，惡魔就會進入他們的身體。

啊，艾姆院長說，不要在乎那些謠言，而該去了解其中的困境，她喃喃說一開始只是修女院的莊稼賣不掉，但緊接著，大家就會說這些修女是魔鬼的代理人。現在那些百姓已經認定修女很可疑、很反常，是女巫的姐妹。

她叫人備馬，說她和瑪麗要騎去那片農田驅魔。

那是一個美好的早晨；青草的頂端罩著一層薄霧。瑪麗看著大風吹襲的風景，一大片深色森林緊緊包圍著最接近修女院的農田。接著她看見樹頂上方赫然出現一座人造的拱狀物，下一刻就又被樹遮住看不到了。瑪麗驚奇地輕喊一聲，院長說是的，羅馬人建造的，我想那是用來輸送水的。她又再度哼起歌來，瑪麗驚嘆於這個民族真是了不起，創建的東西在他們死後仍能延續千年。人類一定會化為塵土，今天的人比起一千年前的要渺小太多了。比起諾曼人，或更糟糕的、渺小脆弱的英格蘭人，羅馬人、希臘人都太偉大了。再過一千年，人類就會跟田野裡那些反芻的母牛一樣不知思考。瑪麗渴望能成為一千年前的那些偉人之一。在那個時代，她可能會找到像自己一樣的人。她就不會覺得那麼孤單了。

接近黃昏時分，兩人抵達了那片枯萎的農田。瑪麗和院長下馬，頌唱縮短的晚禱詞，同時村民們陸續走過來。她們被帶到一棟房子，裡頭那家人全身僵硬躺著，呼吸急促。其中一個女孩睜開眼睛，眼球在瘦削的臉上外凸，彷彿看到一個惡魔在燻黑的天花板上跳舞。院長為每個患病的人祝福，然後要瑪麗帶她進入農田。艾姆下令大家舉著沒點著的火把圍住染病的裸麥，還要其他每個有力氣的人都拿著鏟子和耙子。

然後院長身上出現了一種驚人的轉變，她變得精明能幹，彷彿超越了那具瘦小身軀的極限。她站在照過樹間的最後一道白晝天光裡，蒼白的臉亮得連站在一弗隆[8]之外的人都看得見。她抬起雙臂，聲音變得低沉而響亮，用拉丁文緩慢唸了一段瑪麗從沒聽過或讀過的禱詞。唸完後，院長喊了阿們並點頭，瑪麗就以自己手上已經點著的火把去點燃左右兩側人手持的火把，接著每個人又去點燃下一個火把，在愈來愈深的黑暗中持續下去，直到那片田地被點點火光圍住。最後院長大喊一聲，放下手臂，所有的火把也往下碰觸農田。沾了油脂的裸麥很快就燒了起來；田裡的兔子和築巢的鳥紛紛跑出來。一隻尖叫的田鼠衝過瑪麗面前，她攔下來用木鞋踩死，因為那田鼠的小小身軀已經滿是火焰。旁邊拿著鏟子的人都小心不要讓火燒到沒枯萎的農田，最後火燒成餘燼，只剩院長和副院長跪下來在夜間祈禱。其他的人則在黑暗中悄悄回家睡覺。

兩個修女在冒著煙的農田裡祈禱，直到煙霧消失、黎明到來。瑪麗冷得全身打顫，她身上到處都痛，滿心強烈的恨意，好恨這樣沒有必要的受苦。夜裡祈禱時，為了讓自己分心不要去想那種痛苦，她就逐一為她的修女姐妹們祈禱，每個修女的缺點都變得好明顯。慢慢地，她決定改掉院長原先分配工作的方法——把工作分配給最不擅長的修女，好教導她們謙遜——瑪麗將會按照每個人的長處分配工作。再也不要讓生病的修女在農田裡咳嗽、虛弱的修女去曬洗好的床單，再也不要阻止歌達照料動物，再也不要讓嚇得流淚的露西修女去擠牛奶，因為她姊姊以前是被一頭牛踢中腦袋而死的。以往因為虛弱和不情願的心態浪費太多時間了。她心想，以身體勞動而自豪沒有什麼錯。她從來不信服任何使人謙卑的論點。天主做了種種善功，當然會希望能做好工作。

最後，一輪太陽出現，瑪麗幫著跪在旁邊的艾姆院長起身，半扶半抱地帶著這位年邁的院長來到馬匹休息的那棟小屋。

院長給出了最後的一些指示：接下來三年，那片農地只能種植小麥，農田北邊要

8 弗隆（furlong），英格蘭傳統的長度單位，約二〇一公尺。

豎起一個大大的木造十字架以抵擋魔鬼。那一家人的女主人把院長冰冷的雙手握在手裡摩擦，直到艾姆終於停止顫抖。

她們把修女院帶來的食物都留給饑餓的村民，然後自己空著肚子騎馬踏上歸程。等兩人騎到村民們聽不到的距離時，瑪麗問院長是從哪裡學到幫農田驅魔的，她所知道的書裡都沒有記載這樣的儀式。蒼白而疲倦的院長露出微笑說，啊，當然是我編出來的。宗教儀式能創造出精神淨化的效果，瑪麗。神祕的行動創造出神祕的信仰。然後，在那匹肥壯小馬的搖晃平撫之下，院長睡著了。

聽了這段話，瑪麗有點明白這一夜的真正目的。女人在這個世界是脆弱的；只有名聲能保護她們不被擊垮。院長對自己院裡的修女挨餓一直無動於衷，但是碰到不利謠言的威脅，卻警覺地立刻採取行動。

這會兒瑪麗眼前浮現出埃莉諾的輪廓，想像她以財富和血緣和婚姻，以朋友和密探和諮詢者圍繞著自己，築起一圈又一圈的牆，而在最外圍的，則是她以名譽建造的牆，耗費了鉅資去維持。女人的權力只存在於被允許的範圍之內；聰明的埃莉諾明白，只有在這種攻不破的重重圍牆內，她才能得到自由。瑪麗眼前閃現出自己的小小形影，正在爬那些牆；啊有一天她將會設法越過王后的那些圍牆，有一天她會待在裡頭，安全無憂。

瑪麗心想，若要在這個她痛恨的修女院裡，達到她在這世上的目的，埃莉諾就是她的榜樣。她會在自己的周圍，以財富和朋友和清白無瑕的名聲，築起一圈又一圈的牆，她會讓自己脆弱的修女們平安地待在牆內。瑪麗會按照王后的形狀塑造自己，她心想。院長打著鼾，馬在放屁，這個白晝逐漸過去，但瑪麗的心思跳躍又奔跑，擬定著種種計畫。

瑪麗在聖母升天節成為正式修女，前一夜她睡得很不安穩，夢到了她童年時的那條大河忽然在夏日豔陽下結冰，映出炫目的亮光，照得她目盲。她在短暫見習期即將結束的這天早晨起床，覺得好煩，好熱，心緒不寧。她緊張得都聽不見彌撒，也看不到、感覺不到那些朝她露出溫暖笑容的修女們臉上的喜悅，整個場面太讓人應接不暇了，她垂下眼睛心想，除了手裡的東西——一手是她折起的會衣，另一手是沒點著的細蠟燭——她什麼都看不到，她跟著露絲和天鵝頸暫時離開，非常莊重地脫掉原來的衣服，穿上會衣，然後拿著此時已點燃的蠟燭回到祭壇，啊她好擔心，祈禱著蠟燭不要被吹熄，終於到了儀式的最後，主持儀式者以拉丁文說出祝福的話：基督的處女，接受這貞潔的頭紗。接著灑聖水，然後是黑頭紗蓋在她頭上的奇異重量。死亡的顏色，她心想，黑夜的顏色，絕望的顏色。然而，她還是張開手，接受了贈與的戒指。

剛成為修女的頭三天必須完全保持沉默，然後是一場美妙的盛宴。瑪麗和其他兩位最新的修女臉紅紅地坐在慶祝宴的中央。

原先她還只是發暫願的見習修女，現在她成為發了終身願的正式修女；她把自己的一輩子交給了這個亂糟糟的可怕地方，交給這些她幾乎不認識的女人。她身上其實有一個改變，非常微妙，每回她想要碰觸它、把它抓在手中好仔細端詳時，卻總是抓不住。

不過到了黑夜，在寢舍裡，疑慮又悄悄溜回她身上，她生出最憤恨不平、最黑暗的感覺，懷疑自己犯下了最糟糕的錯誤，接受了這種活死人的生活。她讓淚水從眼角流到太陽穴，被依然殘留著綿羊氣味、紡織者雙手氣味的羊毛會衣吸收。

現在瑪麗覺得，她好像老是在艱苦奮鬥，老是趕不上。她在修女院裡待得愈久，時間就似乎過得愈快。

沒有喘息的空間；瑪麗第一年的艱苦奮鬥只不過是讓她的修女們活著。她白天都騎馬去貴族家、佃農家、農田裡。老鼠鑽進了糧食袋，小母牛的甲狀腺腫大又體重減輕，晚來的一場凍害毀掉了半數的蘋果花，乳酪裡有個苦苦的餘味，有人要找她，總是有人要找她，除了騎馬之外，根本沒有獨處的空間。她睡得很少。醒著的時候，腦袋總是轉個不停。她守夜祈禱後不再回床上睡回籠覺；而是利用那幾個小時寫信，好在更大的世界裡栽培她的朋友花園。她四處給人情，因為每個家庭都會有多的女兒或姪女甥女，會有個年輕姑娘不想結婚，而且每一家人都會很高興得到修女院的蜂蜜、肥皂或麥酒，或是幫他們深愛的死去家人祈禱。

愛爾菲修女死於淋巴腺結核，可憐的脖子腫到最後害她窒息。

瑪麗見過其他屍體。有她母親的，另外在十字軍東征期間，還有厄菲蜜阿姨的，因為她渴得沒耐心等水燒滾就喝，結果喝到不乾淨的水，拉了三天肚子，到了第四天，躺在小床的她裙子撩到腰上，一隻蒼蠅爬過她的眼睛，因為她已經死了。接下來，這個女子軍團放棄東征之後——她們這輩子見不到耶路撒冷了——正在等待回法蘭西的船，她的歐諾琳阿姨（兩隻遊隼高高飛在她上方）心不在焉地伸手抓著腿上一個蚊蟲咬傷，沒人曉得嚴重的程度，直到她們去一個公共浴室脫掉衣服，裡頭一名侍女用她的語言大叫，把她們趕出去。歐諾琳那條腿已經處處發膿潰爛而變得黃、黑、紅三色交錯，在那個炎熱的可怕旅店裡待了三天，向來文靜的歐諾琳阿姨憤怒地一直咒罵，害她們不得不在她嘴裡塞了馬銜，好讓她安靜。她臨終急促喘著氣時，那兩隻遊隼也拍著巨大的翅膀尖叫，像兩個女人在慟哭。然後歐諾琳也死了。

然而，眼前看著脖子上有巨大黑色腫塊的愛爾菲，瑪麗還是很震動，她必須堅強起來，憋著氣清洗那個女人的屍體。

愛爾菲的死彷彿是個前兆，就在那個下午，瑪麗收到宮廷寄來的一封短信，沒具名的人在信中宣布，瑪蒂爾達皇后[9]病得很重。

你認識瑪蒂爾達？艾姆院長說，真是難以置信。她一直是我最喜歡的皇后，妳知道。是個女戰士。那些故事！她有回為了躲避追捕，在一條冰凍的河上奔逃一夜。啊我好愛那些故事，我喜歡這位反叛的皇后。艾姆開心地喃喃說著。

認識她？不，瑪麗說。我不認識她。她的丈夫就是我的、那個人。就某種意義上，她是我的繼母，但是。唔，算了。我剛逃離我母親的家鄉時，曾見過她一次。

然後瑪麗告訴院長，當年她母親家族的人把她趕出原來的莊園（因為她是私生女，不能繼承那個莊園）時，她就把所有能弄到的財寶裝進箱子裡，騎著她的馬，帶著她的鳥和瑟希莉，以及她疼痛的孤女之心，逃離那裡。她們在夜裡穿過鄉間，旅途非常愉快。

很快地，她們來到盧昂。那是個狹窄、多疑、不懷好意的城市。馬路上有某種大型動物的紫色內臟發著光澤，一隻齜牙的巨大的惡狗在旁看守。瑪蒂爾達皇后的宮殿在盧昂郊區的克維伊，非常小，而且太過整潔。

宮裡的壁毯都被蠹蟲咬得破爛，深色家具顯得厚重。

她進去等了好久，皇后才終於窸窸窣窣地出現：那是個乾癟的老女人，五官都擠在臉中央。在埃莉諾才剛從法蘭西的床跳到英格蘭的床上那陣子，需要更微妙的政治權術，就是靠這位皇后——埃莉諾的新婆婆、瑪麗名義上的繼母——指導。瑪麗很驚訝眼前這位個子這麼小、全身顫抖的女人可以帶領軍隊、爭取盟友、在羅馬和倫敦都登上后座、經歷圍困、徒步越過冰凍的河流也不肯認輸。她所看到的這位皇后，一陣強風就可能把她吹得像一片樹葉似的翻轉。說不定一個噴嚏就可以了。

瑪麗要稱呼她皇后，那老女人說，沒請瑪麗坐下。不能喊她繼母，永遠不行。她跟瑪麗毫無血緣關係，不過這個女孩來到這裡，是強暴而生下的私生女。唔，皇后說她對私生子女沒有成見，很多最優秀的人就是私生子女，事實上她大部分的兄弟姊妹都是，尤其是幾個最優秀的。不過她對於花掉的那些錢的確很不情願，那不是她想花的，也不是她要求花的，但是不得不花，因為那件事情發生時，她是唯一有錢的人。

9 瑪蒂爾達皇后（Empress Matilda，1102-1167）：英格蘭國王亨利一世的婚生長女，先嫁給神聖羅馬帝國皇帝亨利五世而成為皇后。於亨利五世過世後回到英格蘭，再嫁安茹伯爵若弗魯瓦五世。

唔，就是侵犯的事情。當初瑪麗的母親寫信來，要求自己死後能得到協助，皇后以為自己會把瑪麗留在身邊，但現在瑪麗來到這裡，她很高興自己不會留下她了。這麼一個大塊頭鄉下人，頭髮裡還有葉子，身上有一股明顯的臭味。靠近點讓她仔細瞧瞧，皇后說。不，瑪麗得站在光線裡，轉向皇后。啊聖母保佑她吧，瑪麗根本沒希望是吧，根本沒希望，這麼高，真是嚇人。比任何女人應有的個子還要高了三個頭，頭頂都拂到屋樑了，又瘦得像隻鷺，翅膀拍拍就飛上天。不，安排瑪麗去英格蘭是對的，那個地方啊，要不是皇后的話，就會是個完全被野豬、凱爾特人和魔鬼佔據的國家了，是皇后救了那個可怕的地方。不，不，她這麼老了，絕對沒辦法收留瑪麗，也沒辦法教導她成為一個淑女，誰叫她從小就跟著那些出了名不像女人的阿姨們在一起，真可怕。幸好啊，皇后的媳婦埃莉諾會教導瑪麗如何變得有教養，而且很快，她就會受不了鄉巴佬，她會把百合根磨成的粉拍在那張臉上，而且幫那對眼睛畫眼線，替那具可怕的身軀穿上像樣的衣服，瑪麗現在穿著那些糟糕的舊衣裳，看起來實在很可笑。真是浪費了優良的血統，跟皇后自己的孩子有一半相同的血統。不，瑪麗跟她的手足完全沒有共同點，只除了下巴，或許還有身高和鼻子和額頭和頭髮，或許還有那對眼睛。瑪麗絕對無法結上一樁門當戶對的婚姻，毫無希望。想像瑪麗穿戴珠寶！像個盛裝的稻草人，不可能，哈哈哈哈哈。啊，她說，她得喝葡萄酒才能恢復，而且要喝很多，這個孩子看起來能把三頭牛從頭到尾吃光光，還能再吃一隻鵝。皇后朝門大喊著送食物上來，而且要比四個大食量的人所能吃的份量更多。皇后不耐煩地問瑪麗為什麼站著，於是瑪麗坐下。接著是一長段沉默的等待，壁爐裡的木頭燒得劈啪響。

最後皇后終於打破沉默，說或許她之前太急了，現在她仔細想了想，誰曉得呢，一個老皇后有什麼資格說這世上什麼可能、什麼不可能，或許瑪麗會迷倒某些傻瓜，現在這個世界，很難說有什麼奇怪的品味存在。啊她就可以講一些自己見過的婚配故事，那個有張豬臉又駝背的克蘿蒂爾德，就忽然變成了公爵夫人。一個駝背豬臉的居然當上公爵夫人！諸如此類的。或許瑪麗會結婚，生一大窩貴族。畢竟，瑪麗有仙女美露莘的血統，就跟她的手足一樣，他們全都有種看得見的魔力，在表面之下閃閃發亮。就像月光石。瑪麗也發著那種光，皇后現在看得出那種隱隱的寒光了。而且瑪麗那張臉一定不算美貌，其實是真的非常非常醜，醜得出奇，但是看得比較習慣之後，她看得出瑪麗那雙眼睛一點也不醜，甚至充滿火光。這可不是小事，內在的火焰。啊真可惜瑪麗生來是女人，不過對她自己的子女來說當然不可惜了。不，不。她很替她自己的孩子高興。

桌子擺好了，僕人退下，她們開始吃。她滿嘴食物，聽著皇后忽然說她忘了瑪麗最近才成為孤兒。唔，皇后也是孤兒。當孤兒最孤單了。瑪麗的母親沒什麼優點，但是她很堅持不懈，至少讓家人答應收留瑪麗。

瑪麗低聲說，她母親是最好的女人。

皇后不高興地發出噓聲，嚼到一半的麵包渣噴到瑪麗臉上。她立刻說瑪麗的母親根本不是最好的女人，啊不，差太遠了。但是以一個毀掉的女人來說，她還不錯。少女時期甚至算是迷人。迷人得能夠勾引一個不可能屬於她的人。是的，好吧，或許不是勾引，不過女人通常就是比較熱情，這一點人人都知道。夏娃的罪就是熱情的罪。不，瑪麗的母親錯在她是個迷人的傻瓜，因為她跑得不夠快。皇后也很迷人，有一些歌提到她的美貌，但至少她不是傻瓜，她懂得怎樣跑得快。她跑得很快，沒人跟得上她，因此她沒被侵犯過，一次都沒有。儘管瑪麗很醜，但皇后希望這個女孩知道同樣的事也可能發生在她身上，有時讓人興奮的不是美貌而是力量。皇后說她希望瑪麗能更像自己而不是她母親。她希望瑪麗懂得要跑很快很快。

皇后等著。瑪麗慢吞吞地說，她的確是跑得相當快。

瑪麗不可能跑得像皇后那麼快，這位老淑女雙眼發亮地說；瑪麗有種愚蠢的想像，覺得這位老皇后會想要跟她賽跑。出去在火把照亮的盧昂街道，拉起裙子，迅速跑過黑暗的泥土路。瑪麗會因為跑贏而被斬首。

瑪麗說是啊，沒錯，她當然不可能跑得比皇后快。

皇后微笑。她很高興瑪麗還有點外交手腕，能知道這點真不錯。啊，好吧，她會幫瑪麗的，她很意外自己並沒有對瑪麗反感，雖然坦白說，她原先以為自己會痛恨她那張臉。但是無論如何，她會提供一名武裝隨從，陪瑪麗到英格蘭宮廷。這是她能幫這個女孩做的。雖然她之前已經做得夠多了。

瑪麗說謝謝，但是僕人和她可以獨自穿過海峽；畢竟，她們不靠別人也一路來到盧昂了。

皇后像個小女孩似地大笑起來，這時瑪麗看到她上下門牙都掉了，那些臼齒中央都蛀爛發黑。傻孩子，皇后說，現在各地都知道她曾去拜見皇后，知道她跟英格蘭國王有血緣關係。雖然她長得一點也不好看，但還是值一些贖金的；或是值得強行跟她成婚，好跟國王攀上一點關係。瑪麗還是個孩子，才會不懂這些。

瑪麗吸氣又吐氣，然後謙卑地謝謝皇后提供保護。

皇后站起來說，好吧，對於親人的親人，或許應該要有一點善意。她對自己的嘲諷笑了起來，忽然說她現在得去睡覺了。她乾癟的小手疼愛地輕拍了一下瑪麗的臉頰。

隨著絲質布料的窸窣聲和一陣防蠹草藥的氣味，皇后離去了。這是瑪麗最後一次看見這個生而尊貴、因婚姻而更尊貴、因子孫又更尊貴的女人，或者她死後在盧昂主教堂的墓碑上是這麼寫的。

瑪麗收起那封信。

不，這會兒她告訴修女院長，瑪蒂爾達皇后不可能病重；她不可能死。她在瑪麗心中將永遠活著，只會一年年在她的虛榮和憤恨中逐漸枯乾，直到最後縮在她龐大裙子的皺褶裡，小得像隻跳蚤，跳來跳去亂咬。

但是院長從頭到尾都沒在聽。我真想吃個醋栗餡餅啊，她說，笑得像個孩子，於是瑪麗嘆了口氣，搖鈴叫院長的廚工，廚工跑上來，已經開始咕噥著抱怨了。

教區上司們對瑪麗施加的壓力更強了。他們要求瑪麗去參加一場會議，瑪麗派了艾姆院長去，她開會時一路唱歌，搞得那些上司們不知所措，只好趕緊讓她離開。

修女院的一名僕人偷了一輛載貨馬車，在三里格[10]外被逮捕。瑪麗極力反對吊死那個女人，爭取只要挖出她一隻眼珠、然後在那白晰柔軟的臉上頭貼一副眼罩，瑪麗向來喜歡那個女人的長相，一直想親手摸摸看。

埃莉諾的消息點滴傳來，透過那些尋求施捨者帶來的閒話，透過瑪麗的朋友或密探的信：現在王后人在阿基坦，正在鼓動兒子圍攻土魯斯，她認為土魯斯是屬於她的，現在她很生氣圍攻失敗。

瑪麗知道，遠方所發生的這類世界大事，遠處看起來像是晴朗天空的一片烏雲，但總有一天就會飄過來，帶來雨水和雷電，降臨在她們這些不問世事的修女身上。

然後一個乾旱的春天，田裡拔起來的防風草根和大頭菜都小而皺縮。這個冬天要挨餓了，她心想，踢著一棵枯萎的植物，覺得好想哭，因為如果年復一年、修女們仍會不時挨餓，如果她必須賣掉修女們的祈禱書好換取足夠的食物，那麼埃莉諾是不可能看出瑪麗的能力、需要她的建議的。如果瑪麗每一天、每一年都只是忙著艱苦奮鬥，就不可能成為名聞全歐洲的偉大領導者。日常生活扼殺了她的偉大。

彷彿神聽到她心中的話，當天吃飯時唸的聖經內容是出自《箴言》，有關驕傲來、羞恥也來，但謙遜卻能帶來智慧。

瑪麗暗自笑了，苦悶至極。

瑪麗擔任副院長的第三個春天，負責菜園的波姆修女在那些小杏樹外頭架起柳條編的籬架，又澆了糞肥，於是那些樹很快就長得跟瑪麗一樣高了。

---

10 League，長度單位，每里格約等於四公里。

她來到修女院的第五年，院裡有二十六名修女，接著還會有更多即將到來，入會金收入比以前多了很多，瑪麗緩慢地、痛苦地掙得了能幹的名聲，她奇怪的長臉和魁梧的身材讓貴族人士放心把女兒交給她。如果他們曉得她才二十一歲就會猶豫了，但她的身高和艱苦生活和長年的憂慮，讓她看起來比實際年齡蒼老許多。有時她從床上或書桌前太快起身，會因為睡眠不足而暈眩。要是她真的睡了，就會夢到錢，因為錢永遠不夠，老是在她手裡融化。

這一年瑪麗停掉了製絲工坊，取而代之的是抄寫室。四個最資淺的修女全都能讀會寫。另外蓋莎修女會看到生著鳥翼的仙女迅速飛來飛去，在月亮上看到自己母親的臉，她不識字，但是有本事以鮮活的色彩繪出絕妙的小圖畫。瑪麗清出一個有窗子的房間，製作了站立式書桌，然後悄悄散佈消息，說修女們抄寫的書只要男子修道院同樣成品的四分之一價錢，因為女人不應該當抄寫員，被認為沒有那個能力和智力。才一年，抄寫工作帶來的收入就超過了以往十年紡絲織布的所得，修女院聖誕節的施捨禮物中，還包括十二件很好的羊毛束腰外衣，好給受凍的窮人禦寒。

但是來到修女院的第七年，像是要抹去瑪麗小小的收益般，她們碰到了一個充滿不潔空氣的夏天，獻身兒童一個接一個死去，這些貴族人士最年幼也最不重要的女兒，入會金微薄，不受寵、衣衫不整，病懨懨地嗚咽著，死於邪靈的眼神或窗外吹來的冷風。

然後有一天，瑪麗受邀到一家有煤灰氣味的簡陋小屋吃飯，她看到一個臉上有雀斑、睫毛長長的六歲小女孩，後頭跟六個弟弟妹妹。她名叫沃菲德，媽媽也叫沃菲德，就這家人記憶所及、一路追溯到撒克遜人的祖先，都是一長串的沃菲德，誰曉得父親是誰，那母親聳聳肩，小孩都跟著她姓施瑞許。但是連小沃菲德都不超過六歲，怎麼家裡會有七個小孩？瑪麗問那小女孩，同時那個一頭鬈曲狂亂紅髮的母親把豌豆粥舀進一只不乾淨的碗裡給瑪麗。沃菲德輕聲說她母親生小孩就像母狗似的，一生就是一窩，兩次是三胞胎，只有最年長的沃菲德是單獨出生。沃菲德努力用英語夾雜著拉丁語，因為瑪麗的英語還是很糟糕；而這個小女孩之前去教堂設法學會夠多拉丁語，可以進行交談。

瑪麗觀察著這個長睫毛小女孩好一會兒，腦袋裡浮現出一大群獻身兒童，全都天生聰慧、力氣大或具備家族知識；這些女孩從家中的行業吸收了吹玻璃、製鞋、銅工、木工等知識，不用蜂蠟寫字板就能心算，可以學會不同語言，長大後會成為掌權的修女或照顧修女院所需的女商人，或是嫁給階級更高的人，成為瑪麗夢想中安插在全歐洲各個權力房間的靜默密探之一。

於是她用拉丁語問那小女孩願不願意去修女院：但沃菲德的臉色一沉，說她一點也不想。瑪麗說沃菲德去了修女院就再也不會挨餓，可以單獨睡一張床，而不必跟弟弟妹妹擠，但是那小女孩還是堅持說不，瑪麗看她意志這麼堅定，於是露出微笑。

瑪麗做了種種準備，找到其他三個小女孩，一個是十三歲的鐵匠女兒，一個是十二歲的銅匠女兒，還有一個九歲小女生出奇地高壯，可以獨自扛起一桶啤酒。然後瑪麗騎馬去接沃菲德，她母親一想到失去她就哭，但也贊同在修女院的生活會好過很多，那是她給不了女兒的。那一晚騎回修女院的路上，小女孩坐在瑪麗戰馬的鞍頭上一路顫抖，但是很勇敢，都沒哭。廚房裡開始有蘋果蛋糕被偷走；一隻狗的一條後腿被綁起來貼著肚子，於是只能哀叫著跳來跳去，其他小惡作劇陸續出現，直到瑪麗把沃菲德抱到膝上坐著，說她知道這孩子故意讓自己討人嫌，問她是不是被魔鬼附身或怎麼了。

然後沃菲德說她在修女院裡覺得很難過，雖然能吃飽，但是知道家人正挨餓。她的表情不但毫無歉意，還一臉凶狠。

瑪麗說她每年聖誕節會送一條火腿和一大桶麵粉去沃菲德家；秋天時外加一大桶蘋果，這樣可以嗎？

於是那孩子垂下肩膀，沉默偎在瑪麗胸口一會兒，才嚴肅地說好，暫時可以。

瑪麗嚴厲地告誡自己不可以愛沃菲德超過其他小孩；但是她每次一看到那小女孩，就忍不住微笑。

時光壓縮，迅速前奔。她們現在有三十三名修女和四名獻身兒童；每逢星期五，瑪麗會安排晚餐吃沙丁魚和鮭魚，因為現在修女院終於吃得起了。她一路設法哄得貴族們把修女院周圍的土地捐贈出來，她會很堅持、略帶威脅，直到他們屈服。

從瑪麗收到的信件中，她得知埃莉諾已經婚姻破裂，獨自回到她阿基坦的土地居住。修女院的密探們說，王后煽動自己的孩子對英格蘭國王發動叛亂。王后的小孩很難管，到處結盟和承諾。瑪麗收到密探寄來巴黎和倫敦街上傳唱的一些歌，是有關王后的：一隻大母鷹把自己的小鷹丟出巢穴，但是這些小鷹還太小，無法飛行。

杏樹終於結果了。廚工看到瑪麗摘下一顆杏果生吃、而不是烤成派，簡直是駭異。廚工說啊不副院長，我們是女人，不是動物，瑪麗想到她那匹英勇的好馬，現在好老了，多麼安靜、忠誠、可愛又有耐心；同時她看著那個白癡廚工沒防護的手伸進一鍋煮滾的防風草根裡，又趕緊縮回手，傻傻看著那嚴重燒傷、冒熱氣且轉為粉紅色的手。

那女孩還沒哀嚎起來，瑪麗就走過去抓著那隻燒傷的手放到洗滌水裡，心想沒錯，我們不是動物；但如果我們自以為比動物高明就太蠢了。動物當然更接近神；因為動物不需要神。

消息斷續傳來，說埃莉諾犯了起兵反抗英格蘭之罪，在逃跑的途中被綁架，先是關在希農城堡，然後被遣送出海，來到這個王后非常鄙視的潮溼濛雨之國，關在一連串城堡和屋宅裡。

瑪麗心中閃現的第一抹火焰是欣喜：現在瑪麗是自由的那個人，她是自己土地的主人，管理著地產和僕傭。現在是埃莉諾發現自己困在籠子裡。

然後那一刻過去了，她明白要把埃莉諾關起來有多麼不可能，他們抓住的只可能是埃莉諾的幻影，不是真正的她。她想起希臘悲劇大師尤里比底斯的一部劇作，在漫長的戰爭中，特洛伊的海倫其實不在圍困的城內，而是被一個女神化成的幻影所取代；真正的海倫活在充滿陽光和鮮花的埃及，遠離殺戮與屍臭。

她寫信給王后，但是沒有回音，同時王后被國王隨時興起改關到這裡或那裡，瑪麗的信也在後頭追著跑。最後，她聽說王后被關到北邊三十里格[11]外的一座城堡，於是瑪麗在修女院裡焦急不堪。她要帶一些能撫慰埃莉諾的東西：氣味甜美的藥草，修女院最後一疋絲綢，肥皂，葡萄酒，一本手掌大小的精巧祈禱書，蓋莎修女在封面上畫了藍色的亞當、夏娃和一條紅色的蛇。瑪麗排演著自己會如何溫柔對待王后，以便說明自己的自由。她會拿出最禮貌的態度，表露自己至今難以原諒王后當年拒絕了瑪麗的吟唱故事詩集，那當然是她嘔心瀝血的禮物。

她騎馬出了修女院，就像有時候去看那些佃戶莊園一般，她往前靠在鞍頭突出的樁頭上，讓馬的邁步動作往上撞擊著她，直到她開始喘氣、心中有個什麼解開了。之後她總會覺得平靜些。

但是當她抵達那城堡時，心臟跳得好厲害，彷彿她只是一個十五歲的少女，而不是三十二歲的成年女人。她堅定地大步向前，所有的權威和自負都擺在臉上，結果碰到的反應是不知所措：可是親愛的副院長女士，對方告訴她，王后幾個小時前才匆忙被帶離城堡，沒說要帶去哪裡。

瑪麗回到修女院，沮喪又挫敗。

露絲修女有一種神祕的天賦，看得出沒說出來的事情，她對瑪麗可怕的愛略有所知，於是在院子裡抓住馬轡，看著瑪麗的臉。當瑪麗下馬時，露絲憤怒地說，就算妳

---

11 約一百二十公里。

看到她，她也不會把妳帶離這個地方的。妳非得待在這裡，跟我們在一起了。

瑪麗張開嘴要反駁，但感覺到露絲說的實話切中要害。

智者承受尊榮，愚者只得到恥辱，最後瑪麗臉頰發熱地說。

修女院裡新來了一個見習修女奈絲特，是個年輕寡婦，喪夫之痛讓她只能躲到修女院來。她有秀麗的臉蛋和大嘴唇，靠近左鼻孔的一顆大痣似乎引出了她所有的美，但是她瘦削的肩膀因為緊張而聳得好高，都壓到她的下巴了。她講的威爾斯語讓人聽不太懂。本來她白天都獨來獨往，但是當聖器保管人的甲狀腺腫大、像一隻肥蝴蝶般從她喉嚨凸出來時，奈絲特就到田野裡去，帶回少許藍綠色野草，然後在廚房裡煮成濃濃的糖漿狀。經過了一個月的敷藥，聖器保管人光滑長脖子上的那個腫塊消掉，雙眼也不再外突。

瑪麗找來那位見習修女，剛開始試著跟她講法語、然後是很破的英語，還有少數錯誤的威爾斯語，那個緊張的女人都很安靜，但是當瑪麗想起奈絲特在時辰頌禱禮時可以用拉丁語唱歌，於是改跟她講拉丁語，奈絲特眼中閃起智慧的火焰，她身體前傾講得很快，高而骨瘦的肩膀顫抖著。那女人一直談著藥草、糊藥和體液的平衡，一直談到第三時辰祈禱鐘響，一直談到瑪麗很放心奈絲特的醫藥知識勝過瑪麗自己。當她們下樓去參加祈禱時，瑪麗告訴奈絲特她剛剛為她新設了醫務師這個職位，要把全院所有身體治療的責任交給奈絲特。對副院長來說，這個負擔太重了，要負責對付膿水、骨折、蛀牙、臨終的喉鳴，還有嘔吐、腹瀉和發狂，外加永無休止的土地事務和修女之間的爭吵。何況，讓歌達負責治療的期間，她就只會從每個人身上清出蠕蟲來。

奈絲特接受了。才幾個星期，她就在醫務室旁闢出一個大型的藥草園。

瑪麗有時會碰巧發現奈絲特詭祕地從眼角觀察她，但是沒時間去查出為什麼；她仍在拚命奮鬥，對抗有乾旱、病蟲害、鬧洪水或冬天太長的土地，對抗那位把這所修女院視為他個人財富來源的新主教。她必須做一份假帳，證明修女院負債累累，因為她認為，為了對抗貪腐，用類似的手段是合理且正確的。

用零星小火去對抗一整座森林的大火，她說出聲來，歌達忽然說，我不曉得妳在想什麼，妳真的很奇怪，副院長。

正當貪婪的瘟疫被擊退時，一場蝗災吃掉了小麥；瑪麗私底下為了損失的麵包而哭，但面對修女們卻刻意擺出冷靜的臉色，這是因為她已經學會控制自己的情緒，要讓院內修女們覺得世界一片祥和。

薇伏瓦修女腦袋裡開始時間錯亂，現在得住在醫務室了。

獻身兒童沃菲德的個子竄得好高，現在已經到瑪麗的下巴，以成長中的少女來說算很高了，她的心算速度跟瑪麗一樣快，可以流利書寫三種語文。

阿格莎修女收成時在田裡絆倒，太陽穴撞上一塊石頭而死去。

愛潔娃修女穿過迴廊，心裡想著見習修女托克蘭在乳品工坊裡打量著幼貓對著自己的牛奶碟；然後她彎下自己小貓似的臉湊近鮮奶表面，伸出粉紅色舌尖沾一下；而在桌子這一邊過濾牛奶的愛潔娃不得不閉上眼睛，因為她彷彿可以感覺到那舌頭輕輕在她整個皮膚內側上下滑動。當她睜開眼睛時，她看到托克蘭還彎身在那裡大笑；而正在處理奶油的萊拉絲也停止動作，臉紅了張著嘴，正在看著。

現在她們有四十名修女。此時瑪麗三十五歲，擔任副院長十八年了。

不可能，她心想；她在英格蘭這個潮溼發臭、滿是泥巴的角落所待的時間，居然比這輩子待過的其他地方還久。然而記憶中鮮明得多的，依然是曼恩的那座城堡，跟她狂野、好鬥的阿姨們在一起，無休止的音樂和說故事；打獵一天後氣喘吁吁回來的那些獵犬，拖著疲倦的肚子來到火邊，一隻隻虱子紛紛從毛皮上落下；或在宮廷裡，戀人們偷偷躲進小徑中的樹下擁抱，園林中的人工洞穴，堆滿食物的桌子，那些美麗的貴族女子穿著絲滑的連身裙，在河面吹來的微鹹霧氣中閃耀如珠寶。

她以宛如陌生人的目光看著修女院：現在石頭都刷洗過了，白色的部分比灰色多，圍籬很整齊，農田肥沃。完全不同於她當年初來乍到悽慘又令人心碎的景象，那是好久以前了。

在市集裡，她碰巧聽到一些女人在談牲口，用她們奇怪的英語說今年春天的羔羊就像修女院裡的修女們一樣，開心又肥壯。

瑪麗驚詫大笑；這是真的，十八年裡，修女們從可憐的皮包骨變得活潑好動，有如春天的羔羊。

她感動得就在街上感謝聖母馬利亞，不光是用嘴說，也用心說，而且很驚訝地發現字字真誠。

真奇怪，她心想。她居然生出了信仰。她心想，或許這就像是生黴吧。

沃菲德十八歲了。她來找瑪麗，說她沒辦法受紗當修女，她想結婚。

瑪麗小心翼翼地忍住怒氣。你們有愛嗎？

是的，沃菲德說，臉頰開始發紅，一路紅到脖子。

瑪麗又問，那有錢嗎？

完全沒有，她會窮得像塵土一樣。沃菲德大笑。

所有那些學得流利的語言，那些派不上用場的閱讀，那些嫻熟掌握的數字。儘管瑪麗很心痛，但她此時已經學會控制自己了。

那麼她要任命沃菲德擔任修女院的地產管理人，瑪麗說。這會讓副院長有機會終於擺脫掉那些利用自己的權力、竊奪修女院的陰險之輩。付給沃菲德的薪資將會很優厚，還可以讓她雇幾個傭人、住在鎮上一棟好房子裡。

沃菲德擔憂地說，她從沒聽說過有女性的地產管理人。而且誰會相信她的權威？

瑪麗說，第一個月她會陪沃菲德騎馬出去，之後，大家就會接受她的權威了。

那是瑪麗來到修女院之後最溫和的一個月，炎熱八月天，昆蟲的錚鳴中，沃菲德逐漸適應自己的新角色。當沃菲德在鄉紳間證明自己頗具貴族淑女風範時，瑪麗生出了母性的自豪；而在農田間，當沃菲德立刻改用最粗俗、最嚴厲的英語去叫醒樹蔭下小睡的懶惰農民時，瑪麗更感到加倍自豪。誠實的沃菲德。她一絲不苟的帳目顯示，修女院被之前那些佃戶佔了多少便宜，即使當時是在瑪麗的威脅之下。

有天晚上，瑪麗偷偷溜出去聞杏子成熟的氣味。她摘了一顆杏子，在手裡感覺那重量，讚嘆上帝把這麼一棵健康的大杏樹濃縮成一顆種子。但是這顆果實輕易就能從樹枝上摘下，果肉有一點彈性，就像年輕女孩緊實的大腿。黑暗中，瑪麗拿著表面生滿絨毛的杏子摩擦自己的臉頰，感覺皮膚有一股震顫。她想到自己失去的僕人瑟希莉，她的撫慰，她的嘴巴，她的雙手。將近二十年，瑪麗的身體沒有經歷過愛的碰觸，沒有那種白色的大浪從她整個人的中心升起、把她的靈魂暫時掃出身體。那果肉的香味、她牙齒底下柔軟的彈性。但是咬到杏核時，瑪麗嘴裡右上方的第一顆臼齒裂開，一路傷到抽痛的神經。

這一夜剩下來的時間，她悔恨地倒在小教堂裡，臉貼著冰冷的石地板，直到晨曦禱的鐘聲響起，夜間樓梯響起窸窣聲，修女們開始下樓。晨曦禱時她幾乎無法跟著頌唱。就連陶醉在旋律裡的艾姆院長，隔著模糊的視線都看到她的副院長右頰腫起，還問她是不是被蜘蛛咬到了。瑪麗那天原本要騎馬去拜訪三個貴族家庭，但是臉這麼腫也不能見人，第一時辰祈禱之後，瑪麗就到處找醫務師，最後終於發現她在藥草園裡面拔雜草，同時用她的威爾斯母語鼓勵著每一株小小的藥草植物。

面容秀麗的奈絲特往上看，臉上露出靦腆的喜悅。瑪麗感覺到她肋骨下方長期被忽略的那個中心有一股騷動。

奈絲特問瑪麗又是那個時間了嗎，因為她曾緩解瑪麗子宮的絞痛，用的是她母親製作一種叫奪爾水的配方：用發情期小母豬的膽、萵苣、毒芹、瀉根、顛茄，一起用葡萄酒醋調成藥水。

瑪麗說不是，是牙痛，不過奈絲特的奪爾水可以讓疼痛減緩。

奈絲特叫瑪麗一起進屋裡去吧，然後站起來把手上的泥土拍掉，帶著瑪麗經過三位坐在椅子上曬太陽的老修女。

愛絲翠修女懷著極大的希望注視瑪麗，說媽媽？腦袋已經糊塗的杜芙琳娜朝著陽光中飛舞的一粒塵埃燦笑。薇伏瓦則永遠把瑪麗視為見習修女，此時喃喃說，那個愛哭愛抱怨不信神又愛搗蛋的副院長來了。

醫務室裡的那些床都是空的，因為老修女們都坐在外頭。後頭的房間裡掛著去年曬乾的藥草，有歐夏至草、馬薄荷、蜂巢、迷迭香的濃郁氣味，那些藥草也滲入了奈絲特的會衣。這裡沒有窗子，唯一的光來自門，還有爐子裡餘火未盡的炭，爐上有一鍋正在燉煮的草藥。奈絲特點亮了一盞小小的油燈，拿起來斜照進瑪麗的嘴裡察看，瑪麗的嘴唇和舌頭感覺到那油燈的熱度。奈絲特說副院長一定很痛；她得拔掉那顆牙，因為已經蛀爛了。真可惜，瑪麗撐到這個年紀，所有的牙齒都還在。真是健康得驚人。

瑪麗臉紅了，奈絲特用一根細而堅韌的羊腸線綁住瑪麗那顆蛀穿的牙齒，瑪麗嚐到奈絲特手指上的泥土味。

奈絲特說她數到三會用力拉，瑪麗準備好閉上眼睛，奈絲特說一，接著數到二就是一股劇痛，瑪麗睜開眼睛，看到奈絲特拿著一條線，線的末端有一個帶血的黑白兩色殘牙。

瑪麗說，她以為不可撒謊是一條戒律，而不是建議。

奈絲特說，醫務師更深的戒律是不可造成必要之外的更多痛苦。她雙手輕捧著瑪麗的臉，再度檢查口腔。接著拿了一個蒸餾酒泡著藥水蘇的罐子，要瑪麗漱口三次，吐在盆子裡，直到不再流血。然後她拿出小刷子，用蜂蜜塗抹疼痛的牙齦，接著要瑪麗坐在那裡張著嘴，直到蜂蜜乾掉為止。

接著奈絲特第三度檢查瑪麗的口腔，瑪麗含著奈絲特的手指，合起嘴唇。蜂蜜、泥土、藥草的味道。她吻了奈絲特雙眉之間柔軟的皮膚。奈絲特沒有退開。瑪麗雙手握住奈絲特的一隻手。奈絲特臉紅了，和瑪麗接吻。她起身去關門，等到她在黑暗中回來，已經脫掉了包頭巾、頭紗和貼頭帽。她拉起瑪麗的手，放在自己剃光的頭上，自己熟練的手指脫掉瑪麗頭上的那些巾帽。奈絲特拉著瑪麗站起來，解開瑪麗的腰帶，脫掉她的外肩衣，叫她躺下。醫務師的雙手拉起她連身襯裙的下緣，然後瑪麗感覺到光滑的皮膚碰觸她大腿內側的那種震撼，接著她感覺到奈絲特呼出的氣息，這才明白那不是手、而是奈絲特柔軟得多的臉頰。她感覺到她的睫毛拂過皮膚。她全身顫慄。然後奈絲特的嘴在那裡，她的雙手也在那裡，瑪麗被猛然帶到一條河湍急的水流中央，在那裡被釋放，旋轉，沉入水中。等到她又浮上來，顫抖著用掌跟按住眼睛，覺得黑暗中有火星飛濺。

瑪麗讓奈絲特幫她穿上衣服。奈絲特拉開她遮著臉的雙手，嚴厲地說，不不，啊副院長，這種身體的釋放沒什麼好羞愧的，那是排出體液，就像放血，是完全自然的，跟交媾一點關係都沒有。她還是會以處子之身去見上帝。只不過某些修女比別人更需要這種體液的排出而已。有的頻繁到每兩天一次，有的則是一年一次。奈絲特之前就常常在想，瑪麗可能偏向前者。有時候瑪麗雙眼中會有一種狂野的神情。她告訴瑪麗，以後她感覺到有那種需要時，就來醫務室。

瑪麗感激得說不出話來。如果這種事情是醫療，那就不是罪了。打從當年跟瑟希莉在一起的日子，她就覺得自己的靈魂滿是汙穢。才一個下午，奈絲特就把那些汙穢洗乾淨了。

然後她想起自己身在何處，於是悲傷地說，哎呀可是修女之間不可能有特別的友誼。那是違反會規的。

奈絲特忍住笑容說，就像她剛剛說的，還有其他人也會來找她排出這些體液。這樣的治療可能並不像瑪麗以為的那麼特別，其實是相當常見的。

聽到還有人和她一樣，瑪麗笑了起來。她走進外頭的天光下，舌頭在嘴裡試探著新出現的那個洞。

然後她看到自己來時錯過的東西，熾烈的陽光從風中搖撼的樹枝間篩下，燕雀揮動快得看不見的翅膀在花間穿梭，三個老女人的臉有如擦亮的榛樹皮，閉眼昂起下巴對著太陽。奈絲特對肉身的慈悲之舉帶來了一種內在的轉變。再也沒有什麼是清楚鮮明的了，再也沒有非黑即白了。善與惡並存；黑暗與光明並存。種種矛盾與對立的事物，有可能同時都真實不假。這個世界的中心有一個巨大而搏動的恐懼。同時這個世界的深處在享受狂喜。

瑪麗三十八歲了。

那些女佃農之間有了麻煩，而且夏天來臨時，三個未婚女子的腹部像玫瑰果似地隆起。她們不是修女，沒錯，沒有發誓要守貞，但是瑪麗很羞愧在自己的掌管下，無法管束這些人的身體，要是外界知道的話，不曉得會怎麼想這個修女院。大醜聞。她會被免去副院長的職務。幸好她以自己的奉承和工作能力，一直把教會的上司們教得很好，他們再也不來修女院監督了。她找歌達來談，歌達用動物的隱喻，解釋了繁衍後代的一些細節，以及兒童轉大人的確切時刻。最後，瑪麗召集了全社區的人，包括五十幾名修女和八十幾名其他人，在菜園外頭集合。

這是讓人非常難過的時刻，她用自己最低沉、最響亮的聲音告訴大家。從今天開始，修女院周圍這片環繞著森林的土地，將會只有女人。其他所有人必須離開。

所有留下來的僕人都必須是女人，她說。

男女乞丐都不能來此領取施捨物，得改去瑪麗正在鎮上建造的施賑所，她說。

往後所有訪客要待在施賑所隔壁的客棧，她說。

她深吸一口氣，說出最後一個打擊。所有女佃農的小孩年滿十二歲之後，只有女性才能留下；而要是女佃農不想跟自己的家人分開，瑪麗可以安排她們全家搬到比較遠的修女院所屬土地，繼續在那邊耕作。

生來不是女性並不是罪，她對著眼前垂下的那些腦袋說。生下的寶寶是不幸的性別並沒有錯。但是在大約十一歲或十二歲，當體內的毒蛇醒來、渴望吐出毒液時，就會引發罪行。這是世間第一對父母的真實故事；這是夏娃的領悟。

很多人在哭，而某些修女則暗自竊喜。最後只有四個女佃農帶著所有孩子搬到比較遠的修女院土地。而選擇留下的那些，就讓自己的兒子離開。瑪麗在鎮上找到四個虔誠的好家庭，收留這些被趕走的小孩。

埃莉諾王后送了一個表妹來到修女院，這個二十歲的姑娘名叫蒂爾德，蒼白的瘦臉掩飾了她聰慧的腦袋和謙卑虔誠的靈魂。瑪麗看得出這位姑娘的真正使命就寫在她臉上，感到一股強烈的嫉妒。蒂爾德白天都開心待在抄寫室裡，下巴常常沾到墨水。瑪麗觀察她。這位姑娘有一天會成為優秀的副院長，瑪麗心想。她有判斷力，還有溫柔與熱情。

有一天沃菲德拿租金過來給瑪麗，出去途中在抄寫室停下來，吻了瘋修女蓋莎的臉頰，又偷塞了一小包糖漬茴香籽在蓋莎的口袋裡。蓋莎憂傷地微笑。稍後的夜裡，回到家中的沃菲德疲憊地脫掉她的皮革束腰外衣，一張奇幻野獸的小圖掉出來，畫在一小張紙上，是羊皮紙舊信裁下的背面，有時是一隻有人類笑容的綠色老虎，有時是一隻刺蝟在彈魯特琴，她的女兒們會把這幅畫釘在牆上那批畫中。有的夜晚，沃菲德進屋裡親吻幾個睡覺的女兒時，會停下來看這些蓋莎筆下的奇幻野獸，那種感覺很像她小時候聽到修女們唱出最美好、最絕妙的詩篇時，心中生出一股緩緩湧動的狂喜。敬畏。但願她有時間仔細檢視這種感覺。沃菲德悲傷地想著；但是沒有時間，從來沒有，她的小孩召喚她，修女院的事務召喚她，她身體的饑餓與疲憊召喚她。等她老了，在花園裡的繁花與群鳥之間，她會跟上帝更親近的，她告訴自己；是的，有一天她會沉默靜坐，直到她認識上帝，她心想，躺在自己的床上準備入睡。只是現在不行。

工作。祈禱，這是修女院的元素，就像潮溼和風，還有農田、母豬、果園。

還有埃莉諾，依然被監禁。被迫進入牢籠的王后，依然是瑪麗心中一個沒有癒合的傷口。她還是沒回瑪麗的信。搞得人發瘋。

院裡新來了一個傲慢又大嗓門的見習修女，兩道黑色眉毛好大，像是爬在她臉上的毛毛蟲。她懶得學手勢，老是在食堂裡任意大喊：萵苣！魚！有一天碰到連下幾個星期雨後的晴日，見習修女們提著籃子跑到森林裡去採蘑菇。她們發現一圈小小尖尖、蕈傘呈漏斗形的蘑菇時，發生了爭執；這些是有毒的，其他見習修女試著說，但是那個新來的見習修女說不是，她在家鄉常常採，這種蘑菇很好吃，她的聲音愈來愈大，到最後是吼叫了，然後撈起一把那種蘑菇，塞進嘴裡。其他修女轉身離開，沉默地採了一籃又一籃。等她們聽到晚禱的鐘聲時，發現那個見習修女不見了。最後，她們終於找到她蜷曲著身子死在兩棵生滿青苔的巨大殘幹之間，臉上是憤怒的青紫色，唇間吐出腫脹得好大的舌頭，像一朵蒼白的蘑菇。

瑪麗四十五歲了。院裡有九十六名修女，十二個獻身兒童，全都有各種技能。現在修女院很富裕。

終於，在一個颳大風的下午，目盲、愛唱歌、無用、仁慈的艾姆院長進入死前的臥床狀態，接著這狀態延續許久，音樂的成分比肉身更多。

瑪麗四十七歲了。從羅馬、從巴黎、從倫敦，她的密探都驚慌地趕緊寫信來：耶路撒冷又落入異教徒手中了。

瑪麗哭了。她好氣自己小時候當十字軍戰士時未曾親眼見到那個城市。沒看過，渴望著，夢想著，耶路撒冷在她心中一年年成長，最後成為最理想的城市，完美之地，凡間城市都無可比擬。雪松、無花果樹、百合、瞪羚。現在隨著耶路撒冷的淪陷，神在世間的王國被撕開一道裂縫，而巨大的邪惡就會從這種裂縫悄悄潛入。她恐懼得夜不成眠，感覺一片烏雲逼近。而且由於其他的一切都還籠罩在陰影中，所以更加恐怖；因為沒有光，她完全看不到即將來臨的是什麼。她睡不著的另一個原因是，夏娃的詛咒正要逐漸離開她的身體，製造出來的火焰把瑪麗從內燒到外。

從身體深處冒出的火焰，往外延燒。糟糕透頂。她不耐煩地起床，出去奔跑。

修女院的池塘一片黑暗，霧面的。今天晚上沒有月亮。

她感覺山丘上的修女院駝著背，正在半睡半醒中張望。泥土依然冒出熱氣，蛙類發出響亮的擊鼓聲，某種唧唧蟲鳴像是有百萬隻發出噪響，還有一隻夜間的鳥偶爾唱出幾個音符。

她的身體被佔據了，熱而帶電，一團翻滾的火塞進皮膚裡，熱得讓人受不了，這會兒她跑向水上的微光，夜晚的幢幢暗影急速旋轉著掠過兩旁，她脫掉被夜露沁溼的木鞋和長襪，泥巴讓她的腳趾冷卻，水淹到她的腳踝，使勁拉著她的衣服下緣，一路淹到膝蓋、私密處和腹部，冰冷地淹到胸部和手臂，浸溼的羊毛會衣把她的身子往下拉。蛙類因為這番打擾而噤聲。只有她的頭還在燃燒，池水波動著拂過下巴的布料。她覺得自己的身軀在黑水中像狗一樣。她眼前浮現出小時候一個八月下午所看到的畫面，一隻巨大而沉默的阿蘭獒犬，只有發紅的鼻子浮在水面上。想到那隻死去已久的狗，瑪麗低沉的笑聲迅速掠過水面，在池塘另一端發出回音。

那股熱氣從瑪麗的四肢散去，清涼降臨，解脫了。這些突來的躁熱真是讓人受不了，會把人逼瘋。

拖著一身沉重的溼衣服，她吃力地要回到岸邊。

但是有個人站在那裡。瑪麗心中一緊，害怕極了：她會被人抓去鞭打背部，挨餓，失去副院長的尊嚴。那就認了吧。她不會為了阻止這事情發生，而徒勞地向聖母馬利亞禱告。她腳步沉重地涉水過去。穿戴著深色會衣的那張蒼白臉逐漸清晰起來，是愛潔娃修女，生著雀斑的圓臉，泛白的長睫毛，出身古老的薩克遜家族。

愛潔娃問副院長是不是在夜泳，聲音裡帶著笑意。這些英格蘭人講的法語真怪，瑪麗來到修女院快三十年了，但是她在歐陸長大的耳朵還是從來沒能習慣。

但是瑪麗說不，這是肉身的苦修。不過現在，因為知道眼前這位修女一直在看，苦的就是她的自尊了。

愛潔娃修女伸出一隻手，幫著把那具沉重的身軀拉上岸。她好矮，不過比起瑪麗，全修女院的人都很矮，她的頭頂只到瑪麗的鎖骨。她抬起手幫忙脫掉瑪麗的包頭巾、外頭紗、貼頭小帽。

愛潔娃說，她聽說副院長跑出來了，可能會來這裡。她自己的母親也是很早就失去夏娃的詛咒。他們有回發現母親在暴風雪中跑出去，把雪塞進緊身胸衣裡。

夜晚的微風吹過瑪麗剃短的頭髮好舒服，涼涼的空氣罩著頭皮。愛潔娃彎腰拉起沉重外肩衣的下緣，翻過瑪麗的頭頂。接下來是拉起會衣的下緣。好自由。接著瑪麗嚇了一跳，因為愛潔娃修女彎腰拉起亞麻連身襯裙的下緣，但是在修女院裡不能裸身，只有每個月沐浴時例外，夜晚是有眼睛的。但是來到岸邊的瑪麗全身懶洋洋，那種猛來的躁熱消失時，總會讓瑪麗覺得像是去掉了全身的骨頭。讓愛潔娃幫她能有什麼壞處。於是她就讓自己光裸的皮膚露出來，愛潔娃修女的雙眼看著那皮膚，像是手指輕拂過，雙手拿著一條乾的亞麻布擦拭她。當愛潔娃用那條乾淨的布包住瑪麗時，她的外頭紗拂過瑪麗裸露的胸部。

接著是一個驚訝，但是內心深處，其實並不驚訝。愛潔娃的嘴唇溫暖，呼出的氣息很好聞，她在走來池邊的一路上都嚼著薄荷，她的皮膚柔軟。

不行，瑪麗心想，對自己嚴厲地說，但已經知道答案是肯定的。她很軟弱。

愛潔娃自己的包頭巾和外頭紗和貼頭帽現在都脫掉了，還有腰帶和外肩衣和會衣，她發出笑聲，沒等到亞麻連身襯裙完全脫掉，長繭的小小雙手就拉住瑪麗的一隻大手，放在自己的核心。瑪麗的手指下頭出現了一片豐美的潮溼，微微凹下，像是碰觸著森林裡的青苔般，富饒且柔軟，在瑪麗雙唇的壓力下，她發出了小小的聲音。她們跪在溫暖潮溼的泥地上。愛潔娃下頭那裡聞起來像大麥、細香蔥、海鹽和河邊的泥巴。她有如輕悄音樂的呼吸聲好近，蛙類忘了池水被打擾過，又開始唱起歌來。瑪麗的手指好熟練。或許愛潔娃是藏身在修女院裡的另一個祕密之人，這裡有一些像她們這樣的人，在奈絲特喚醒她之後，瑪麗見過她們在黑莓叢邊緣的陰影中偷偷親吻，夜裡守在廁所邊等著另一具身軀在夜色的掩護下偷溜出來。瑪麗很自然地改用英語思考，法語對於動物的身軀沒有用處，手嘴牙齒胸部嘴唇大腿皮膚陰部，這些字詞充滿熱切的情感。在瑪麗的嘴之下，愛潔娃的白色喉嚨裡發出低哼，體內的潮水升起，大浪奔流，很快地，第二波大浪在瑪麗腦袋後部聚集，往外噴發。她的身體緩緩地再度控制了種種感官知覺，一個接一個，蛙鳴，下頭甜美的泥巴，愛潔娃嘴裡的滋味，麻痺的皮膚逐漸恢復知覺。

等到愛潔娃緩過氣來，說她本來也是這麼想。她聽說副院長也常去拜訪醫務師奈絲特。

瑪麗想像著院內的修女那樣談論自己，一時之間無法呼吸。醫務師總是說，排出體液就像放血一樣。奈絲特那張嘴仁慈美麗，柔軟又熟練。任何書裡都沒提到過女性雞姦，而如果這是罪，那麼那些偉大又愛生氣的道學家就一定會提到才對。瑪麗一直在找，但回應她的只有沉默。

亞麻布重新裹住她，收拾起溼漉的衣服，快步走過黑暗的地面。她手指上還有愛潔娃的氣味，不洗，沒有人會知道。今晚無星無月，這樣很好。感覺上守夜祈禱的鐘聲正在累積自己的沉默，準備響起。

愛潔娃猶豫了一下，然後說她在乳品工坊裡常常落單，因為其他人都去忙自己的雜務了。

瑪麗說她忽然對製造奶油有興趣了。一個笑聲。黑暗中的山楂樹生滿了顫抖的白花。最後匆匆一吻。然後愛潔娃走入小教堂。瑪麗觀察著愛潔娃在黑暗中對著聖母馬利亞跪拜，臉平貼著石地板，手臂交叉成十字，祈禱並等待著守夜祈禱的時間到來。

她看著，感覺到內心有一股憂傷，或許是憐憫；她不會接受這位漂亮的雀斑修女的乳品工坊邀約，瑪麗之前是跟她撒謊。她從宮廷愛情故事中知道，太容易得到的愛情就不是愛情。從高處流到低處的愛情，副院長愛上乳品修女，是違反善良法則的。對瑪麗僵硬的心而言，除了許久以前曾陷入跟埃莉諾那些無望又渺茫的糾結之外，她無法再跟任何人糾纏不清了。要滿足身體渴求的慾望，滿足這些肉體且次要的胃口，以前曾經有瑟希莉，而現在只能是奈絲特醫療的手。

進入修女院後，她迅速來到廚房，下了地窖。院裡沒有多的亞麻連身襯衣，都洗掉了。她把溼衣攤在晾衣架上，從衣櫥左邊拿了放在最下面那件會衣，唯一夠大且夠長、可以容納瑪麗高大身軀的。真討厭，這件會衣還是三十年前拼接起來、額外加上了下緣的。還有外肩衣、長襪、頭巾，快快快。鐘聲已經響起，半睡半醒修女們的腳步聲走下夜間樓梯。

她跑出廚房，一邊別上最後一個髮夾。迴廊另一頭矗立著一根根柱子，在黑暗中像是一排身子光溜溜的少女，啊，別再亂想了，這麼邪惡的想法是不適當的，現在是祈禱時間。她晚到了，屈膝致意，坐在院長那張空位的旁邊。在院長椅子另一邊點著一根蠟燭，助理副院長歌達的臉轉過來，鼻子嗅了嗅，她有可能嗅出瑪麗身上的歡愉、池塘邊的泥巴、瑪麗手指上殘留的氣味嗎？微微一笑。或許吧。歌達。成天照顧小母牛和豬。她了解動物的身體。

神啊，請幫助我。守夜祈禱。

修女們低下頭吟唱，在黯淡的燈光下看不見。睏倦的聲音在唱到《詩篇》九十五篇時抬高，輪唱著讚美詩。

接著，何等奇事。何等神蹟。

因為那深深的熱又出現了，不能平息；夏娃的詛咒要離開這具身體而帶來的噬人之火開始搏動，從體內傳到皮膚。那難以忍受的熱在體內循環，新換上的會衣已經被汗水浸溼，但是這回發生了一件奇怪的事情：這股突來的灼熱升起，衝出瑪麗的身體，往外傾瀉，形成一道發亮的急流，落在一個接一個修女身上。而當那熱流往下落時，變成了新的顏色：坐在第一排長椅上的獻身兒童是一種小小的粉紅火苗，在年輕的見習修女身上則是略深的紅色火焰，往外奔湧到較為年長的修女身上時生出了豐富的金色，碰到了那些也正處於脫離夏娃的詛咒——恐慌、想跳出窗外好擺脫體內的熾熱體液——的修女則是藍色和綠色，而在那些牙齒掉光、彎腰駝背、多年前就已經不再有生育力而歸於平靜的老修女們，則是金色跟紅色。那熱流降臨在一個接一個修女上頭；之後再度從每個人頭上升起，就形成一大片和諧的閃光，一路累積力量與速度，形成一圈充滿紅白與熾藍火焰的漩渦。從一個身體傳播到下一個身體，這股熱流是大家共享的，就像這個修女院的所有事物也都是共享的。瑪麗看得到那股熱流經過一具又一具身軀。她看得到，就連在躺在食堂上方那張臨終床上的院長，都成了一根獸脂燭，在黑暗中發亮。

而所有靈魂吟唱著，同時對著世間散發光芒。

第三部

1

瑪麗站在微光中的田野。

這些也都是冬裸麥。

這是一一八八年，艾姆院長在長期臥床之後剛死去。瑪麗接任了修女院的院長。院裡的選舉投出了一盒滿滿的白色黏土球，其中只有一顆是黑色的，歌達聽到宣布結果時臉埋進袖子。那幾天這位助理副院長擠牛奶時都很粗暴，惹得那些乳牛呻吟，直到有人輕柔地拿走奶桶，把她帶到葡萄園裡，走過一排又一排的葡萄樹，每走一排都慢慢唱完一整首謝主曲。到了最後一排，她已經停止哭泣，再度恢復正常，只是整個人縮小了，而且早上會對著牲畜的溫暖耳朵低聲訴說哀傷。這些聽告解的動物很好心，聽了只是眨眨眼睛、原諒一切，不會要你補贖。

然後是瑪麗被祝聖為院長的盛大儀式。花費高得難以置信，因為要以盛宴款待那麼多人，而且要展示出修女院的財富和權力，第一場宴會是在鎮上的主教堂外頭，然後是修女院裡宴請院內的所有女人，包括修女和僕人。瑪麗心裡嘆氣，想著那個總金額，想到需要那麼多小羊、天鵝、一磅磅的香料和一桶桶的葡萄酒。幸好之前有艾姆生病的那段期間，讓她攢夠錢。

但是教區的上司們看到那些開支，先是一臉不高興，然後隨著葡萄酒喝太多就轉為狂怒；他們唸叨著要徹底搜索修女院，好查出隱藏的財富並重新分配。瑪麗擔任院長的第一個行動就犯了大錯。她面帶微笑指揮著慶祝活動，但是一陣溼黏的風吹進她心裡。

種種活動全都結束、夜色悄悄降臨時，當年曾跟她一起當見習修女的露絲吻了瑪麗，跟她說，瑪麗，我的朋友，今天妳身上有種光輝。天上的聖光。

對不起，露絲。從現在開始妳得喊我院長，瑪麗說，然後兩個人都笑了。

等到瑪麗當選院長時，她停經前的躁熱已經消失。現在她不再會有夏娃的詛咒了。從她十四歲起，就有一把刀就在她體內扭轉，現在月經停止了，那把刀終於從她的子宮移出了。

反之，她得到了很長一段思緒清晰、冷靜的時間。

她現在可以看得很遠，可以看到幾千萬年。

日後她將會寫下她第一次地動山搖的神賜幻象，私下寫成一本書，藏著不讓她的修女們知道。她會鮮活地描述當時所發生的事。

那是接近晚禱時間。暮光籠罩著丘陵，太陽在一圈圈金色和陰影之間消失。在她身後，是餘暉中小小的白色修女院。上方的天空裡，一隻隻燕子成弧線迅速掠過。

在運貨牛車旁，幾個女佃農唱起一首情慾之歌，古老得瑪麗覺得聽起來不像英語：儘管她們不該聽這類世俗汙穢的字句，但是那幾十個正彎腰工作的強壯修女都面帶淺笑聽著，黑色的會衣在農田裡像是垂落的陰影，手上的長柄大鐮刀隨著歌聲的節奏嘶嘶揮動。

瑪麗打了個哆嗦。

而就在她呼出氣的那片刻，全世界都安靜下來。

然後，廣大的世界把注意力都集中在瑪麗身上。

閃電在她的指尖發亮，比呼吸更迅速地掠過她的手指、她手臂的肉、她的內臟、她的陰部，然後停留在她的喉嚨，發出鋸齒狀的亮光。奇異的顏色在森林上方綻放。隨著一個搖撼地面的雷聲，天空裂開一道缺口。瑪麗看到那裂口出現一個女人，涵納了全世界各個城市的種種威勢，那是一個全身浴滿光輝的女人。

那女人頭上戴著一個星星頭冠；瑪麗因此知道她是聖母馬利亞，那張臉被十二個太陽的光芒遮住。

聖母手裡拿著一朵含苞待放的酒紅色玫瑰，從天上把玫瑰丟進下方的森林，玫瑰蓓蕾迅速綻放，又同樣迅速地被吹走。花瓣在風中打轉，每一片柔軟的花瓣各自砍倒不同的大樹，最後讓森林形成一個圖案。瑪麗的手指可以感覺到那個圖案，彷彿是她親手畫出來的，心知那是一個迷宮；而在迷宮的中心，她看到一朵黃色的金雀花，在細瘦的花莖上宛如發亮的滿月。

然後聖母伸出一隻手，清掉了遮住臉部的那層亮光，瑪麗終於可以完全看清聖母馬利亞；她那張臉是瑪麗自己母親的臉，那麼年輕，散發出愛的光輝。瑪麗跪下。

最後聖母又以亮光罩住自己，往後退，進入天空那道裂口。

接著裂口癒合，回到原先自然的深藍色天空。

天空散發出光輝。瑪麗回到眼前，仍跪在地上，周圍環繞著一圈修女。

一個聲音喊著院長老了，中了魔法了；但是另一個聲音憤怒地說院長才四十七歲，而且很強壯，傻孩子，她是眼睛瞎了嗎，難道看不出院長剛剛經歷了一場神聖探訪嗎？

瑪麗睜開眼睛，朝著她的修女們微笑，而修女們都在聖母借給她的那股力量和光輝中沉默下來。她從自己的皮膚可以感覺到她們的驚奇。

她說她很好，她說啊沒錯，她非常非常好。

晚禱的鐘聲從遠處傳來，瑪麗請修女們回院裡，其他女佃農則拖著沉重的腳步把牛車趕回穀倉，然後瑪麗拉高會衣的下襬，儘管個子高大，仍迅速且強壯地跑過田野。她穿過果園，爬上通往院長居所的樓梯，雖然廚工想問她關於晚餐的問題，但她沒停下腳步。她回到自己的書房，完整寫下她的神賜幻象。

直到她把過程寫在羊皮紙上時，這才完全明白這段經驗，她在自己的小書裡寫道。要直到你寫下來、客觀地回想，把整個過程反覆思索，神賜幻象才算完整。

她看到，在更大的世界裡，末世啟示錄裡的那些活物四處漫遊，在地上留下冒煙和燒黑的深色痕跡。此時她明白，耶路撒冷的淪陷，將會讓整個基督教世界淪陷。基督徒會被屠殺、強暴，淪為奴隸。在信奉基督教的各個地區，大家會把一切歸咎於猶太人，將他們抓起來燒死在火刑柱上，毫不留情地殺害；女人和兒童會被活埋。平原上四處是饑荒、征服、地震、火災和死屍。看不見的邪惡已經化為一片雲，降臨在所有人頭上，就連他們立足之處的空氣都變暗了。身為院長，瑪麗對她的修女們有責任，必須把那邪惡之雲徹底驅除，連影子都看不到。

而且在那金光閃亮的幻象中，聖母已經告訴瑪麗如何讓她的修女們擺脫世俗影響。

因為身為院長的瑪麗，就是那朵生在修女院中的金雀花，而舉起那朵花的，就是她一個人的力量。

閃亮如滿月的是修女們的信仰，在黑暗的天空中發光。

而聖母用那朵玫瑰在森林裡建造出一個迷宮，環繞著修女院，就是在告訴瑪麗必須做這樣的事情。

她必須建造一個迷宮。

從鎮上到修女院，只要花四分之一個白天就能輕鬆走到。但如果環繞著修女院建起一座迷宮，外加一條祕密通道，那麼進入修女院的道路就會複雜得讓所有人氣餒，除了最有決心的訪客。她可以讓自己的修女們脫離腐敗的塵世。

在這個地方，只有瑪麗的權威，不會有其他權威。

而且她們可以留在原來這片土地上，她的修女們會安全地與世隔絕。她們將會自己自足，完全靠自己。一個女人之島。

2

當天夜裡，瑪麗召來她手下四個最能幹的女人。

新的副院長蒂爾德，神經質而謹慎，甜美的臉上睜著驚惶的大眼睛，像是睡鼠一般。啊這姑娘深愛上帝、渴望上帝，她懷著一種嚴謹的單純，相信世上一切的善良美好。瑪麗發現，在這個複雜的世界，要有極大的智慧才能在洞悉世事後仍保有單純。她羨慕也欣賞這位姑娘。

還有年輕而熱心的艾思塔修女，她的思慮清晰且有如機械，能深入看到事物的運作。她走路時總是腳尖著地、身體危險地前傾，彷彿迫不及待要趕去哪裡。她的餐桌禮儀糟糕透頂，在食堂裡光是坐在她對面，都痛苦得像是一種苦修。

外加當初跟瑪麗同為見習修女的露絲修女，她的判斷總是能顧全大局，又不忽略細節。

最後是修女院的地產管理人沃菲德，她在鎮上自宅的睡眠中被召喚而來，她已經有了四個女兒，都是聰穎、健壯的小姑娘，她還有一棟很不錯的房子。

當她們全都來到瑪麗的居所時，夜已經深了。瑪麗的廚工端來了乳酪、麵包和水果派，以及勃艮第運來的甜美葡萄酒。隨著食物上桌，這些女人就比較不在意睡眠不足了。

然後瑪麗站起來，龐大的身子站在壁爐旁。露絲驚奇地想著她身上發出的那種光並不是來自爐火。瑪麗緩緩說出自己白天在田野中的神賜幻象，以及她的計畫。

蒂爾德副院長敬畏地低下頭，毫不反對；她被瑪麗嚇到了，覺得她的思緒跳躍又轉折得好快，而且這會兒她看到這位院長身上散發著借自聖母的光。

而艾思塔修女的反應，則是因為這麼一個大工程的挑戰而激動極了，想到要破解這樣的謎團，讓她尖尖的小臉興奮得發紅。她腦袋裡迅速計算了一下，說如果修女院裡所有非必要的人力都可以使用，另外再買十頭不育母牛[12]或馱馬，負責把砍下的樹枝運到柴堆，那麼或許兩年可以完成。

至於露絲修女，她心中默默生出了一片巨大的懷疑，覺得寒冷而戰慄。但接著她回想起自己剛進入修女院沒幾個月、還在見習修女期間，也曾對剛進來的瑪麗深感憂慮：瘦削而四肢細長的大塊頭，滿懷哀傷而沉默不語；然而從那一天開始，三十年來，修女院逐漸變得富裕而舒適，從二十個快餓死的修女一路壯大，至今已經有將近一百名修女，以及幾打僕人，另外還有幾乎一樣多的女佃農帶著子女住在教堂周圍的村舍中。這一切回憶如潮水般湧入露絲修女腦中，她想到修女們對瑪麗虧欠太多，想到瑪麗掌管修女院三十年，以及處理各種事務的本領。最後她又想到，這個迷宮乍看之下不可能實現，若不是由聖母馬利亞透過堅定而高大的瑪麗院長提出，換了其他任何人說出來，就似乎愚蠢極了；於是她終於明白，瑪麗的意志比什麼都要強大，即使露絲說出自己的反對，迷宮也會完成的。

她低頭禱告，然後抬頭說好，雖然她贊成的口吻充滿憂心。

只有沃菲德反對。她擔任修女院的地產管理人至今已十二年，穿著怪異的束腰皮外袍和裙子，上頭因為塗了獸脂以抵擋風雨而發亮。她一頭深色頭髮、皮膚曬成褐色，讓人覺得她心中正充滿沸騰的騷動，眼前只是純憑意志控制住。她塊頭比瑪麗小，但是往後挺的雙肩有瑪麗那種天生的威嚴。她皺眉時，美麗的高顴骨和長睫毛就突然變得嚴肅起來。眼前，這個嚴肅的沃菲德挺直背脊站起身，跟院長說不。

她說，這是個瘋狂的計畫。註定會失敗。

瑪麗緩緩眨眼，房間裡的其他女人都憋住氣。院長重複跟著說了聲不，不帶情緒。

沃菲德說，她們最近才剛存夠了錢要修繕修女院，她已經找了工人開始去礦石場採石，修女院的所有石材都會在那邊切割，現在停工太莫名其妙了。如果要重新存夠

12 Freemartin，與公牛孿生的母牛，但因為生殖器官異常而無法生育。

錢，就得再花十年。

瑪麗輕聲問沃菲德是否不愛她。

沃菲德說就是因為太愛她了，所以才敢在瑪麗犯錯時告訴她，她說，在瑪麗露出那種殺氣騰騰的表情時，不是人人都能有這樣的誠實，這個房間裡的其他人就是如此。眼前瑪麗就是那個表情，但是她沃菲德可不會被嚇倒。

從沃菲德脖子上迅速抽動的脈搏，顯然院長其實嚇倒沃菲德了。

接下來的靜默不斷延長，感覺好可怕。

瑪麗很小聲開了口，小聲到所有人都身體前傾去聽，瑪麗說當沃菲德說話時，用的是瑪麗自己權威的聲音，而這個聲音她只借給地產管理人。但是瑪麗自己現在是以聖母馬利亞的權威在說話，就在這一天的白天，聖母賜給她一個了不起的幻象。

當然了，她說，沃菲德不會敢違背聖母馬利亞的意思。

於是沃菲德的反抗被擊垮。她嘆了口氣，調整一下想法。然後雙眼灼熱地朝桌子低下頭，而在那張桌子上，艾思塔已經開始興奮地勾勒她的計畫。

在醫務室外，三位年邁的修女被安置在陽光下。一個深受病痛之苦，一個無腦，還有一個時間感錯亂。

愛絲翠修女之前已經在睡夢中死去，取而代之的是安菲麗莎，她以前因為踩到一對交尾中的蛇而遭到中風的懲罰；現在身體有一半癱瘓了，講話也很吃力。

杜芙琳娜是所有修女中血統最純正的，來自法蘭西最了不起的家族，但是生來只會說幾個字，臉上一抹狡獪的微笑，彷彿永遠被大風吹著般瞇起眼睛。

還有薇伏瓦，她因為失去了時間感，因而變得更加野蠻。

忙得不可開交的蒂爾德副院長給了她們一堆帶殼的豌豆要剝出豆仁，現在森林裡充滿砍樹的聲音、修女的大喊，每雙手都在工作，就連年老或生病的人都不能閒著。

薇伏瓦抱怨，打從開始建造迷宮後，寢舍裡就充滿汗臭味。根本都無法呼吸，害她睡不著。而且再也沒有什麼是乾淨的了。床單髒得可怕。食堂地板上都是泥巴。

安菲麗莎用她的大舌頭口齒不清地說，院裡只剩這麼少人可以幹活兒，真的很辛苦。可憐的蒂爾德。

她們暫時停止剝殼，看著蒂爾德副院長的頭巾在窗內掠過。現在只有十二個僕人和修女留下來，要做整個修女院的工作，她攪奶油的時候在哭，她跑去把麵包從烤爐裡拿出來的時候也在哭，而且她已經絕望到乾脆讓菜園長滿雜草了。

杜芙琳娜垂下頭。因為她的單純，她或許是所有修女中最忠誠的，整個人都充滿善良，毫無一絲陰暗。她開始剝豌豆，速度非常快，快得雙手都看不清了，她剝豌豆非常厲害。

安菲麗莎說了孩子這個詞，指的是昨天死掉的那個獻身兒童，不幸被倒下的櫟樹壓死。今天早上才舉行葬禮。安菲麗莎在葬禮前用她沒癱瘓的那隻手去剪了些百合花，後來放在裹著屍體的布上，她到現在還能聞到那隻手上有百合汁液的氣味。

薇伏瓦冷哼一聲，告訴另外兩個人，所有送來的獻身兒童都會死。你能指望什麼呢。到處都有人挨餓。這麼多人死掉。有個蠢僕人吃了一個看起來像胡蘿蔔的植物根，但結果不是胡蘿蔔，那僕人就口吐白沫死掉了。薇伏瓦那些可憐的美麗修女姐妹們皮膚發藍、肺部積水死了，真可怕。她們的墓穴是她親手挖的。二月寒冷的雨天。她挖得雙手都流血了。薇伏瓦張開自己的雙手，看著手掌。她忽然發現自己的雙手看起來好老，於是一臉受辱。

隨著這個手勢，安菲麗莎知道薇伏瓦回到了瑪麗接掌修女院之前那段饑餓的時光，之後沒幾年，安菲麗莎自己是十六歲那年來到修女院當見習修女。她問薇伏瓦對新任副院長瑪麗的看法，很好奇那麼多年前的瑪麗是什麼樣子。

薇伏瓦嘲笑說，新的副院長瑪麗毫無用處。軟弱。身體那麼大，卻其實還是個小孩。就連所有基督徒小孩都曉得的祈禱文，瑪麗都不太清楚。真令人震驚。從小在異教徒環境長大。沒錯，她當過十字軍兒童戰士，卻懦弱得放棄自己的誓言，連耶路撒冷都沒看到就返鄉了。失敗的十字軍戰士；比那些只為了致富而去十字軍國家的人更糟糕。薇伏瓦聽說瑪麗有時候會說夢話。顯然她在宮廷裡有深愛的人。那姑娘現在還會在夢中叨唸著她的情人。有時薇伏瓦半夜醒來，發現瑪麗的床是空的，天曉得她去了哪裡。薇伏瓦預料她很快就會因為心碎而死。很好，她說。讓這樣一個不信神的人當修女院的副院長是個醜聞，是一種罪。

安菲麗莎抬起沒癱瘓的半張嘴微笑。時間證明薇伏瓦錯得有多離譜。

薇伏瓦又不太情願地說，不過這姑娘的確學得很快。唱一次輪唱讚美詩就能記住。但是薇伏瓦認為瑪麗應該永遠不能受紗而成為正式修女，因為很顯然，她根本不愛上帝。

安菲麗莎想到院長虔誠得只差沒發出聖光了，於是笑出聲來。然後她在心裡提醒自己她們全都是罪人，而且沒有人是完美的，即使是瑪麗院長也不例外。

蒂爾德副院長沿著菜園小徑飛奔過來，氣喘吁吁，大老遠就喊著問豌豆都剝好了嗎？當她看到籃子只是半滿的，幾乎是大叫起來。她懇求三位修女快一點，然後又跑走了。

杜芙琳娜的鼻子幾乎要碰到她膝上的豌豆了，她的那些豌豆莢好硬。

三個修女沉默地剝完豌豆；她們看到蒂爾德衝到小教堂，親自敲響第九時辰祈禱的鐘聲。薇伏瓦站起來，一邊手臂挽著要送去晚餐食堂的豌豆籃，另一邊手臂扶著安菲麗莎，開始走向小教堂。她的腦子常常溜到不同的時間，但是她的身體依然強壯，儘管有一隻腳跛著。杜芙琳娜哼歌拖著腳步跟在後頭。到了門邊，薇伏瓦留下安菲麗莎，自己拿著豌豆進去。安菲麗莎靠著溫暖的石牆等待。薇伏瓦出來，把空籃子放在地上，帶著安菲麗莎到小教堂內她的長椅上。

院裡剩下來參加第九時辰祈禱的修女好少；其他人都在森林裡祈禱，周圍滿是鋸屑、煙霧、鳥啼和汗水。眼前的小教堂裡有蒂爾德副院長、三個老修女、獨力照顧動物的歌達。醫務師奈絲特之前回來拿燙傷藥膏和繃帶要帶去森林，這會兒她坐下來，不耐地等著時辰頌禱禮結束。陽光照進窗內，輕柔地落在大部分是空的木製長椅上。

領唱人不在，就由蒂爾德副院長帶著大家頌唱祈禱。

奈絲特跟著唱，但她滿心想著森林。她聽得到遠處的砍伐聲，還有樹木倒下的斷裂聲：其他修女和僕人和女佃農都很快祈禱完畢又開始工作了。她渴望加入她們，站在那裡風吹日曬。一種奇怪的魔法降臨在她們身上。自從院長宣布這個計畫以來，天氣就都很好，而且不會太熱，白晝愈來愈長，於是更長的工作時間就可以考驗她們增加的力量和耐力。她們雙手結繭、臉頰曬紅、雙腿的步態疲憊又自豪，睡前禱之後，身體還沒倒回床上就睡著了。這段期間，奈絲特要處理的只有小傷口和一名死者，那個八歲的獻身兒童當時在灌木叢中玩，沒注意到櫟樹即將倒下、有人喊著要大家避開。年紀較小的幾個女孩負責指揮不育母牛和馱馬，看著那些牲畜聽從她們童稚的聲音而移動、發現大部分女孩都有辦法像正式修女一樣努力工作，真是令人歡喜。所有女人都工作得好迅速，容光煥發又信念堅定。用來遮蔽通往鎮上那條捷徑的樹叢和隱密小徑都已經完工，最後的祕密隧道也挖好了，只有一小段，從遮蔽樹叢後頭往上挖，通到鎮上施賑所和客棧後方的穀倉；奈絲特自己拿著鶴嘴鋤挖開了出口的亮光。

穿過森林的幾條小溪被埋在道路下方，挖出來的一筐筐泥土被運走，馱運的牛和馬把原木和樹樁從地上拖走，移植的小樹才一個月就長得兩倍高，填入空曠處的灌木茂密得像是本來就種在那裡的。而碰到空地、無法用灌木填滿時，就用障眼法營造出單一道路無盡延伸的假象，但其實這條路跟其他的路之間，只是由一排樹或灌木隔開來。道路鋪面緩緩地逐漸成形，先是以採石場運來的鵝卵石鋪了一個手臂高的地基，上頭加上同樣高度的泥土。然後用上艾思塔、木匠和鐵匠修女打造的一件機械，那是一個令人目瞪口呆的奇異裝置：十個最強壯的工作者站在一個巨輪裡頭，齊步往前走，好把泥土壓得堅硬又平坦。

如果艾思塔好戰的話，可以做好多駭人的事情：把火和毒液拋到一段距離外的可怕殺人機器，壓碎物質的機器，讓可燃物質爆炸的機器；這個奇怪的修女被種種新點子搞得太興奮，都忘了考慮後果。在這片古老的森林中，她們一天之內可以整平的路多得驚人。迷宮的第一個圓凸狀區域完成了，第二個也已經開始。所有同心協力工作的女人在金色的陽光中、在火光朦朧中、在新鮮的空氣中、在勞動的愉快汗水與努力中，都覺得自己很有福。就連瑪麗院長工作時，那種驚人的力量都讓奈絲特嘆為觀止；院長自己也跟不育母牛不無相似之處，這種強悍的母牛其實不算公牛也不算母牛，而是兼具兩種特質。好吧：瑪麗向來很強壯。奈絲特可以清楚感覺到瑪麗的皮膚，彷彿就在她的手指之下。很難想像某些血統高貴的人，竟然天生有著比農人更強壯的身體。這讓奈絲特認真思索起來；那麼，這表示那些平民血統的人應該當領袖嗎？想到這裡，她用袖子掩嘴笑了。坐在小教堂裡另一邊的薇伏瓦憤怒地狠狠瞪她一眼。

領唱的短句。祈禱。祝福。然後奈絲特提起她那個裝著藥膏和繃帶的籃子，幾乎是用跑的回到森林，去幫那些手上起水泡的人包紮，好讓她們回去工作。

蒂爾德副院長看著她離開，喪氣極了。她用一種不知所措的口氣說，醫務師本來可以用手推車把食物順便送去給那些工作的女人，這樣蒂爾德就不必自己跑一趟了。

然後歌達這位一點也不軟弱的女人拍拍蒂爾德的肩膀，叫她別說了，先坐下來休息一會兒，歌達說自己會幫忙把食物送過去。然後歌達嚴厲地告訴蒂爾德，說她一定要學得更沉穩，一定要學著把工作分派給其他人，這樣才不會累死自己。說蒂爾德應該效法身為助理副院長的自己，因為歌達可以每天親自把小母牛趕到外頭田野裡，但她的時間用來照顧生病的動物會更有效率，今天上午她才幫那隻直腸脫垂的豬擦了藥膏，那隻豬才沒有一直尖叫個不停，其他豬也才能得到一點清靜。是的，歌達得意地說，蒂爾德必須找到她自己直腸脫垂的豬，命令其他人去把小母牛趕出去，但是當她轉身對著年輕的蒂爾德微笑時，蒂爾德又跑掉了。

在森林裡，瑪麗想著剛從囚禁狀態被釋放的王后，想著埃莉諾現在會是什麼模樣，漫長的三十年過去了，就連王后也會老，然後她抬頭看到奈絲特大步沿著壓平的新路走來，走得兩頰發紅，微笑的臉好美，鼻子旁那個天生的痣讓她更美。

這陣子瑪麗對一切都好饑渴，對食物，對身體的勞動，對她肺裡冰冷清新的空氣。看到奈絲特走來，瑪麗體內那種饑渴的力量更是突然暴漲，她不得不閉上眼睛、憋住呼吸，直到那種感覺過去。

＊＊＊

修女們一直工作到開始下雪、地面堅硬得無法挖掘，然後她們進入了漫長而黑暗的冬季沉思時間，渴望著樹林和戶外空氣，她們的身體因為壓抑不動而坐立不安，夜裡的夢中充滿了迷宮。完成的部分超過了艾思塔原先的期望太多，整整兩塊圓凸狀森林變成了迷陣，從鎮上到東北角到丘陵區到西北角，這地區每到春天都有狼跑來悄悄偷走小羊。她們提早完成了在烘焙坊、啤酒釀造坊、乳品工坊的工作，以便可以早點去林地砍伐、堆疊木頭。能在工作中再度流汗、讓肌肉伸展的感覺真好。她們曬黑的皮膚在室內的昏暗中又褪得蒼白，臉頰健康的亮光消失了。蒂爾德副院長看著僕人們才幾天就把修女院整理得像樣，所有地板和木製品都擦洗得光滑發亮，所有壞掉的東西都修補好了。抄寫室裡，原先為了戶外工作而暫時擱置的抄寫工作都迅速完成，要耗費長時間的時辰頌禱禮經書、詩篇集和彌撒經書都抄寫完且裝訂好，直到所有委託案子都完成了，一件都不剩。

瘋子修女蓋莎是文盲，因為字母和會在她眼前飛舞又變形，但是她以古怪的想像力為手抄本繪製插圖——完美的藍色魔鬼，殉道者死在一大片鮮血裡——到最後沒有手抄本要畫圖了，她為了防止自己的思緒像是蒲公英種子般飛走，就開始跟所有人悄悄說起樹林裡的狂歡會。

她說起以血為盟，沒受洗的嬰兒煮成燉菜，處女之血當葡萄酒喝。

一個極冷的早晨，蓋莎在第一時辰祈禱後攔下院長，以她上氣不接下氣的急促耳語說，她昨夜看到修女院的那些樹隨著女巫聚會的喇叭和鼓聲而彎曲舞動，當時因為沒有月光而一片黑暗，女巫們聚集在那裡舉行可怕而怪異的午夜儀式，她們圍繞的火堆燒的不是木材，而是成堆嬰兒的乾屍。然後蓋莎告訴那些樹說，它們假裝無辜是唬不過她的，因為她很清楚樹是魔鬼的器具。她喘著氣，成排牙齒是藍色的，因為之前她繪畫時，想把蘸了青金石顏料的畫筆吮尖而被染上。

瑪麗小心翼翼地說，或許蓋莎前一夜看到的其實是一場暴風雪，大風和凍雨吹得樹搖晃，而且呼號的風聲裡還夾雜著許多牲畜的叫聲。其他人只會說蓋莎瘋了，但瑪麗可以看清這些瘋話之下隱藏的真相。

就在當天早上，瑪麗派蓋莎繼續去小教堂工作，她正在繪製巨幅壁畫，畫的是抹大拉的馬利亞，一頭紅髮披散在身上。使徒中的使徒，瑪麗最喜歡的聖人；瑪麗認為，抹大拉的馬利亞比彼得更像是教會的磐石。那聖人的臉緩緩現形。是瑪麗院長並不美麗的骨瘦長臉，圈在塗金光環中。看起來很像馬臉。蓋莎作畫時兀自哼著歌。瑪麗感覺到自己的臉驚愕得發燙起來；修女院裡沒有玻璃鏡子，也沒有磨光的錫板鏡子，而現在她的權力這麼大，因而都忘了自己從來不美，直到蓋莎把她的臉畫在灰泥上。

其他人則製作東西。織出大量的亞麻布和羊毛布料，修補壞掉的籃子，製作皮革。冰凍溪流上的啤酒釀造工坊裡試做出一種新的綜合草藥麥酒。

而在菜園圍牆外，有專門手藝的修女們建造起工作棚，艾思塔興奮得蹦蹦跳跳，鐵匠和木匠修女為往後的春天打造出更好、更快的機械。具有其他工藝技巧的修女也協助她們：銅匠、玻璃匠、陶器匠。她們甚至做出一種鋸子，操作方式是由兩頭不育母牛或母馬繞圈，可以幾分鐘之內就鋸斷一棵大得要三名修女牽手才能合抱的大樹。她們製造出一種木拖橇，只要一隻上軛的馬或牛就可以把樹拖到焚燒堆。她們還打造出裝了大鐵輪的手推車，可以在崎嶇的路面輕易移動。

基督將臨期、聖誕節、主顯節的慶祝活動，像是燈火在黑暗中發出亮光。

冰冷的黑暗逐漸褪去。在地面尚未完全解凍、出現綠色之時，在四旬節之前的灰天灰地中，她們就高高興興地回到森林，繼續進行聖母馬利亞賦予她們的工作了。

瑪麗的雙手在流血。她剛剛目睹一棵白臘樹發出屈服的嘆息，接著是一個可怕的斷裂聲，緩慢而優雅地在三月的微弱光線中倒下。

一大群松鼠滿地亂爬，鳥兒衝飛過樹冠間新出現的缺口。

此時聖母馬利亞賜給她第二次幻象。

稍後，她轉身飛奔過冰凍的土地，經過冬日的裸麥田，終於穿過果園，來到人少、寂靜的修女院，然後上樓到她院長居所冰冷的前廳，站在書桌前，瑪麗院長寫下剛剛所發生的事，最後將以拉丁文抄錄在她私人的《神賜幻象之書》中：

第二個交付給我的禮物，是由聖母賜予的恩典，她是光耀海星、上智之座、義德之鏡。

當時我一手拿著斧頭，看著樹林裡一棵樹倒下，此時一種深層的搏動讓我的腦袋發熱，然後一道曲折如蛇的閃電鞭打我的四肢。

我身後的森林出現一道光。照在我的修女們和騎在牛馬上的兒童們身上；所有正在工作的動作都突然停止，定在那裡不動，彷佛是一隻神祕的手造成的：鏟子扔出的泥土和飛舞的鋸屑也停在空中。我轉身，然後跪下，因為兩個女人站在森林裡即將開出路的地方，她們的聖光太明亮了，逼得我藏起臉不敢直視。

其中一位穿著嫩綠色長袍，那顏色是初春，繽紛的樹葉從枝頭萌發，花朵初綻，甜美而帶著寒意的風吹過大地；綠寶石、藍寶石和珍珠等珠寶裝飾著她的頭部和袖子，她的胸部有一個流血的傷口，傷口大，敞開且發出金光，這是她身為母親的哀愁傷口。

因為這位就是天主之母馬利亞，童貞聖母，她賜予我這次幻象。

而且這是她第二次向我展露她的容顏。

她手裡挽著一個同樣發著光的女人，穿著血紅色披風，脖子和手腕上戴著鑽石和銀飾，一邊眉毛上有鮮紅如寶石發亮的傷口，是天使將她趕出第一個樂園時用杖打傷的；這位就是夏娃，所有人類的第一個母親。她另一隻手握著一根水晶肋骨，因為她自己也是以一根肋骨造的，於是證明她自己是第一個土造凡人的改良品。因為比起岩石中取出的黃金，經過熔冶、打造、退火，因而如陽光閃亮的黃金，不是更完美嗎？

兩個女人沉默地朝下注視我，臉上充滿了愛。當我終於有勇氣直視她們、不敢移開目光時，她們抬起緊握的手接吻。一個人的嘴親吻另一個人。

就這樣，她們向我表明，這兩個女性之間常常被誇大的戰爭，是蛇創造出來的謊言，是為了要在世間製造分歧、衝突和不幸。

因為我看到，由於夏娃嚐了禁果，才得到知識，隨後才有能力了解馬利亞子宮所孕育的果實有多麼完美，了解那是賜給世人的恩典。

若是沒有夏娃的缺陷，就不可能有馬利亞的純潔。

若是沒有夏娃的子宮，亦即死亡之屋，也就不可能有馬利亞的子宮，亦即生命之屋。

沒有第一個母親，就沒有女性拯救者，也就是最偉大的母親。

當我清楚看到這一切，兩個女人緊靠合一，從她們站著的那片冬日森林的枯死灌木叢中升起，兩人形成一道緩慢而發亮的光帶，升上天空。

她們走後，唯一留下的就是這個早晨的灰暗，流連在我鼻中那股沒藥的氣味，以及第一聲甜美的鳥啼，雖然我的修女們都工作到一半定住了，但是冬天的鳥兒們全都看到了，而當那兩個女人升天離開，那些鳥就從驚異的沉默中醒覺過來，開始狂喜地歌唱。

而當我寫下這第二次神賜幻象，我才看出其中的警告。我明白了這表示王后會突然騎馬來到此地；而我們全院的修女們務必要團結一致，堅定地做好準備。

瑪麗召喚露絲修女來見她。這位瑪麗的老友一直無法掩飾自己對迷宮工程的恐懼，不斷冷言冷語抨擊瑪麗，於是為了讓兩個人都輕鬆一點，瑪麗就將她派駐到鎮上，成為主教堂隔壁那兩棟修女院所屬建築物的客棧總管和施賑吏，使喚六名僕人。

那兩棟建築物是在瑪麗剛成為副院長時，由一個見習修女帶來的入會金，原先是老鼠肆虐的穀倉；當時只有瑪麗一個人看出這些建築物的潛力，阻止艾姆院長賣掉。瑪麗花了五年才籌出整修的錢，又花了更多時間才完工。但是當兩棟建築物都整修完畢後，就可以供所有訪客居住，此外，去修女院或周圍土地尋求施捨的人，就再也不必花一早上穿過森林和田野，前往山丘上的修女院。

修女院大門旁的小門外再也沒有貪婪的乞討之手。再也沒有池塘裡的鱒魚或是森林裡的鹿會被盜獵。

露絲出現時臉被凍得紅紅的，體態也比以前豐腴，因為她是負責幫那些貴族與顯赫訪客準備膳食的，而這些人都是前往朝聖途中的虔誠教徒。她決定只能供給最好的食物，修女院的白麵包可以、裸麥麵包不行；修女院的麥酒可以、葡萄酒不行。每天都有烤肉。陳年乳酪可以、新鮮乳酪不行。瑪麗也放縱她；打從她們年輕的饑荒時期開始，露絲就從食物中找到最大的愉悅。

王后將會來訪，瑪麗握住露絲的雙手說。一定是在狂歡節前，因為埃莉諾向來是個講究的美食者，從來就不喜歡四旬節。感謝聖母，今年的復活節不太早。王后會帶著一批隨從讓露絲安排住宿，而且數量相當多。幾十個人。這對客棧會是個很大的負擔，瑪麗歉意地說。

露絲的臉褪成粉紅色，嘆氣說她會準備好的。

瑪麗說，王后會命令露絲帶她去看通過迷宮、前往修女院的祕密通道，但是她一定要堅定而機靈，絕對不能照辦。

露絲有點試探地問，一個凡人到底要怎麼告訴王后，說她不能做什麼事？

瑪麗說的確不能直接拒絕。她要幫王后洗腳，洗得很慢，擦乾之後，再用美食和溫熱的上好葡萄酒招待王后，而在此之前許久，一聽到王后傳令官進城的消息，露絲就已經派出最快的馬去接修女院長過來了。

露絲想了一下說，不幸她們是王室修女院。瑪麗成為院長，也就成為國王這塊封地上的女性男爵。所以為什麼王后本人不能看到女性進入封地的祕密通道？畢竟她是攝政者。瑪麗雖然是修女院的院長，卻仍只是國王的臣民。

這位英格蘭王后，瑪麗冷冷地說，是個非凡的人物，但是她從來沒辦法守密。即使她以前能守密，現在也因為有充分的理由害怕又會成為囚徒，所以絕對不會答應單獨前來修女院，而她那些隨從的眼睛是絕對不能信任的。

接下來，儘管瑪麗的身體渴望著出去跟她的修女們在一起，渴望揮動斧頭，但她白天都在寫信，然後派沃菲德負責把信發送到全國各地。

等到有人在城市附近的鄉間看到王后、移動迅速且沒有傳令官，消息一傳來，瑪麗就快馬通過隱密的小徑和隧道，趕到鎮上，當王后很不耐自己的計畫被打斷、大模大樣地走進施賑吏的接待室時，瑪麗已經滿身大汗坐在火爐旁。瑪麗保持面無表情，她起身站直，高大又莊嚴，開始慢吞吞地恭維王后，好讓埃莉諾可以阻止她並叫她坐下。但王后沒阻止她；瑪麗覺得那對銳利的眼睛掃過自己身上。

原先埃莉諾在昏暗的門口時，看起來還頗為年輕，但是現在她接近火旁，就顯露出她妝粉之下細細的皺紋，還有開始駝起的背。她的香水氣味還是好強烈，成了她攻擊的前兆。

瑪麗的耳中覺得世界靜默下來：唯一聽到的就是自己的怦怦心跳。她茫然若失，不知所措。如果最美的人失去了美貌，最優雅的人失去了優雅，就表示此人也失去了上帝的恩寵嗎？

埃莉諾開門見山就說，幾十年沒見，瑪麗可真是變成了一座巨大的女人之山。她叫她坐吧，說如果不會坐斷椅子的話。她再也不是逃離家園的鄉巴佬了，對吧？以前她一度瘦得全身都是骨頭哩，哎呀呀。

瑪麗露出微笑。

王后打量著她，以一種沉思的口吻說，不，或許這三十年來，瑪麗變成了獅身人面的斯芬克斯石像了。

瑪麗說她們修女院現在的確吃得很好，這裡再也不是她少女時期被埃莉諾丟來的那個挨餓地方，剛來的那幾個星期，瑪麗看著稚齡的獻身兒童餓得全身泛藍、瘦弱憔悴。她們現在吃得很好、很多，不過當然修女們都不胖。幾乎所有修女都肌肉發達。或許王后只是不習慣女性的力量。也或許埃莉諾率領女子軍團是好久以前的事情，所以她都忘了？或許沒那麼嬌弱、聽到喊叫就崩潰的女人，應該都是胖的，至少對於王后這樣優雅的人來說是如此？

王后好像聽不到她講的話，依然以沉思的口吻說，當然瑪麗的個子從來不嬌小，不過多年前她全身都是骨頭，一點肉都沒有。現在她的會衣之下是自帶盔甲了，是的，她會說瑪麗變成了一隻巨大而古老的獨角獸。鋼鐵的獸皮，頭上有一支凶猛的角，至少她是這樣聽說的。獨角獸。是的，這個形容非常精確。

瑪麗以鼻子呼吸，說她希望新寡的王后接受她的弔慰之意。聽說國王的死因是出血性潰瘍，太痛苦了。瑪麗覺得很奇怪，竟然沒有人寫信告訴她這件事，她還得跟其他非血親的人一樣，很晚才得知這個死訊。不過當然了，瑪麗只是異母妹妹，而且是私生女。王后也一定是忙得沒空寫信給瑪麗這個小姑。

半個小姑。而且只是姻親，埃莉諾嚴厲地說。沒錯，事實上，她總是很忙。不過接受弔慰感覺不對勁，因為她一點也不為自己失去丈夫而覺得遺憾。他們曾經有愛，瑪麗知道的，她少女時期在宮廷裡親眼看到過。甚至一度愛得很深。唔，老實說，英格蘭的閨房責任從來就不是最輕鬆的。然後王后又笑得喘不過氣來。

但接著埃莉諾說，不過當然，如果妳把一隻鷹放進籠子裡超過十年，等到把籠門打開時，牠就會想啄妳的眼睛。

瑪麗說好吧，事情解決了，長期囚禁的王后被釋放了，現在她最優秀的小鷹棲息在英格蘭的王座上。那些監禁的時光有了彌補。雖然據說當初那些囚禁王后的人，其中有的對她非常殘忍。他們沒收了她養的猛禽海東青，還讓她長期受寒，美麗的臉上都長了凍瘡。王后囚禁期間，瑪麗常常想到她，尤其因為有時她囚禁的地方就這麼近，而修女院裡有種種舒適之物可以送去減輕她的痛苦。事實上，王后如果來這裡當修女，可能比當個囚禁的王后要好得多。

埃莉諾迅速眨了好幾下眼睛，瑪麗心中暗笑；迅速眨眼向來反映了這個女人的心思。接著王后說怪了，瑪麗竟然常常想到她，她得承認自己幾乎都沒想到過瑪麗。或者即使想到了，也是想著瑪麗以前剛到宮廷的樣子，整個人好奇怪，手肘好突出，腦袋高得會撞到門框，響亮低沉的聲音試圖跟人爭論，臭呼呼又粗野，大家聽到她重重的腳步聲就趕緊先溜掉。當時的瑪麗真是個可憐的怪人。在她來宮廷之前，本來打算把她嫁掉，但接著她帶著一身怪異、態度急切地來到宮裡，還有那張不好看的臉。這麼一個姑娘是絕對嫁不掉的。

王后又說，萬一她要退位去當修女，也會是去知名的豐特夫羅修道院，而不是這個討人厭的大島、這個微不足道又泥濘的地方。

食物來了。瑪麗示意王后就座。兩人間的言詞交鋒變得太激烈了，為了緩和氣氛，瑪麗安撫地說她寫了一本寓言集，也特別製作了一份手抄本要送給埃莉諾。修女院裡的插畫師瘋了，會從青草裡看到魔鬼，還會看到熱洋蔥湯冒出邪氣。但是她的作品真的很不錯。瑪麗是在艾姆院臥病受苦期間，為了要不間斷地熬夜守護她，而寫下這些故事。她在這些寓言裡嘗試了一種新的風格，跟她以前的吟唱故事詩截然不同，她再也不寫那些蝕人的痛苦愛情了，經過三十多年後，她滿心只有對院裡修女的愛，而當然，她的風格也必須跟著改變，以反映真實狀況。

無論如何，她繼續說，這本書裡有一個故事，關於一隻鶴和狼。王后知道這個故事嗎？不知道？狼啃著一根骨頭，不小心讓骨頭卡在喉嚨裡了。在痛苦中，狼召集了所有動物前來，下令看誰能把骨頭拉出來。只有鶴的脖子夠長。但是可想而知，鶴不願意把腦袋伸進那些利牙之間。最後，狼告訴鶴說，如果鶴把腦袋伸進狼的嘴裡，就要送給牠一個神奇的寶物。於是那隻勇敢的鶴把頭伸進去，拔出了那根骨頭。狼脫離痛苦後，就跟鶴說現在牠已經得到寶物了。那寶物就是牠的性命。鶴應該很高興自己沒被吃掉。

王后聽了笑著說，真有趣。

她們沉默吃了一會兒，直到王后滿意地吃掉了她那份白雉雞肉，往後坐，拿起她的葡萄酒杯開了口。她跟瑪麗說，全世界都聽說了有關迷宮的流言，而且大家都很驚訝。

瑪麗開心地說，那迷宮的確是個工程上的一大成就。當女人接受任務時，竟然能做得這麼好！她們的能力似乎無可限量。

啊；但是院長誤解了王后那些話的語氣了。有些貴族說，他們想帶一支軍隊來把修女們趕離這片土地；好好給她們一個教訓。有一些關於魔法的荒唐謠言。而瑪麗是仙女美露莘的後裔，此事也對她現在的處境很不利。有些人說修女們在這裡藏了難以想像的財富。王后還得安撫那些最好鬥的人，還得用上威脅、哄騙的手段。真是令人筋疲力盡。

瑪麗放下酒杯。她說這些流言她都知道，她也有自己的密探，所以知道誰說了什麼。種種好鬥的閒話太愚蠢了，這樣去議論一群為窮人奉獻的虔誠貞潔修女，對神不敬。修女院除了生活所需之外的財物，都會施捨出去。她們其實窮得很。

但是真的窮嗎？王后好奇問道；她騎馬過來的路上看到，這個鎮上的窮人都穿得很好，比其他地方的商販階級都要好。而且瑪麗在比較大的窗子上裝了玻璃，整齊透明的圓形嵌在鉛框裡，於是整體給人的印象，變成一個切開的蜂巢，現在有陽光傾瀉而入，像這樣的花費太多了。或許王后應該要求修女院繳更多稅。或許她可以從這裡拿到更多稅金，好用於戰爭的軍費。

瑪麗說玻璃很便宜，因為有一位修女是玻璃匠，而且這裡的窮人的衣服和束腰外袍是要穿上很多年的。她們建造迷宮的計畫使得修女院又回到貧窮狀態。她也專程帶來了帳簿，要給皇后看看數字，修女院的財務狀況是真的很困窘。

王后說，她還聽到了另一個針對瑪麗的指控，說修女院長自私地把聖物收在院內的小教堂裡，不讓其他可能需要神蹟的人分享。

瑪麗想著那各式各樣的聖人牙齒和骨骸，還有真十字架[13]的一些碎片。真十字架的碎片光是在英格蘭一地就有好多，找個荒原就可以組成一整個充滿真十字架的髑髏地。而且修女院的那些聖物的確很少看起來像是真的；大部分的價值在於放置聖物的底座或木匣之類。裝飾華麗的盒子，放置手指骨或臼齒的聖物匣。啊，好吧；這也不會是太大的損失。她思索著說，等到萬聖節時，或許修女院會派一批人把這些聖物送

---

13 真十字架（True Cross），基督宗教的傳統聖物，相傳是耶穌釘死於其上的十字架。

到鎮上的主教堂，算是修女院給周圍土地上虔誠教徒的禮物。

埃莉諾說這樣太慷慨了，但是萬聖節還要很久。

瑪麗的面具落下，露出微笑，說她們會需要時間把這些好計畫的消息散播出去，她們出於慷慨與慈悲的這個禮物，要送給鄉下的教友們。

埃莉諾嘆氣。她默默喝了一會兒葡萄酒，也放鬆地說，她真希望瑪麗能放棄她那個小小的傻念頭。這個迷宮現在被視為一種侵犯的行為。當女人不讓外界接觸到她們，這樣的行動就完全違反了服從的準則。就是這一點激怒了瑪麗的敵人。

瑪麗讚賞地說，這個說法很好，仁慈的攝政王后。但或許這不是命令。

埃莉諾注視著她；然後放鬆了，別開目光。或許吧，或許是一個警告。但即使警告了，她看得出瑪麗還是不害怕，知道這位院長還是會繼續進行工程。

唔，是的。身為這所王室修女院的院長，三十年前被王后指派到這裡，瑪麗說，她發現自己就成了國王分封的女性男爵，於是有了伴隨而來的種種權力；當然包括期望國王統治下要保護她。而到目前為止，她都是一個出色的女性男爵，準時繳稅，被要求時都能提供戰爭所需費用。她的忠誠是無庸置疑的。另外，就像一切有封地的貴族，她發現她有在自己的土地上構築防禦工事、以抵抗入侵者的自由。

埃莉諾慢吞吞地說，這些都正確無誤。先不談那些貴族的說法；那只是開場的挑釁而已。她的密探也說，全羅馬都在談論禁行聖事的處罰。她們說瑪麗無視於教會上司，自以為跟教區的主教平起平坐。她們說她不讓上司的傳訊者進入修女院土地，而是在鎮上這裡跟所有教會重要人士會面。她連在教會裡都有敵人。而且一如瑪麗所知，要是被逐出教會，對一個修女院來說會是毀滅性的打擊。不能舉行彌撒，時辰頌禱禮時不能頌唱。

聽到這裡，瑪麗覺得心中有一道閃電降下，因為王后說得沒錯，不能頌唱的話，這個修女院就會是個冰冷、潮溼、待不下去的地方。

王后說，瑪麗的修女有些將會死於悲慟，而且死前無法告解懺悔。

瑪麗說，她也聽說過這些傳言。來自羅馬的說法比較棘手，這是當然。但是她很有把握她們不會被逐出教會。她已經開始不遵守羅馬教廷的作法。

埃莉諾聽了大笑。她說用什麼抗衡？祈禱嗎？拜託。祈禱是好事。她自己就天天祈禱。但是對於這樣的威脅，瑪麗需要比祈禱更有力量的武器。或許她不知道這點，因為她與世隔絕這麼多年，但是要跟外面的世界作戰，她就需要外頭世界的武器。

接下來是好長一段沉默，長得埃莉諾的目光完全轉過來看著瑪麗，而瑪麗則冷靜地回望著她：王后臉上帶著淺笑說，當然了，事實已經證明她當初派瑪麗來這裡是正確的，她不會為了遵從上帝的旨意而道歉。

瑪麗依然保持沉默，直到王后做了個不耐的手勢，瑪麗才終於讓步說，是的，當然，她們會利用祈禱當武器，祈禱是所有修女院最好的產品。她們的祈禱帶來很多盈餘，她的修女們因為祈禱而得到豐厚的贊助。

但是，瑪麗說，她們也會用黃金當武器。她很遺憾地說，要用上很多。她正花錢在街頭上唱歌、說故事。她把修女們的虔誠、修女院的實力、瑪麗自己的神聖、她們偉大的迷宮奇蹟編成歌曲和傳言，在倫敦和巴黎和羅馬的街頭四處流傳。她笑了。金錢和故事。消息和同情。這樣的戰爭是不太可能有辦法抵抗的，而且這招是埃莉諾自己教瑪麗的。

埃莉諾緊握著自己的酒杯，喝光她的葡萄酒，思索著。然後她輕聲說，那麼好吧，瑪麗可真變成一個聰明伶俐的女孩了。

瑪麗心裡暗自提醒自己，冷靜，因為她老早就不是女孩了，而且因為她的心已經為了這句讚美而一飛衝天。她曾經把自己的心聲寫在羊皮紙上，但是王后卻不理不睬。她一直記得好久以前自己的那種痛苦，念念不忘，而現在，她心中那些舊日的玫瑰，恨的蓓蕾、愛的蓓蕾，又再度綻放了。

那一夜瑪麗睡不著，因為離王后這麼近，就隔著客棧的一道牆；守夜祈禱時她起床來到主教堂，在裡頭待到晨曦禱時間，一直祈禱。她喜歡她那些修女的歌聲，但是主教堂裡這個唱詩班的複音音樂則讓她滿心激動；對她來說，這種音樂更接近天使的歌聲。

王后帶著侍女們來參加第一時辰祈禱；當她祈禱完站起來時，玻璃窗充滿了光，其他侍從已經準備好離開了。她走出教堂，進入蒼白而黯淡的天光中，她的馬已經在等著她。外頭的鎮民停下腳步，不敢相信看到大名鼎鼎的埃莉諾。超過半世紀以來，她一直是個傳奇，關於她的故事在黑暗冬夜的爐火邊被講述，關於她的歌謠傳唱全國，但現在，傳說中的人物活生生出現在眼前，真是個奇蹟。她站在主教堂前的階梯上，呼出的氣息在寒冷中被凍成白霧，就像所有活物的氣息一樣。王后的第一侍女在她耳邊低聲說了些話，然後王后轉向瑪麗，露出微笑。

她說前一晚自己說這麼多年都沒想到過瑪麗，其實是撒謊。她在修女院裡安插了一個密探，會定期跟她報告。她對瑪麗印象深刻。

瑪麗驚訝得慢下思緒，腦袋裡想著一個個修女，但是找不出任何破綻，也想不出誰有管道去找信差。她一時說不出話來。

看到瑪麗的驚愕，王后笑了起來。啊別擔心，這個密探堅定擁護瑪麗。她這位院長一直受到院內大部分修女的愛戴。這在修女團體裡是很少見的。女人是比較軟弱的性別，人一多就很難管。其他修女院一概都是內鬥嚴重，吵個沒完。

瑪麗把王后所說的大部分姑且擱置一旁，等日後再來細想。

王后說，瑪麗會發現她留下兩件禮物。她上了馬，姿態輕巧像個少女。她告訴瑪麗要好好利用這兩件禮物，瑪麗心中浮現出一陣喜悅；她控制住自己的表情，向王后道謝，她會祈禱上帝保佑王后旅途平安。

那些侍從離開，王后非常搶眼，身上的貂皮斗篷映著陽光閃出栗色、藍色和黑色，頭上那個粗粗的黃金飾環燦爛耀眼。所有人都在街上的泥巴和石子和煙塵裡，還有幾隻豬在骯髒的地面拱土；只有皇后高人一等。瑪麗藏在袖子裡的雙手顫抖。

回到客棧，裡頭氣氛輕鬆多了，人也少多了。有好多東西要清理。年輕女僕們站在窗前的陽光下讓彼此看腳踝上的紅色斑痕；因為女王的侍從們帶來了跳蚤。露絲幾乎是跳著舞走近來。她拉著瑪麗的手，把她拉回了現實。王后留給瑪麗的禮物，一件是院長權杖；附上的信說是王后聽說她被選為院長後，特別為她訂製的；艾姆院長的權杖是白臘木雕刻而成，上頭有掐銀絲細工和一個彎曲的獸角杖頭，相當細緻，但是瑪麗的手需要更重的。新的權杖是實心銅製的，上頭仔細刻了伊甸園，有些地方還特別用掐金絲強調，鉤狀杖頭是一隻蛇咬著蘋果，眼睛嵌了綠寶石。露絲笑著說，她試過，但是拿不起來。只有瑪麗才拿得動。瑪麗手裡、整隻胳膊、心裡都感受到權杖的重量。感覺上，這支權杖似乎累積了她這些年在困境中辛苦掙扎的力量。

另一件禮物小小的，包在一小片藍色絲布裡。瑪麗打開，發現是一個私人用的封蠟印模，圖案是一個頭上有光圈的巨人，一手拿著一本書，另一手拿著一朵金雀花，周圍環繞著身高只到她腰部的眾多修女。

寫信給我，王后在那塊絲布上繡的拉丁文這樣說。那是命令，不是提議。用院長的印模封起一封信，就必須經過副院長或助理副院長看過並同意；但是王后給了瑪麗一枚私人印模，也給了她一種迷人又禁忌的隱私。

修女院內過的是集體生活；隱私是違反會規的，獨處是一種奢侈，要做的工作、默想和祈禱太多了，思考的時間很少，少到難以思考出什麼結果。即使是修女的閱讀，也都是讀出聲來；沒有私下的對話去挑戰內心的聲音、進而推動往前。瑪麗並不詫異她的修女們很少有能力獨自思考；從她來到修女院的那一刻起，她就明白這樣的狀態是刻意設計、並深植於修院生活的。身為修女院長，她明白自由思考的修女有多麼危險。如果她院裡有另一個瑪麗，那會是個大災難。她偶爾會有一種強烈的內疚；但是她仍然繼續讓院內修女活在神聖而無知中，忙著工作和祈禱。她會辯解地告訴自己，這樣才能讓她的修女們保持純真，讓這所修女院成為第二個伊甸園。

瑪麗只保護自己內心的風景；只有她的心靈可以延伸到最遠的地平線，只有她才能飛到雲間的鷹隼高度，看著下頭縮得好小的人世動靜。

瑪麗腦袋裡已經開始寫第一封給王后的信。妳那張臉要躲我躲多久，她心裡歡唱著。

她獨自騎馬到森林裡修女們工作的地方，覺得整個人被洗刷得煥然一新。那股漫長而冰冷的怒氣在她心中已經存在太久，因而她都忘了它的存在，但現在那股怒氣逐漸消失了。

而在那怒氣留下的空缺中，開始有其他遠遠更神祕的東西進來，在裡面翻攪。

在夜裡，天空旋轉到夏季的星座。

修女們暫停迷宮的工程，好幫小麥播種，同時去菜園種菜。夜裡下了雨，溼潤的土地迸發出綠色新芽。

在修女院空盪無人的期間，一隻乳頭沉重的母狐拖著一整條鱘魚乾大搖大擺地走出地窖。蒂爾德副院長開門時看到，後退讓那母狐離開，把魚乾當成送給這隻勇敢母狐的禮物。

到了六月，修女院發生了一個奇蹟；曾經因為踩到一對交尾中的蛇而半個身體癱瘓的安菲麗莎有天醒來，半邊臉和一隻手又能動了，現在只剩一條腿不聽使喚而跛著。她把這個奇蹟歸功於聖璐琪幫她向天主求情，因為安菲麗莎在絕望之際，用她沒癱瘓的那隻手做了一根獻願蠟燭給聖璐琪，讓那蠟燭在熱石頭上融化，同時一邊禱告。現在她充滿活力，從手忙腳亂的蒂爾德副院長手上接管了菜園，那些蔬菜長得好肥壯；圓葉當歸、茴香和參芹在她的照顧下瘋狂生長；甘藍菜大得就像三個月的嬰兒。而且因為她去養蜂房燻蜜蜂要取蜂蜜時都會唱歌給蜜蜂聽，所以蜜蜂很少叮她。薇伏瓦和杜芙琳娜是她的助手，幫忙拖著枯死的灌木去燒，編織枝條籬笆，因為如果她們的身體夠疲倦，她們的腦袋——一個簡單，一個時間感隨時會倒退到不同的年代——就會平靜。

現在修女們正要完成迷宮最後一塊圓弧狀區域，往東北靠近沼澤地。艾思塔已經重新繪製好最後這一段工程，從森林的最遠處通往修女院，疲倦的旅人會在樹木間看到山丘上小教堂的尖塔，但是穿過森林往上坡走這最後一段時，似乎永遠走不完，然後這些旅人會覺得非常絕望，好像怎麼樣都到不了。艾思塔尖尖的小臉笑得燦爛，踮起腳尖各種蹦跳，手指戳著地圖告訴瑪麗創新想法，錯誤的轉彎、地面的起伏刻意讓旅人疲憊，在這片土地的奇異結構裡用上了好多引發錯覺的花招，安排了好多假象。瑪麗吻了艾思塔的額頭。她的修女們太令人驚嘆了。

瑪麗不太情願地回到自己的書房，專注在她忽略已久的那些羊皮紙上。拖欠的租金，一個顯赫的貴族女人承諾死後要把一些財物遺贈給修女院，但是死了整整一年都還沒送來，有幾袋穀物發芽長了黴，於是只好拿去餵豬，好可惜。她讓窗子都開著，好逼自己的心思專注在眼前的工作上。迷宮即將完工了，最後就是要沿著田野周圍種滿黑莓、黑刺李、李子、懸鉤子、越橘、接骨木、覆盆子、花楸、野醋栗、山楂，為的是增加防護，免得有人不小心闖入，但也是為了讓果實長得繁盛又甜美。

在完工的盛宴上，她讓每個修女都可以吃一大片鱒魚，寬度和她的詩篇集手抄本一樣，還有一塊榛果蜂蜜蛋糕。雖然吃的時候還要聽阿格妮絲修女的聲音，大家喊她神的阿格妮絲[14]，因為她的聲音很像羔羊咩咩叫。但是大家都臉色紅潤很開心。

那天傍晚，天色還夠亮可以出外時，瑪麗便策馬迅速離開修女院，帶著一根火把穿過祕密通道，往後她的女佃農們趕著裝滿生活用品和信件的運貨馬車，就會從這條通道進出。而現在要來修女院望彌撒或告解的人，搭車經過這條祕密通道時就得蒙上眼罩。她本來以為這個新規定會引起一番爭執，但顯然鎮上的信眾都很怕瑪麗。到了明天早上，瑪麗不會走這條捷徑回修道院，而是會走完整個迷宮好幾里格的路，以闖入者的眼光檢視。她很喜歡這種暫時拋開自己所知的感覺，那種快感令她興奮得顫抖。

她出了最後一個隧道，進入客棧後方的那個大穀倉時，天已經全黑了。她沒要求僕人額外準備食物，只跟所有訪客一樣接受一碗濃湯，外加一些蘋果汁，而且就睡在之前王后住過的那個房間。雖然已經隔了好幾個月，但是瑪麗覺得王后的奇異香水似乎還在裡頭繚繞，彷彿還有她的一絲靈魂留在裡頭。

瑪麗睡不著，天沒亮就來到戶外的寒冷中。她留了字條給露絲：在這個向聖母祈禱的日子裡，她白天將會禁食。瑪麗給馬上鞍，那是一隻母軍馬，她有次去索爾茲伯里的集市時發現賣得很便宜，要當成食用馬賣掉，因為原來的主人讓她挨餓、毒打她，讓她臀腰部和腹部的傷口化膿潰爛，這隻可憐的馬當時腳踝有關節軟瘤，後腿膝關節有嚴重的關節炎，走起路來搖搖晃晃，而且她眼中有一種瘋狂又絕望的悲哀，吸引正經過的瑪麗。後來她們將會發現她產子多次的證據，想必生下的高壯後代都送到戰場上了。瑪麗原以為這隻馬在回修女院的路上會死掉，但是她緩緩走完很多里格的路，最後交給震驚不已的歌達照顧。才幾個月，這隻馬的皮膚就開始發出光澤，有辦法輕鬆馱起三個壯碩的修女，或者一名巨大的院長。之前她雙眼中瘋狂的光已經成為一種近似人類的體諒。經歷過受苦、救贖、復活之後，瑪麗相信，這匹馬已經變成一種馬類聖徒了。

14「神的阿格妮絲」（Agnes Dei）與拉丁文「天主的羔羊」（Angus Dei）諧音，指基督，也指彌撒中的禱詞《羔羊頌》。

她騎馬進入主教堂和客棧之間的那片樹林，這條新的公共小徑一開始就是偽裝，修女們故意把這條路弄得很糟糕，泥濘又狹窄，寬度只能容下單匹馬通過。過了這一段之後，瑪麗就讓馬加快腳步。幾個小時過去了。金色的太陽升起，溫暖的白晝來臨。她騎馬前行時，時常感到驚奇；要不是她自己曾憑空想出這些迷宮，她會變成多麼迷失的陌生人，而且多快就放棄、掉頭回鎮上。這些路看起來不太像是新鋪的；兩旁的樹已經長得很濃密。在第一個轉彎時，就連她自己的方向感都開始混亂起來。但是今天白天很舒適宜人，她也很放鬆，知道今晚將會睡在修女院自己的床上。她看到少數幾個沒有遮蓋的點，露出了森林被工程搞亂的痕跡，但是其他的路都隱藏得很好，等到那些樹和灌木都終於生長到成熟的高度且夠濃密，大概要花兩年或五年，她滿足地想，屆時這個迷宮將會牢不可破。

但是上午過了一半，她還在第一個圓凸狀區域，而且冷風吹著她的外肩衣和兜帽。馬繼續朝前走，她告訴自己各種故事，藉以打發時間。

最後馬的搖晃節奏讓她睡著了：等到她醒來，從透進樹冠空隙的陽光斜度，她看得出一定至少是第九時辰祈禱的時間了。她不知道自己身在何處，肚子因為饑餓而咕嚕叫。她感覺到心中逐漸出現一股不安，因為夜晚很快就會來臨，隨之出現的會是狼群和黑暗中敵意的不明事物，看著她獨自在離修女院幾小時的路程外，沿著無盡的小徑蜿蜒而行。她催著馬開始慢跑。

那馬感覺到瑪麗的恐懼，於是豎起耳朵並往前傾斜。

但是隨著腳步加快，瑪麗心中的焦慮也增加了，這樣很不妙，路愈來愈暗，太陽被一片烏雲遮住，那些樹的不祥陰影盯著她，上方的樹枝有如搖晃著往下、中途暫停的肥胖手臂，灌木叢裡有個什麼在移動，像是躲著的深色野獸正腹部貼地、迅速往前滑行，要跟上瑪麗的腳步。

她感覺到魔鬼的存在，那巨大的邪靈就在這裡，就是現在，跟她在一起，她想起那些故事，那群毛皮發亮的黑狗和那隻巨大的蜘蛛從樹上跳下來狠狠一咬，把致命的毒液注入凡人的身軀，灼亮的眼睛，山羊的鮮血。

一時間她明白自己犯了的大罪，為此她會遭到懲罰。這個罪就是她想成名、想讓自己的名字流傳後世的渴望，她把這渴望強加在迷宮——這個聖母賜予、曾經純潔的禮物中。

馬往前奔馳，她心中彷彿打開了一扇門，流瀉而出的是真正的祈禱，出自她心底深處安靜的部分，以她自己的語言真誠說出來。

謝謝祢，她祈禱。原諒我。

然後那馬轉彎，解脫之感湧上心頭，因為她發現林木線上方的紫色丘陵。她又知道自己身在何處了。她放慢速度，嘲笑自己的恐懼，不過雙手和雙腳還是沒有擺脫冰冷狀態。

她相信自己的罪已經獲得赦免了。

她沒看到身後那些由她的修女們對森林造成的干擾，那些混亂中被趕出家園的成群松鼠、睡鼠、田鼠、獾、白鼬，那些住著綠啄木鳥、松貂、槲鶇的樹木被砍掉，而長尾山雀、白鷸、松雞被逐出窩巢，柳鶯恐慌地暫時離開這些土地；接下來要半個世紀後，才能吸引這些小型鳥回來。她只看到人們在這裡留下的印記，她認為這樣很好。

最後，在日落之前，她來到了田野裡，可以看到修女院蒼白的石造建築物在丘頂發亮，杯狀的月亮在上方的藍色天空發出冷光。

她的修女們此時會沉默地在吃晚餐，比劃著示意要鹽、胡蘿蔔、牛奶、濃湯。她想像她們罩著黑頭紗、低頭吃著。她想像冷冷陽光斜照進窗子，照亮了一排臉，像是一串珍珠。

她勒住馬，那馬不耐地跺著腳，因為離馬廄、穀物、水和休息這麼近了，而她則低下頭，對聖母馬利亞說了一段感激的禱詞。

她知道，藉著這趟路、這一天，她為聖母賜給她的第一次重大幻象劃下句點，等於是整段禱詞結束時說的「阿們」。

風吹亂了地上的枯草，把形狀如手掌的褐色櫟樹葉吹到地上滾動。農田裡收穫過的莊稼貼著土壤割得很短，就像修女的頭皮。空氣中有白色，天氣太暖，雪一下就融化了，但是片片雪花隨著風勢飛舞上飄。那是瑪麗的快樂，在外頭的世界裡逐漸消蝕。她沒移動修女院半吋，但她還是建造了一片廣大的道路之海，隔開了蛇和她的修女們。

她用自己的頭腦和雙手，移動了整個世界，造出了某種新的東西。這是創作的興奮感，流遍她全身，危險又充滿活力。

瑪麗覺得這種興奮在她心中滋長。她貪婪地吞下，不顧之前逃離魔鬼那段恐懼時刻的發誓和禱告，她心知自己渴求更多。

3

三十年來，在鎮上某些人的笑臉後頭，在某些遲交租金或禮物給修女院的雙手背後，瑪麗知道有叛變在醞釀。現在，正如王后警告過的，那種怨恨已到沸騰狀態。某個在樹林小睡的女牧羊人碰巧聽到一段對話，於是告訴她在修女院當僕人的妹妹；不受喜愛、被三個青少年兒子認為連家具都不如的繼母，聽到繼子們在商量一些計畫，於是寫信給瑪麗；在酒館工作的女侍，聽到醉客公然吹噓要給修女們一個血淋淋的教訓，嚇得提起裙子跑去找露絲，而露絲立刻派人傳話給瑪麗。

當瑪麗追查這個叛變陰謀，發現大概有兩打共謀者。好吧，不算太多，所以沒那麼糟。要交朋友，就一定會樹敵，但是她令人生畏的名譽還是引起了外界的批評。她想到埃莉諾年輕時曾率領軍隊，感覺自己的戰士熱血也騷動起來。她召開自己的院務會議：艾思塔激動地大聲說話；露絲哭了；沃菲德臉色蒼白嚴肅且思慮周密；令人驚訝的是蒂爾德，她提出了最清晰的想法，準備就緒的臉發紅。瑪麗沒看過小睡鼠的這一面，心裡很高興。

談到後來，露絲反對說不行，不能這麼做，這些都是罪。她們是修女，不能殺人。她們應該考慮把另一邊臉頰轉過去讓人打，不是嗎？

唔，瑪麗說，她們當然務必要捍衛自己。別忘了古早時代的修女很軟弱，於是碰到狂暴的丹麥人乘船溯河而上時，那些虔誠的可憐修女們發生了什麼事，那些劫掠，那些被破壞的聖物，還有強暴。

講到最後這個詞，一陣冷風吹進房間裡。

而且沒錯，瑪麗繼續說，或許修女不能殺人，但是可以誘敵進入陷阱。她們可以利用貪婪、慾望和懶惰，驅使邪惡的罪人們自尋死路。

而且，瑪麗說，最重要的，就是她們不能讓迷宮被攻破，不能讓外界說這個迷宮有絲毫破綻，否則耗費了那麼多苦工和心力，加上花掉的大量金錢，就失去——唔，瑪麗暫停一下說，就失去效果了。

沃菲德笑了，說她們親愛的院長差點要說失去魔力了。

即使是最厲害的魔術，只要仔細看，也能看出是靈活的雙手在耍花招，瑪麗說。唉，修女們現在來不及訓練或學習如何打仗、如何使劍。而且女性身體的肌肉沒那麼強壯；不過必須說，再沒有比女性子宮孕育生命的力量更強大的了。不，不。如果要保護修女院的安全，她們戰鬥的方式，就是必須盡可能減少戰鬥。

院務會議開到天亮，疲倦的成員分頭去善盡自己的職責。種田的修女去田裡收割，見習修女們開始做院內雜務，女佃農們唱歌，因為她們的確喜歡喧鬧。艾思塔帶著兩打人，去迷宮內她們公認最弱的點，在那邊挖掘、修築、把路弄彎，再加上用幾把長鐮刀和斧頭清除掉幼樹和灌木，這樣幾乎任何人都可以從外層的路擠進裡面。

瑪麗通知當地自己的情報網成員高度警戒。她教過的貴族女學生現在長大了，會去偷看家人的信件，因為她們忠於瑪麗；在瑪麗的治理下變得家業興旺的佃農們會把鄰居灌醉，向他們套話；瑪麗安排到富裕人家工作的僕人們會在門外偷聽。才幾天，四個不同的密探就傳話說，叛變人士當天晚上要集合展開攻擊。一些女佃農和僕人興奮地跑來要幫忙，瑪麗全都善加利用。四十個挑選出來的修女在洗浴間笑得好厲害，在那裡清洗、把會衣綁高免得絆倒。剩下的修女將會留在修女院裡祈禱，並試著睡覺。

太笨了，瑪麗心想，把她母親在第二次十字軍東征時用過的那條厚皮帶繫在腰上。挑這麼一個滿月、無風、蛙鳴震天的夜晚攻擊修女院，真是太笨了；而且這些叛亂分子也太懶惰了，居然沒有挑一個迷宮裡更有趣的弱點，或兩個，而是只找到最靠近鎮上的那個。她的女人們總是被低估。她把劍套綁好，左手拿著沉重的院長權杖，騎馬出去。

在修女院的丘頂上，瑪麗把那些會跨騎的修女分配去騎十匹馬。其中六人在成為修女之前是女獵人，會使用攜帶的弓箭；會騎馬、但不會射箭的則是帶著長鐮刀。萬一有需要的話，這將會是最後一道防線。瑪麗策馬進入森林時回頭，看到在背光的月亮照耀下，那些騎在馬上的修女成了一個個巨大的黑色輪廓，在山丘上的形影好嚇人。

然後她進入迷宮，經由內層道路裡巧妙隱藏的小徑，她來到第六條對外道路，這裡將會是交戰地點。她的女人們已經在這裡了，沉默等待著。

瑪麗停下來，祈禱。她很確定自己會死在今夜。她有一個短暫的幻象，一支箭插在她的喉嚨，她吸不到氣快窒息，紅色的血淹沒她的視線。她把那幻象拋開，進入等待的森林。雙手顫抖。

瑪麗聽得到迷宮外的路上傳來了闖入者的聲音，可能喝醉了，腳步響亮，大笑著，騎乘的馬噴著鼻息。她的人沉默等待著。一個動作迅速、身材苗條的修女回頭奔向瑪麗，比劃著示意這群人是二十一名壯漢，只有四匹馬。有些人帶了弓箭，有些人穿了盔甲，大部分拿著棍棒或劍。然後那名影子般的修女又消失了，回去繼續偵察。那條往外的道路被攻破，樹林裡傳來人群接近的聲音，沃菲德皺眉看著瑪麗。

在兩條路之間，艾思塔和她的小組之前已經挖掘、鋪石，製造出一條類似窄溝的通道，又用灌木叢和青苔掩飾，對任何頭腦正常的人來說，由這條通道前往下一條路要輕鬆得多，不必吃力地鑽進樹林、清除擋路的枝葉。快到下一條路時，那條通道縮窄到只容單排通行，而且有好幾個急轉彎，於是看不到走在前面的人。

愈來愈近。她等待著。愈來愈近。

瑪麗終於把舉著的手放下，蹲在溝裡等待的佃農們就默默成群湧上，用套索、用布塞嘴，直到綁起前面四個人，第五個才發現怎麼回事，大喊著示警。

現在剩下十七個人了，瑪麗無情地想著。

那些人碰撞著後退，商量的聲音雖然很小，但是在靜默中還是傳得頗遠。瑪麗好想大笑。那個偵察修女又來了，比劃著示意這回騎士會走在前頭。

瑪麗點頭，往上看著樹冠，在黑暗中看不到，但她心知上頭那些年輕的修女已經拿著裝了石頭的網子準備好了。她舉起拳頭，那些修女都遵從地等著，等了又等，直到瑪麗看得到第一隻馬雙眼映出的月光，她一張開拳頭，見習修女們就把網子朝下丟。那些網子以一種美妙的姿態緩緩往下，重重擊中目標，石頭在兩隻馬的腳糾纏，馬倒下，女佃農們又再度從陰影處湧出，像是死人的陰影。

此時從樹上落下一陣銀色的石頭雨，石頭擊中頭骨發出甜瓜般的聲音，那些身體紛紛倒地，困惑地拚命大喊著，瑪麗又比了個手勢，見習修女們就湧向這條路北端的開口處，這裡沒有樹，於是那些年輕姑娘被月光照得泛藍，她們披散的頭髮發出光澤，在黑暗道路盡頭的明亮開口中，顯得好美、好遙遠。

同一條路往南，被火把照得同樣明亮的地方，站著最壯碩的種田修女和僕人，一副冷酷模樣，手裡拿著鋤頭或打穀的連枷。

剩下的闖入者來到這條路上，瑪麗認為大約有十二個，在喧鬧中，他們有一半轉向見習修女們，開始奔跑，又被剩下的兩匹馬追上；而另一半則轉向種田的修女們，雙腳砰砰跑在路上，同時一邊大喊。

在路的兩頭，見習修女和種田修女都堅定站著準備好：啊我美麗的孩子，瑪麗心想，我勇敢的好女人。

然後，位於見習修女前方陰影裡的那條羊腸線絆住了兩名騎馬人，其中一匹馬嘶鳴，被割開的脖子湧出鮮血，那匹馬舉起前腿立起，接著往後倒，壓到後頭三個奔跑的人；另一匹馬繼續前奔，但下一條羊腸線發揮作用，於是一顆頭可怕地緩緩落地，彈起來朝見習修女們飛去，鮮血朝她們噴灑，那些年輕女孩尖叫起來，而那匹馬感覺到騎在身上的屍首歪掉並滑下，於是慢下來、停步。

在路上，那些種田修女在大吼、咆哮，六或七個男人憤怒地逼近，瑪麗準備好雙方要衝突了；但是藏在一層土粉下的細木枝終於撐不住而斷裂，一個個身體往下掉入插著尖刺的深坑內，接著是受傷的人拚命大叫。然後女佃農狂喊著，收拾剩下的人。

接下來有一段停戰，但只是片刻的寧靜，隨後痛苦的哀嚎聲響起，響徹空中。

結束了嗎？瑪麗心想。已經結束了？戰鬥本身花的時間甚至不到三十次呼吸。她的劍和權杖發出失望的光澤。她沒碰觸別人、別人也沒碰她。沒有箭射中她的喉嚨。她的死期會是在別處、另個時辰。

沃菲德說，啊，好吧，進行得很順利。

相當令人滿意，瑪麗冷回。

但是有個女人用英語大聲喊叫起來，瑪麗騎馬趕過去，在一根樹脂火把的火光中，她看見一個女佃農，是六個不滿十歲孩子的母親，此時正在地上扭動，手指間有大片溼淋淋的腸子流出來，落到地上。奈絲特用威爾斯語詛咒著，把一塊皮革馬銜塞進那女佃農的嘴裡，又撈起那些腸子塞回去，直到那女人眼睛翻白，嘴巴張著不動，要不是昏過去，就是死了。

瑪麗說把她帶回修女院，另外也把她的子女都帶過去，奈絲特給了瑪麗一個充滿憤怒和背叛的眼神，然後轉過身子背對瑪麗。

女佃農們把兩名死去和十九名受傷的闖入者放在路上。他們的四匹馬現在已經變成修女院的馬，每匹馱著三個人，剩下的則攙扶著回到內圈的田野，上了在那邊等著的馬車，每個人都罩上雙層布的面罩，這樣回鎮上的通道就可以繼續保密。奈絲特迅速檢查那些人，幫他們敷藥膏、包繃帶、骨頭復位。因為雖然這些罪人起事反抗修女院，但無論如何，修女必須心懷慈悲。

同時見習修女們拿著那個被割下的頭顱在輪流扮演猶滴[15]，瑪麗不得不把那頭顱搶救過來。

院長對著她的修女和僕人和女佃農們說了一段禱詞，聲音在黑暗的田野裡非常洪亮。我以你們為榮，孩子們，她禱告完後說。她們被月光照亮的臉很開心，一起說說笑笑朝著上坡的修女院走，院裡的熱葡萄酒和蜂蜜蛋糕正等著她們。

瑪麗騎在馬上，帶領那些馬車進入沉睡中的小鎮。來到主教堂，她請人將地下藏骨室入口的巨石拉開，把那群受傷的人關進那個有霉味的冰冷房間，跟死人骨頭作伴。她離開之前，把那些人的頭罩一個接一個拉下來，往下嚴厲地盯著他們；她希望日後這些人臨終回想起自己一生最嚴重的罪行時，想到的是她的臉。她親自把巨石推回去封住入口，還聽得到裡頭傳來的呻吟，以及隔著塞口物想大叫的聲音。他們不曉得天亮之前就會有人來把他們放走。她希望被活埋這幾個小時的痛苦、黑暗和恐懼，成為給他們的第二個教訓。

15 天主教與東正教《舊約聖經》中的《猶滴傳》（*Book of Judith*），敘述古代亞述軍隊入侵猶太城鎮，猶太美女寡婦猶滴用計色誘亞述將領赫羅弗尼斯（Holofernes），夜間進入其帳篷，灌醉後將之斬首。這個故事的戲劇性畫面後來常出現在各天主教堂的裝飾畫作中，廣為流傳。

接著她把兩名死者親自送到她熟識的莊園，以往她會去那裡拜訪莊園的女人，跟她們坐在一起喝麥酒、吃堅果餡餅。現在同一批女人默默伸手接下屍體，不敢看瑪麗。她們沒生氣，只是悲傷又內疚。瑪麗想朝她們大吼，但她只是騎馬離開。

她回到修女院周圍，從靠近黑莓灌木那些小屋傳來的慟哭聲，她就知道那個受傷的女佃農死了。死一個人卻救了很多人，這樣的犧牲或許不算太昂貴的代價。但這個不必要的死亡仍沉甸甸地壓在瑪麗心頭，她從自己的經驗得知，沒有什麼能夠安慰年幼喪母的傷痛。好吧，她還是會盡力。年紀較大的女孩會去修女院當獻身兒童，比較小的則由死者的姊妹收養。而在整個鄉間，女人們會訴說故事，女人告訴女人，僕人告訴僕人，貴族仕女告訴貴族仕女，那些故事將會在這個島上四處流傳，逐漸成為傳奇，而這些傳奇會成為警世故事，經由這些最有力量的故事，她的修女們將會得到雙重的安全保障。

4

主顯節八日慶[16]之後。

整個世界蒙上一層厚如大拇指的發亮細冰。寒風凜冽如利刃。

瑪麗獨自在迴廊上快步來回，行走並思索。她在冰上走出了一條黑色痕跡。所有修女都在認真工作。在醫務室裡，奈絲特正在教導見習修女碧翠絲醫療技巧，兩人用一根杵在巨大的藥用石臼裡研磨藥草。自從碧翠絲在萬聖節剛過之後來到修女院，她和奈絲特之間就發展出一種無言的情感。她們以為別人都看不出來，但是瑪麗可以從兩人的眼神中瞧出端倪。瑪麗覺得很溫暖，同時又覺得難受，有了這份親密的情感，很快地，奈絲特就停止協助其他修女排出多餘的體液，而愛潔娃、瑪麗和其他曾悄悄去找她的修女，就得回到以往身體受苦的狀態。瑪麗已經開始難受了。

抄寫修女們忙著製作手抄本，紡紗修女們紡出紗線，織布修女們織出布料，烘焙

16 主顯節（Epiphany）為紀念耶穌降生後，首次與外邦人（東方三博士）接觸，教會訂於一月六日。而主顯節八日慶（Octave of Epiphany）是由主顯節當天起算的八日慶祝儀式。

修女則忙著烘焙出晚餐的好麵包。大家都很勤奮：陶窯裡整天都在燒製碗缽和杯子，有人在修補破掉的東西，有人在縫製會衣，有人在織長襪，流言和故事讓修女們拉近距離。在遠方的廣闊世界裡，安茹的旗幟在聖地的塵沙與熱氣中飄揚，但是瑪麗可以感覺到，在年底之前，第三次十字軍東征將會有災難性的可怕收場。

埃莉諾最疼愛的小鷹現在羽毛豐滿、嘴喙染血，爪子和性情都很凶殘。關於埃莉諾的種種傳說故事讓瑪麗怒火中燒。傳說她淫亂無度，跟全家人都上過床，從年老力衰的老人到最低等的僕人都不放過。還有些不堪的流言說只有馬才能滿足埃莉諾。

當瑪麗警示地寫信提到這些謠言時，埃莉諾只是一笑置之。王后如今自由自在地在世界各地行動，傲慢地去自己想去的地方；她不明白她也帶著自己的修女院，一個看不見的無牆修女院，由她所認識的人所形成，非常大沒錯，但依然把她關在自己的身體和想法內。所有的人都被限制在自己所知的圈子裡。至少瑪麗明白自己的限制；但是傲慢過人的埃莉諾相信自己是自由的。

瑪麗抬起頭往外看，發現冰寒如刃的風停了；罩著閃亮冰殼的樹全都朝她傾斜，黯淡的冬日天光在空氣中搏動。

她的手指出現聖火，一路迅速竄動並燒灼過她的四肢，聚集在她的喉嚨，撕裂她的視線。

她的第三次神賜幻象迅速降臨，因為聖母馬利亞認為該把這幻象賜給她忠誠的女兒。

在菜園的石牆上方，她清楚看到蘋果樹、梨子樹和杏樹的枯枝頂端；看著這一景，瑪麗的視角開始上升到空中，升到寢舍的高度，可以看到整個果園，看到忘了收走的一把梯子靠著一棵樹，看到一堆堆修剪下來、等著春天燒掉的樹枝堆放在果園後方隆起的長條形平台上。就在那裡，土地開始扭動、搖晃、翻滾，彷彿那不是泥土、石頭和厚厚的草皮，而是大海中的水，接著顫動擴大開來，連瑪麗站在迴廊石地板上不動的雙腳都能感受到。此時地面出現一個正圓形的黑洞，深不可測，從洞中冒出一棵奇異的紅銅色幼樹，往上生長。那樹長得好快，枝葉伸展得愈來愈大，直到樹根達到這片平地的邊界，而樹幹推向天空，上頭迅速長出肥大的銀色、金色、紅銅色、黃銅色的主枝與大樹枝，樹蔭籠罩著修女院的圍牆，往下沿著山丘延伸到池塘，到羊欄、豬圈。最後冒出那幾根手指般的樹枝就跟瑪麗的手臂一樣粗，上頭生出了巨大如帆的葉子，每片葉子的中脈都印著一個白色十字。接著這棵樹開始長出花朵，大大的白色鐘形花比高大的女人還大，花開時，每一朵裡面都有個赤裸的小女孩，腳踝連著花心倒掛下來，長髮下垂像是雄蕊。有的花保持完整，有的花瓣被風吹得如落雨，那些女孩在結果時就朝上捲起身子，她們周圍生出又胖又圓的胚珠，顏色是石榴石的紅和祖母綠的綠。果實長得好大，連樹枝都被拉彎了，最後喀嚓一聲拉斷樹枝，果實落地裂開，露出裡頭無臉的女人，掙扎著在雪白的果肉中坐起身來。

然後所有瘋狂的生長都暫停，果實裡的女人和花裡的女孩都把頭轉向東方，傾聽著；她們跳回樹上，那樹收回自己的大樹枝、花、果實和葉子，從原先冒出來的那個洞下沉回去，隨著一個低沉的隆隆聲，那洞關閉，整個世界又騷動起來，寒風如刃再度吹過，修女院裡的活動聲音也開始響起。見習修女正在唱詩席練習。隨著那些聲音，神賜幻象的最後一絲痕跡也消失了。

瑪麗輕快奔上她小而明亮的院長居所，蒂爾德副院長正在裡頭寫信給租戶，歌達助理副院長則在為修女院的牲畜們製作家譜圖，以避免近親繁殖。她們對著瑪麗說話，但聲音消融在空氣中。瑪麗拿起自己在寫的那本書，寫的時候就明白了。

聖母是指示瑪麗開始建造新的修女院建築，雖然迷宮的工程讓她們再度陷入貧窮。在這次神賜幻象裡，她看到了前進的方向。有了更大的院長居所，以及更大、更明亮的房間以處理修女院的日常事務，另外還有供養老的人居住，好讓富有的貴族仕女來這裡度過更聖潔的晚年生活，修女院也可以得到豐厚的入會金。新的建築中會有一個大而明亮的房間，以便製作更多手抄本——打從瑪麗還只是年輕的副院長時期，製作手抄本就是她們最珍貴的收入來源；儘管一開始只靠院外的女人偷偷口耳相傳，因為很多人認為女人不應該當抄寫員，尤其是抄寫聖書作品；大家根本懷疑她們寫字的能力。在新的修女院建築中會有更好的教室，還會有另一個專供獻身兒童小女孩居住的寢舍，也會夠大，可以收容大量鄉間的貴族女生，教導她們閱讀、寫字、學習語言；為鄉間培養眾多有讀寫能力的女孩和女人，她們一生都會忠於修女院。瑪麗可以先靠懇求募到足以開工的錢，接著光靠貴族養老仕女和送來學習的女學生，就可以完成整棟建築物了。

或許，她讓自己大膽地想，如果這座建築物夠美麗也夠舒適，就可以吸引埃莉諾退休後來這裡養老，而不是去豐特夫羅修道院。

然後，啊別想了，瑪麗，她憤怒地告訴自己，這麼靠近火焰，妳會燒死的。

蒂爾德副院長焦慮地皺起臉看著瑪麗。她低聲告訴歌達說，她擔心又有另一個計畫了。

歌達聽了則說，啊可是她好懷念森林裡的工作，比方她能做的那少數部分，因為當時她常常跟其他有缺陷的修女留在院裡，她覺得真是不公平，但是當然了，沒有人像歌達那麼會照顧雞、豬、山羊、母牛、鵝……人人都說她對動物頗有天分。可惜現在修女把不育母牛一頭接一頭吃掉了。歌達要用刀子割這些牛的喉嚨之前，還雙手抱著那些大腦袋，在牛的耳邊低聲唸了一段禱詞。她相信，起碼由一個助理副院長帶著她們脫離塵世，對這些動物是一種安慰。她昂起下巴驕傲地說。

瑪麗寫完了。這才開始有辦法說話。她低聲說，去找艾思塔和沃菲德來。

歌達看著瑪麗，那張歐楂臉因為眼前所見而改變了。她向來極為敬重神祕派，這會兒連忙跳起來跑出去。蒂爾德雙手緊緊交握在胸前，拚命跟自己說天啊，天啊，天啊，天啊。

那天上午稍晚，開完會之後，瑪麗走到連接著廚房的增暖室，裡頭的修女們正拿著書坐在長椅上低聲朗讀。修女院裡的修女中，只有瑪麗會默讀，每回她默讀時，都會搞得歌達發抖，尖聲抗議說這是女巫的魔法。然而如果沒有內心的閱讀，怎麼會有內心的生活呢？瑪麗心想，然後想像歌達的內心必然是一片冷風吹襲的荒漠。

增暖室裡頭按照階級，院務主管們坐得最接近火，獻身兒童則坐在離火最遠、最冰冷的地方發抖。瑪麗進去後關上門，沒走到她那個最溫暖的座位，而是背靠在木門上，感覺那種冰冷。她將會往前走，修女們將會聽到新的計畫，她將會把聖母賜給她的幻象分享給大家；此刻她心中細細體會那幻象的願景。穿入窗內的光線淡淡的且形成某種角度，於是照過修女們朗讀時呼出的氣，升起的白氣泛著銀光，那朗讀的水氣於是成為有形的，字轉為幽靈，從她們的嘴裡冉冉上升。房間裡的人聲是一種低沉甜美、沒有間斷的嗡響，混合得好優美，給人的感覺不是以一條條線織成的壁毯，而是一片結實的、有如錘薄的黃金板。看著她們低頭面對自己的書，朗讀出來的字句發出蒼白亮光，她於是明白修女院是個蜂巢，她所有的好蜜蜂都謙卑而忠誠地團結工作。這種生活很美好。這種與她的修女們共度的生活充滿恩典。瑪麗感激地向聖母祈禱一番。然後她往前走：原先正在朗讀的修女們都紛紛抬頭看著她：她們看到她臉上發出光輝，那是之前奇異女人樹的神賜幻象後所留下的；而且那光輝像是一把火所發出的光，照著她們抬起的臉。接著瑪麗開始講述自己最新的神賜幻象。

蒂爾德副院長夜裡在床上偷哭，她覺得如果自己又得獨自在修女院裡做所有的工作，那她會死掉，但是她保持靜默，免得吵醒其他修女們。

艾思塔夢到了尖拱和飛扶壁，就像她小時候所看過正在建設的那些一樣，那座大膽又令人震撼的建築物位於巴黎一座小島上，有大大的窗子和可觀的高度，而建築物的正面據說會有許多刻畫絕妙的雕像，她在心裡衡量、秤重、估算各種重量，一整個星期都興奮得睡不著。她九歲或十歲的時候，有回趁保姆不注意溜出家裡，一整個下午極其滿足地在那棟建築物的工地裡閒逛，她向工人東問西問，聽得一愣一愣，身上被石頭粉塵和泥土搞得好髒，直到她被歇斯底里的保姆揪住一邊耳朵，拖到工地外的街上。保姆之前為了要找她，在附近被人亂掐亂摸不說，還摔進街上的豬糞堆裡。

沃菲德熬了大半夜整理修女院的帳目。她筋疲力盡，一星期有六天要騎馬出去修女院所屬的土地，成天代表瑪麗去勸說或威嚇，她在鎮上和鎮外都代表瑪麗說話，於是當瑪麗終於親自出現時，在大家眼中她不光只是女人而已，而是神話；有些人說她是聖人，有些人說她是女巫，謠言交織又混淆；她是仙女美露莘的後裔，有著強烈的慾望和力量，可以讓自然屈服於她的意志；她是國王的近親，塊頭超大的女人騎在戰馬上，當過十字軍戰士；她是修女院長，她的臉、身軀、知識和意志力都不像女人。

沃菲德忍住她的審慎，嘆了口氣，因為她沒有能力反抗聖母賜下的幻象。修女們可以做很多工作——搭鷹架、以沙漿砌築小地方、用茅草蓋屋頂，還有雕刻、用灰泥塗牆面、彩繪——但是沒有人懂石匠的專門技術。修女院裡幾乎可以自己自足，但對於眼前這個計畫，她們就是缺少所需的技藝。

次日，她來到院長居所。她靠向院長，兩人貼著額頭一會兒。瑪麗充滿深情地吻了一下沃菲德的鼻樑。然後沃菲德把自己的計畫告訴瑪麗，說她會從佃農裡挑十二個最優秀的工匠，在綿羊放牧地再過去的山丘建立石匠營地。男女之間絕對不能彼此接觸；她不希望讓修女或僕人或女佃農們看到任何景象冒犯她們的貞潔，或是引誘軟弱者動心。她會建立一套蒙眼制度把陌生人帶進來，有人工作更快更好時就額外提供報酬。她會親自負責，讓麻煩遠離瑪麗這些脆弱的修女。

務實的沃菲德，瑪麗說出聲來。但在心裡，她想著：完全懂我的心。

或許一年可以完工，艾思塔這麼相信，想像著自己的種種光輝願景。

瑪麗寫了一些信，寫得好機靈好迷人；給王后的信中，她描繪修女院的計畫，認為是播下了種子，讓王后考慮來這裡養老；但是王后的回信沒送錢來，她的錢全都藏在一個死忠的主教堂裡，但她回信中警告了瑪麗。當瑪麗打開信時，發現王后只寫著瑪麗要小心，她這樣是在冒險，把自己的修女院修建得太美好了，埃莉諾明年可能會把徵稅加倍。

瑪麗思索著，一口氣憋在胸內。

種田修女和女佃農們把通往採石場的路鋪設得更好；在沒有樹的草地上工作起來很輕鬆，因為有大型壓土輪可以使用。陌生的石匠們被蒙上眼睛，在夜裡帶進來，安置在舒適的小屋裡。

初春的雪花蓮從冰凍的泥土裡冒出來。

新的修女院建築開始動工了。

三月初，吃過午餐之後，遠處傳來石頭互撞的聲音，還有木製起重機上頭吊索的吱嘎聲。

瑪麗吃了麵包和防風草根濃湯，肚子很飽而懶散起來，做著有關楣板的白日夢。她想像楣板上雕刻著小麥和蘋果；雕刻著葡萄和綿羊；刻有蜂巢，裡頭還有小蜜蜂鑽進鑽出，像衣服上裝飾的小金屬片。

她拿了一把刀滑進一封信的封蠟下頭拆開，身子前傾默讀著，臉上閃過一抹微笑。

歌達仔細看著她，沒好氣地問是什麼這麼有趣。歌達身上有胎盤和羊糞氣味；她一整個早上忙著幫三頭母羊接生，而且忘了把會衣脫掉。

瑪麗想過要叫她去洗澡；但是又打消念頭，因為歌達不會乖乖聽話的。她說再過三天，就會有一位新修女到來，名叫阿薇思。看起來似乎很緊急。很顯貴的家庭。承諾的入會金非常豐厚，她要是拒絕就太笨了。

歌達滿懷希望地問這個女孩可有什麼技能嗎？或她是更好的神祕派？她很羨慕另一間修院，離這裡騎馬要一天，那裡有個知名的神祕派獨修者，朝聖的人都成群跑去，從窗口尋求神聖建議。要跟一個神聖的獨修者競爭真的很困難。

瑪麗說不，她們這位最新的修女似乎是在愛情上頭太過奔放。她好幾次被當場逮到。鞭打過，還是不肯悔改。修女院似乎是這家人最後的希望了。

蒂爾德冷哼一聲，然後紅了臉，假裝忙著工作。

瑪麗看著副院長，微微一笑說，事實上，這位姑娘是蒂爾德的親戚。三等表親？名叫阿薇思・德榭爾。

音樂般悅耳的名字，瑪麗心想，老艾姆院長若是還在，應該會喜歡的，她會小聲頌唱出來，一遍又一遍。

蒂爾德哀嘆，扔下手中的筆。她說沒辦法，阿薇思這個人無法無天，根本控制不了。她有回把自己妹妹的臉按進一池糞肥裡，直到妹妹假裝死掉才放手。

瑪麗冷冷地說，好吧，她也只能設法管束她了，不過只有神才能決定要不要採取最終極的控制手段。

蒂爾德說，世間凡人根本不可能把阿薇思關在修女院裡。

瑪麗說她們別無他法，只能試試看了。討論到此結束。

阿薇思抵達的那一天，瑪麗有事要去鎮上；由於颳風又下雨，她辦完事情後就去主教堂祈禱。副院長和助理副院長已經在那裡祈禱了一整個上午，現在兩人站在颳風的門口，等著那位新來的見習修女出現。

稍後她們回到修女院，蒂爾德將會進入院長居所、關上房門，聲音緊張地告訴瑪麗，說阿薇思之前對護送她來的親戚說了多麼粗野的話，她大發雷霆、不准那些親戚下馬，一路尖叫大罵，直到那些親戚臉色發白，沒有跟副院長和助理副院長正式招呼就離開。等到那些親戚轉身後，阿薇思又尖叫著大罵她的家人，說現在她們殺了獻祭的羔羊，可以去見鬼了。接著阿薇思看到蒂爾德皺眉望著她，就用很下流的話罵她，還要求要見院長。她們說院長在主教堂裡，同時歌達跑去要找瑪麗，但是阿薇思跑得更快，她趕在助理副院長前面，先上了主教堂前的階梯。

此時瑪麗聽到那扇沉重的大門用力關上，回頭看到的就是這一幕：在前廊出現了一個女孩，淡色頭髮黏著臉頰、脖子和胸部，身穿一件太薄又顏色太淺、非常不得體的連身裙，整個溼透了，於是清楚顯現出她身體的每一條曲線，彷彿是大白天裸著身子行走。她並不美，五官擠在一起，額頭又大又亮，像個蛋，或像是一扇發著微光的、羅馬風格的半圓拱窗。

但是一看到她，瑪麗心中升起一種可怕的東西。那東西輕輕用氣音說，為了這個女孩，或許把修女院焚為灰燼也值得。

此時那女孩朝瑪麗跑，眼神炙熱，蒼白而輪廓分明的臉溼溼的，但絕對不是淚水。

瑪麗看著她迅速跑來，自己仍跪地不動，維持雙手合十祈禱的姿勢。當阿薇思來到她面前，便啐著說她們可以去修女院了，她的囚犯來了。

瑪麗往上看著那不耐、猛喘氣的女孩許久，歌達出現在門口，接著又退開。瑪麗說阿們，在身前劃了個十字。接下來，她刻意慢吞吞起身、挺直背，讓自己看起來盡可能高大，聳然站在那女孩面前，然後她往前跨步，將那女孩擁入懷中。那女孩想掙脫，但瑪麗很輕易就抱住了她，她往下輕聲對著那女孩的腦袋說了好久的話；當她說時，一邊看著阿薇思的臉頰冒出雞皮疙瘩，水滴流進頭髮裡，耳朵和脖子的最後一絲溼氣逐漸變乾。

透過自己的皮膚，瑪麗感覺到那女孩急速的心跳減緩。她冰冷的肌膚被瑪麗的體溫弄得溫暖起來了。

瑪麗心中有個巨大的騷動，她隱隱曉得是個警告；這個女孩身上有種無法解釋的吸引力，她狂野的火焰，她臉上那些小小的稜角，她淡金色的頭髮，都忽然清晰起來，瑪麗眼前浮現出埃莉諾曾經的樣子，年輕，伸展四肢躺在十字軍國家的一個帳篷裡，她畫了眼線的眼睛睜開，是整個黑暗世界唯一發亮的東西。

最後，那個似乎處於催眠狀態的女孩咕噥起來，瑪麗放開手。那女孩一臉蒼白，雙眼幾乎完全閉上。她跟著瑪麗沿著中殿走向門口。在進入雨中之前，瑪麗解開身上那件大而厚的羊毛斗篷，圍在女孩身上，那斗篷完全淹沒了阿薇思，於是當她走進雨中時，看起來終於是她真實的模樣：只不過是一個嚇壞又狂怒的十八歲少女。

瑪麗夜裡跪在自己床邊祈禱之後，發現枕頭上有一把紫色的迷迭香花朵，是有人白天從香草植物園偷來的。這是個道歉，她隔著居所前廳傾聽著修女寢舍，只聽到她們睡覺的聲音，有的打呼，有的嘆氣，有的斷續放著屁；晚餐的燉菜裡有甘藍菜。除了她之外，沒有任何身體在動。

瑪麗拿起花貼在臉上，接著在手裡揉碎，於是她雙手都有迷迭香的氣味。然後，那香味濃得讓她心煩，她就把花丟出窗子，去水槽洗了手，直到香氣散去。

屋椽一根接一根裝上，新的修女院建築也逐漸增長。

暑熱降臨，乾閃電在夜空發出枯枝般的光。

聖女抹大拉的馬利亞的慶日，她是使徒中的使徒，小教堂裡壁畫中的她是瘋狂修女蓋莎畫的，有著瑪麗的臉。畫中人物的上方和兩側都畫著啟示錄中的場景。巴比倫大淫婦騎在一條惡龍上，那惡龍是蓋莎抓了一隻野狗來，剃掉臉上的毛，好看清楚底下頭骨的構造；惡龍的身體則是仿照一尾烤鰻魚，雙翼是拉長的雞翅膀。更糟糕的是，巴比倫大淫婦有兩張臉，兩張臉都是埃莉諾的。蓋莎看過她一眼，當時她在鎮上客棧的大房間裡繪製壁畫，王后剛好跟她的隨從們騎馬經過鎮上，要去別的地方。瑪麗頭一次看到小教堂裡的巴比倫大淫婦有王后的臉，而且是兩張臉時，就有股衝動，想用自己的身體遮住那畫像，免得其他人看到，接著她想抓起蓋莎的畫筆，趕緊畫幾道黑色遮住那臉。最後，她大笑起來，笑到流淚，讓那畫保持原貌。

每當瑪麗夜裡醒來，感覺體內有個什麼鬆動時，就拚命祈禱，祈禱聖母再次幫助她，不要被肉慾的躁熱搞得腦袋糊塗。

而且她很擔心，黑暗從某處升起，不是在她體內就是在她體外，她不知道哪個比較糟糕。

在盛夏最熱的時候，瑪麗就想出種種大規模的工作讓院內修女們保持忙碌。她們做很多肥皂拿去集市賣，她們擴大菜園，她們編織、製鞋，為新建築製作窗子和家具，她們摘水果醃製起來，幾乎沒有喘息的時間。奈絲特和碧翠絲兩個人的臉湊很近，在藥草園裡看著地上的一個什麼大笑，碧翠絲的手輕觸奈絲特的腰。瑪麗覺得自己好慘，於是進入小教堂，跪在石地板上祈禱。

奔跑的腳步聲；阿薇思朝小教堂裡仔細看了片刻，她的頭巾滑到後頭，露出一頭耀眼的白金色頭髮。

這是個徵兆，瑪麗明白，於是她指示見習修女的導師托克蘭，說七個見習修女無論如何都不可以有空閒時間。托克蘭要她們唱詩、在蠟板上寫字、學習拉丁文和希臘文和法蘭西的法文，直到她們反抗或哭出來。

當瑪麗有辦法逃離自己的工作時，就會偷偷去巡視工地，然後晚禱前去洗浴間，把指甲裡的石粉塵洗乾淨。

院務主管們紛紛跟她抱怨：今年的蘋果很糟糕，沒辦法用來做蘋果酒；兩個蜂巢的蜜蜂棄巢逃走了；兔子跑進藥草園裡亂啃，毀掉了芸香、鐵筷子、香薄荷、鼠尾草、胡薄荷、菊蒿；最小的綿羊被一隻大鷹叼走了。這一切預兆大部分是壞的，但到底是什麼的預兆，瑪麗不知道。或許是建築的噪音嚇跑了蜜蜂。

或許女王蜂知道有什麼災禍要來了，於是帶著自己的工蜂們去比較安全的地方。但是修女院長並不是女王，沒辦法帶著整窩蜜蜂飛走。

有時在夜裡，當風停止之時，可以聽到石匠營地那邊傳來小而模糊的歌聲，讓她頸背汗毛直豎，因為在這個數十年來只有女人的地方，那樣的聲音是不自然的，遠比最糟糕的雷聲——由海洋湧來的雲所形成，在丘陵間迴盪，音量增加為兩、三倍，響亮有如神在發怒——更令人害怕。

現在瑪麗只跟她的院務主管們待在一起；刻意與其他修女保持距離。

然而碰到用餐時，她抬頭就會發現阿薇思的雙眼炯炯盯著她。她匆匆一笑，臉頰發紅，雙眼又回到她手上的木匙。

有天阿薇思爬上一棵蘋果樹，樹上還另有兩個獻身兒童，一個是來自麥酒釀造坊家庭，另一個家裡是細蠟燭製造商，她們三個朝下頭可憐的托克蘭修女大笑，直到瑪麗默默走出來，站在那裡抬頭皺眉看著，她們才一臉羞愧地爬下來。

又有一天，阿薇思和幾個見習修女溜到池塘游泳，身上只穿亞麻內衣褲，因為天氣很熱。後來她們因此每人挨了三鞭，而且第三時辰到第六時辰要去禁閉室跪在沒去殼的大麥上。

瑪麗沒看到她們游泳，但她想像中的畫面好鮮明，揮之不去。

還有一天，阿薇思和其他六個見習修女跑過金黃的小麥田，伸出雙手感覺麥草尖端柔柔地拂過手掌。那些女孩聚集在一起，然後迅速從麥田表面消失。瑪麗內心也感覺到她們那種忘形的快樂，直到氣得臉紅的托克蘭修女跑出來奔向她們；然後那些女孩站起來，大部分低著頭，一副後悔的模樣。但是阿薇思的頭巾已經脫掉，所有頭髮都露在外頭，被炎熱的微風吹得飄揚起來。那些頭髮，瑪麗初見時是透明的、淋溼了貼在粉紅色的頭皮上，現在在大太陽下是接近炫目的白，而且之前被其他見習修女綁成一根根細辮子，上頭插著的一朵朵藍色小花有如珠寶。微風輕拂過那女孩的臀部。

危險，有個聲音在瑪麗心中低語。這個女孩有可能碾碎手中的一切。瑪麗顫抖著，不得不轉身離開。

管窖人瑪蜜兒來抱怨；她們每個星期都得買一頭無法再泌乳的母牛，才能餵飽石匠營地裡那些饑餓的嘴。

她那張沒有鼻子的臉似乎消失了，已經像個骷髏頭。一時之間，變成一個在講話的骷髏頭。彷彿在提醒世人，別忘了你也會死。

瑪麗眨眨眼，那女人又活了過來。再過一個月，瑪麗跟她保證，院區內又會只有她們修女了。但是她因為剛剛短暫幻象所帶來的不祥預感，聲音顫抖著。

夜晚熱得讓人受不了。瑪麗獨自在臥室裡時，才敢脫掉頭巾、木鞋、長襪、外肩衣，身上只穿連身襯裙睡覺，同時開著窗讓少許的溫熱微風吹進來。那一夜她入睡不久就從夢中醒來，在夢中她看到一個影子脫離了牆邊最深的黑暗，很困惑，然後她看著那影子走近自己。一張蒼白的臉在她自己的臉旁邊發出微光，一張嘴輕輕壓在她嘴上。而因為瑪麗相信自己睡著了，於是她也回應，往上抵著夢中的那張嘴。在她以為睡著的一隻手上，她感覺到柔軟如水的頭髮；在她胸部，現在有個重量壓著，一個瘦削的臀骨抵著她的晃動；她愉悅地隨之晃動。她嘴巴抵著那張嘴微笑，那張嘴也報以微笑，隨著瑪麗身體內的愉悅逐漸擴大，她這才逐漸明白自己沒睡著，而是醒著，有個實實在在的女人在她房間裡，趴在她上方晃動。但是驚駭之中，她沒辦法阻止自己。她喘著氣釋放，等到她的心跳平靜下來，這才敢張開眼睛。另一個人已經消失了，瑪麗獨自在臥室裡，汗水沁溼她光裸的雙腿、她的背部。很不舒服，感覺像羞愧。

她下樓到小教堂，躺在冰涼石地板的一個十字上，但是發現自己的身體需要活動，於是她站起來，在迴廊上邊走邊祈禱。她打赤腳免得發出聲音。在外頭的田野裡，螢火蟲黏在草莖上閃爍，像是一百萬隻眼睛眨著看她。守夜祈禱的鐘聲響起，太快了，實在太快了。她往上看著夜間樓梯旁的窗子，看到遮光板的一片黑暗，接著修女們下樓的身影閃現，一個接一個，要去小教堂祈禱。

接下來七天，瑪麗都睡在她臥室的地上，靠著房門，這樣門就打不開了。到了第八天，她回到自己床上。

她在同樣的愉悅中醒來，同樣那個輕盈而晃動的魅魔，在黑暗中靜默而敏捷，急促與狂野與搏動的釋放。比葡萄酒還好。跟酒醉一樣羞愧。

第一時辰祈禱後，幾個女人在院長居所察看帳簿時，蒂爾德的眼睛停留在瑪麗臉上。她猶豫地問院長身體還好吧，瑪麗問為什麼，蒂爾德說只不過她這陣子有點陰沉。

瑪麗說她很好，不確定自己是不是在撒謊。

她又開始睡在地板上，擋住門；苦行贖罪，逃避。九月過去了。

有天瑪麗穿過果園、走向還缺屋頂的建築時，聽到有人急切地喊她，院長院長院長請等一下，但是她認得那個聲音、而且很怕那個聲音；雖然她已經超過五十歲了，而且個子高大笨重，但是她用一雙長腿走得更快，到最後奔跑起來。那聲音懇求著，裡頭有歇斯底里，有苦惱，但是瑪麗在果樹間擺脫了那個聲音。

小丘上，木製起重機和巨石和繩子移動、呻吟，在刺目的陽光下安置著最後一批巨石。一陣隆隆聲響傳來：瑪麗等到聲響平息後心想，快了，快了，修女院又將會歸於平靜了。

那一夜，瑪麗派人送了一桶波爾多的上等葡萄酒去營地，既是為了慶祝，也是為了讓石匠們喝醉後糊塗，然後她黎明前走到營地那邊去求神賜福。地上有嘔吐物，空氣裡有呼吸排出的酸臭氣。接著那些石匠被蒙上眼睛，用馬車載著離開，在日落之前，修女院又回到只有女人的世界。啊真是福氣，真是解脫。

這一天是洗浴日，獻身兒童最先洗，接著是見習修女。

接著澡盆的水排掉，重新注水要給院務主管們洗。瑪麗還沒被請去洗時，見習修女導師托克蘭就站在院長居所門前。她張著嘴的那種痛苦表情，瑪麗只在剛死的人身上見過。托克蘭低聲迅速說出了很可怕的事了。

瑪麗輕聲對歌達說關上門吧。但是不知怎地，她已經知道會是什麼災禍了。她在主教堂第一次擁住溼漉漉、發抖的阿薇思時所看到的埃莉諾幻象，讓她很確定眼前會有什麼禍端了。

瑪麗把所有院務主管找來院長居所。

副院長、助理副院長、領唱人、聖器保管人、管窖人、副管窖人、施賑吏、廚工長、副廚工長、院長廚工、醫務師、副醫務師、客棧總管、監察官、抄寫總管、見習修女導師。這個舊房間裡空間不夠，所以她們都沿牆站著。

雖然地產管理人不是院務主管，但瑪麗還是找了沃菲德來；她至少跟任何有學識、貴族出身的修女一樣忠誠且有智慧。

然後，等到所有人都到齊、安靜地在那個肅穆的房間等待時，瑪麗找阿薇思進來。那女孩一臉輕蔑地走進房間，昂著下巴。托克蘭說得沒錯；這個女孩的腹部變大了。有個人嘆氣，有個人開始哭。瑪麗要那女孩坐在房間中央一張椅子上。

院長的起居室很小，又有那麼多人，於是儘管沒有火爐，但很快就溫暖起來了。

瑪麗冷靜地說，她們親愛的見習修女懷了小孩。有的修女猛吸一口氣，有的則用手指在算、看阿薇思是不是來修女院之前就懷孕了。瑪麗沒辦法看那個女孩；沒辦法看她突出的顴骨、她細緻的嘴巴、她必然會針對瑪麗露出被出賣的表情——如果瑪麗願意，本來可以救她的。

阿薇思憤怒地說不，她沒有懷孕，但是所有修女的眼睛都看著她隆起的肚子，於是她用雙手遮住。

歌達說這是個醜聞，真是敗壞名聲。她是個壞女孩，被魔鬼附身了。

露絲傷心地哭了，問這事情怎麼會發生；歌達皺起臉看著她，張嘴要解釋過程，露絲臉紅了，趕緊說她知道女人怎麼會懷孕，但是在這裡怎麼會發生？

瑪麗等著那個女孩開口，但是過了好一會兒，氣氛因為期待而變得沉重，那女孩才終於垂下頭低聲說，是的，她懷了小孩，但是妳們知道，這是個奇蹟，天使來了，在她耳邊說了那些話。

管窖人瑪蜜兒驚訝得張大嘴巴，在胸前劃了個十字。

瑪麗不敢相信自己還得告訴她的成年修女們這是謊言。阿薇思惡毒地大笑，歌達嘆氣，副院長蒂爾德的表情像是要立刻跳起來、用指甲抓她這位表親。

見習修女導師托克蘭開始哭著打自己，說都是我的錯，都是我的錯。她說她很抱歉，但是她向來睡得很沉。她常常在晨曦禱時注意到見習修女們的木鞋上有青草，但以為那是自己想像的。她沒能盡責保護這些可憐的女孩。

接著是一段震驚的沉默，然後瑪麗問她剛剛是說女孩們、複數，還是只有這個女孩。

阿薇思惡意地說啊不光是她。她看起來好凶狠，被逼得走投無路。瑪麗聯想到一隻被狗逼到牆邊的獾，伸出爪子來。

大家消化著這個狀況，又是一段沉默。

奈絲特和碧翠絲互相看了一眼，然後瑪麗跟她們說，等到這個會開完、大家針對這個可憐又悲慘的女孩做出決定之後，她們倆要去檢查其他見習修女。眼前的問題是該怎麼處置阿薇思。

在所有見習修女面前鞭打她。關進禁閉室，只給她麵包和水，直到她產下那個可憐的私生子。歌達這麼說，不過如果換成她養的動物，就算是最不重要的那個，她也不會這樣對待。

沃菲德是在場唯一的母親，她憤怒地說不行，為了肚裡的小孩，這個女孩需要健康的食物和牛奶，好讓她保持強壯。

副院長蒂爾德說，出了這樣令人慚愧的醜聞，就得把阿薇思送回她家。她滿臉漲紅，而且是鼓起了很大的勇氣才這麼說，因為阿薇思的家族也是她的家族。

好幾個人異口同聲說不，因為如果被教會裡其他人士發現這件事，會為修女院帶來非常嚴重的後果，她們會被教會上司懲罰，所有苦心建立起來的權力與財富就會被剝奪，瑪麗的院長職位也可能不保，這麼一來，她們要怎麼活下去？

好心的露絲修女建議她們把阿薇思關在禁閉室，給她足夠的食物和牛奶，直到她生產。

啊可是禁閉室那麼冷又透風。奈絲特說可以讓她待在醫務室，跟那些老糊塗修女在一起。這會是個懲罰，但是不會痛苦。奈絲特焦慮得肩膀聳起到耳朵了。碧翠絲緊握一下奈絲特的手，她才意識到，又放鬆了肩膀。

歌達聽了非常憤怒，說那個女孩需要嚴厲的懲戒，讓其他人引以為鑑，她們應該鞭打她光裸的背部，院裡的每個修女都應該鞭打她一下。要求阿薇思為她的罪而流血，並不算太過分。

但是領唱人司科拉蒂卡用她水晶般悅耳的聲音說，絕對不能鞭打一個懷孕的女孩。因為實在太殘忍。那女孩會生出死胎或畸形兒的。

歌達說好吧，她們可以用白臘樹枝條抽打她的手和膝蓋。一樣痛，而且會規的存在是有道理的。

她們最後決定抽打手和膝蓋二十下，而且把那女孩關在醫務室裡，直到生產。如果寶寶活下來、而且是女的，就留在修女院當獻身兒童。如果不是女的，就送給某個女佃農撫養，直到送走的年紀為止。要是阿薇思倖存下來，修女院會告訴她的家人說她跑掉了，措辭會非常小心、不說假話。她們會挑一個忠誠贊助者，把阿薇思送去當僕人，因為她們不能把一個罪人送到別的修女院，而要是逐出教會的絕罰，把她趕走且身無分文，那麼就等於宣判這個女孩會有短暫、悽慘的一生，只能乞討，或是很可能去賣淫。

講到這個字眼，房間裡大家都打了個寒噤。

奈絲特用她帶著威爾斯腔的口音柔聲說，應該不會太久了。這個可憐的孩子之前隱瞞得非常好。她們居然拖到現在才發現。奈絲特的臉雖然蒼白又苦悶，但依然優美動人。

而阿薇思聽著大家討論自己，愈來愈生氣，現在爆發成一聲恐怖的尖叫，刺耳得無法形容。

奈絲特說夠了：這個會議已經夠寬大了，要是阿薇思再不安靜，她們可以改變心意的。然後她帶著那個女孩出去，下樓到禁閉室等待被抽打。

沒多久，這些院務主管就從窗子看到，所有白頭紗的見習修女像一群小羊被趕去醫務室內。過了一陣子碧翠絲走出來，一臉解脫的輕鬆表情，搖了搖頭：其他見習修女沒有一個像阿薇思闖那麼大的禍。等到見習修女們紛紛出來，蒼白且腳步蹣跚，瑪麗下令修女院全員到食堂集合，她公開講了一小段話。

講完出來，進入十一月的寒冷傍晚，阿薇思已經被帶到迴廊，沒有頭巾，穿著她單薄的連身襯裙，被逼著跪下。最後一絲天光把她的襯裙照得透明，她的罪也明顯展示給所有人看。她白金色的頭髮之前碰觸到泥土，所以尾端髒兮兮的。

監察官把樹枝交給瑪麗，因為懲罰是她身為院長的責任和權利。但是瑪麗的決心動搖了，下不了手，這個女孩身上那種叛逆的怒火，活脫脫就是王后年輕時的模樣。瑪麗看著四周，想找個人來做她自己做不到的事。不能是蒂爾德或歌達，因為她們太生氣了；也不能是露絲，因為她太和氣了；不能是奈絲特，因為她善良又慈悲。於是她把樹枝遞給托克蘭，希望這位導師保護並指引這個女孩的任務失敗，會讓她下手不至於太重。

瑪麗逼自己看，結果下手很重。

修女院巨大新建築的牆壁正在抹灰泥、粉刷。屋頂已經蓋好。一組組修女在裡面工作。

新的修女院宏偉地座落在山丘上，高雅而結實，有嶄新的拱頂、大大的窗子、高高的天花板。裡面的房間光線充足。這裡將是獻身兒童和見習修女居住的地方，裡面會充滿歡笑和歌唱的年輕嗓音，這裡將是抄寫修女擺放書桌的地方，這裡將是新的養老者的居所，富有的貴族仕女退休後將會來到修女院養老，而這些貴族仕女都習慣華麗的服飾、小型狗、鳥、音樂、非聖職的僕人。有這麼多女人集中在此，新的修女院會是個心靈生活豐富的地方。終於，有一座建築物配得上院長了，瑪麗心想，站在迴廊往上看著那棟光滑石材所構成的建築物。這是一棟配得上瑪麗的建築物。

舉行祝聖儀式：以淨化的水為這棟宏偉的建築物灑聖水。

瑪麗夢到一個陰暗的預兆：她騎馬沿著山丘下坡，朝森林奔馳而去，周圍是雲和深濃的黑暗，閃電照亮世界，地面震動，她聽到身後傳來修女院岩石破裂落下，發出雷鳴般的災難聲響，她的修女們被落下的屋頂砸中而尖叫，但瑪麗無法回頭，因為此時她感覺到一股顫抖的暖意貼著她背部，兩隻細瘦的臂膀緊擁著她。她醒來，發現房裡只有她一個人。

阿薇思提早分娩了。醫務室傳出尖叫聲。在菜園裡，正忙著從冰冷的泥土裡採收最後一批甘藍、大頭菜、防風草根的修女們圍成一圈，跪在地上雙手合十祈禱。棲息在歐楂樹上的山鴉發出啼叫。

新的修女院建築尚未完全竣工，還是有很濃的灰泥和油漆味，瑪麗在位於一樓的院長居所內，即使隔著果園，也還是聽得到那些尖叫聲。最後她終於起身，副院長蒂爾德想跟她講話，但是瑪麗一個字都聽不進去。她出門進入室外的冷風中，先走進羊欄，但是那些綿羊只是一臉愚蠢、驚訝的表情，沉默瞪著她。然後她沿著小溪轉彎，開始奔跑，迅速穿過迴廊，進入醫務室。

裡頭狹窄而悶熱，有鐵銹與汗水的氣味。阿薇思在黑暗的床上喘著氣，頭髮溼滑，雙眼凶猛。歌達在女孩的雙腿間摸索。她說比起她接生過的任何牲畜，人類的身體顯然都更脆弱，而且天生非常不利於生產；說她常常納悶為什麼人類女性這麼常死於生產，但她這會兒發現，是因為女人的臀部太小了，而寶寶的頭又大得不成比例，為什麼神要把人類創造得這麼不適合生產，真是個謎。也或許不是謎，她嘆氣，引用聖經裡神的話：我必多多加增你懷胎的苦楚，你生產兒女必多受苦楚。

奈絲特口氣緊張地說，歌達這些感想或許放在心裡就好。

看到瑪麗巨大的身影站在門口，碧翠絲就厲聲說，她們不需要院長的協助，但是奈絲特叫她安靜，說有院長的慈光照耀是好事，也是對的。

瑪麗拿了一張凳子來到阿薇思床邊，讓那女孩緊握住自己的手，握得失去血色。

她熱切地向聖母禱告。

第三時辰、第六時辰、第九時辰過去了。在那女孩所遭受的巨大痛苦中，感覺上好像只是片刻之間。

阿薇思的呼吸很淺，臉色一片死白。當她失去意識、不再尖叫而忽然陷入沉睡時，大家都鬆了一口氣。她流了好多血，她們在她身子底下鋪了一塊浸過油的布，免得第三套床單又要被血浸溼。

阿薇思睡著的身體抽搐，寶寶的頭從兩條細瘦的大腿間冒出來，紫色的很可怕。又一次抽搐後，整個身子出來了，全身光滑的死胎，是女孩。

沒有人來聽阿薇思的臨終告解並赦免其罪，瑪麗痛苦地看著房門，但是沒有人進來，她很憤怒，這麼沒有慈悲是可怕的罪；瑪麗恐慌又疲倦，沒想過自己來主持臨終儀式。

隨著阿薇思雙腿間湧出新一波鮮血，歌達整個人從肩膀以下都染紅了，額頭也是紅的，奈絲特和碧翠絲在地上放了一些布，但是沒多久那些布也都染紅了。在瑪麗雙手之間，阿薇思的那隻手抽動一下。她吐出最後幾口氣，沒再吸氣。

傍晚時，瑪麗召集所有院務主管開會。在燭光下圍著一圈面色凝重的臉。她說她們要一起決定接下來該怎麼做，接著她沒有參與爭論，只在最後要求投票。

歌達在投票後站起來，臉色因為勝利而發紅，她義正辭嚴地說，她們採取這個行動，只是為了警告其他修女，免得她們因軟弱而動搖，犯下色慾之罪。啊，瑪麗心想，她再也不會犯下處理那些石匠的錯誤了，她再也不會允許女人之外的人踏足這裡了。但是歌達需要處罰某個人，於是阿薇思的墳墓不是在教堂庭院的墓地，而是在外頭沒有祝聖過的土地上挖了一個墓穴，在那棵有毒的紅豆杉最遙遠的樹枝底下。次日早上，沒有任何儀式，阿薇思被包在裹屍布裡，臉朝下放進墓穴中，寶寶放在她的腳邊，所以在天啟之時，她的屍骨永遠無法升起被復活天使接走。瑪麗心想，以肉身的罪而言，這樣的懲罰太無情了。

阿薇思，死了。一片菜園關閉，泉水停歇，封起一座噴泉。

她們原先講好不會有任何儀式，但是瑪麗受不了那種沉默，於是走向前說了簡短的禱詞，她的聲音太小又太快，一開始幾乎聽不見，但是愈來愈響亮……痛苦、悲傷和嘆息都已遠去，在那裡，祢面容的光輝照耀她們，永遠照耀她們。阿們。

其他修女的臉變得憤怒起來，因為院長為這個可恥的修女禱告，而且因為院長畢竟是個女人，沒有資格為死者主持葬禮儀式。當泥土落在阿薇思和她小寶寶的身上、逐漸蓋住裹屍布時，修女們轉身離開去做各自的工作。報復心比較重的修女對院長生出了一股龐大的冷漠感，那是瑪麗所發出的強光都無法消除的。

埃莉諾寫信來。她的信寫得非常微妙；信裡提到修女院結穗的農田，她聽說其中一片農田發現了枯萎病。小心啊，王后說。萬一妳們枯萎病的消息傳出去，妳最好的農田可能會被更大的教會搶走。

瑪麗回信說沒錯，但是那塊田已經燒掉了，沒有感染到任何其他田地，還說她相信埃莉諾應該讚美修女院的收成，而不是散播一塊小小的、微不足道的田地有枯萎病的消息。某些農田會有枯萎病是很自然的，以埃莉諾這麼了解農事的人，應該比誰都清楚。

不管瑪麗可能聽說了什麼，埃莉諾盛氣凌人地回信道，王后的農田從來沒有發生過枯萎病。收成愈好，市場上想要壓低價格的人就會散佈愈多假消息。

當然了，瑪麗回信說，她沒有那個意思，而是希望能彼此支持，埃莉諾的農田收成很好，瑪麗的也是，兩人都很清楚是怎麼回事，兩人都很努力對抗古老的八卦和流言。或許有一天埃莉諾可以來拜訪修女院，她們可以騎馬一起去巡視瑪麗的農田。瑪麗建造了一批最完美的房間，裡頭有一條獨角獸圖案的掛毯，是修女們織的，特別保留給攝政王后。或許王后會很喜歡，喜歡到等到她想退休時，就會來這裡。

在等待回信的那個月，瑪麗感覺自己彷彿無法呼吸。

啊，親愛的瑪麗，埃莉諾終於回信這麼說。即使是現在，當兩個人都這麼老了，瑪麗還是在耍花招。她難道都忘了嗎？她們從來不是那種待在同一處、騎馬經過同樣的田地，彼此才會最相愛的朋友。王后寫道，她們必須保持距離，才能當朋友。

5

信件紛紛飛到瑪麗手裡，宛如成群的椋鳥，瘋狂喧鬧，搶著要去吃田裡的莊稼。從密探和朋友寫來的信中，瑪麗看到邪惡降臨世界，這種邪惡戰勝了人心的善良，連聖潔人士都不例外。

埃莉諾的子女中最聰明、最優秀的，也就是善戰的獅子國王，被抓住且扣留。此舉違反了基督教國家的律法，因為教宗命令過不可以綁架十字軍戰士。總之，要不是綁架者開了贖金且被接受，安茹帝國[17]就完了，往後會萎縮且衰弱，可以被輕易征服。不過贖金高得嚇人，是英格蘭王室歲入的四倍。

埃莉諾的信現在都署名：遭受上帝之怒的英格蘭王后，埃莉諾。

王后把自己要求的錢寫信告訴瑪麗。瑪麗一看到修女院該負擔的金額，當場狂笑一聲，蒂爾德抬頭看，納悶著瑪麗身上是不是哪裡著火了。

---

17 安茹帝國（Angevin Empire）為一歷史名詞，指金雀花王朝所統治的英格蘭與法國西部領土。始於英格蘭國王亨利二世，繼而傳給其子「獅心王」理查二世，即此處所提到被綁票的獅子國王。

瑪麗以緊張的聲音將這封信唸給副院長和助理副院長聽。歌達嚇得臉色發白，不確定地說她認為可以賣掉新的羔羊，真可惜，今年的羔羊特別好，歌達三夜沒睡、親自接生的，她本來以為至少可以吃到一口羔羊肉佐薄荷的報酬，但是，唉，一如往常，她的努力又是沒有回報。蒂爾德則說，她認為或許可以賣掉最遠的產業，因為那塊地夠大，可以賣到足夠的錢。瑪麗根本懶得看蒂爾德一眼，只告訴她別笨了，土地就是權力，而沒有人比修女會裡的女人更沒有權力，要是賣掉她們緩慢而痛苦地在這個世上所建立的權力，那就太瘋狂了。她這番話殘酷得反常，讓蒂爾德覺得自己像是挨了一記耳光。

瑪麗思索著，然後站起身，找出艾姆院長和更早幾任院長用的那根權杖，上頭有掐銀絲細工和獸角杖頭，她心想可以請某個贊助人買下，去捐給另一個比較小的修女院院長。蒂爾德看到這支權杖要賣掉，臉上浮現出哀傷。瑪麗看著她的表情，這才恍然大悟，明白這位副院長心裡期盼著自己有一天能升任院長。蒂爾德的手臂當然太軟弱無力，沒辦法舉起瑪麗自己那根沉重的權杖。於是瑪麗去小教堂，拿出一個十字軍戰士家族最近捐出的禮物，是聖母馬利亞的母親聖安妮的手肘，放在特製的小聖物盒裡，那聖物盒形狀就像個主教堂，上頭的玉髓和縞瑪瑙閃閃發亮。歌達看到這個聖物將要離開修女院，就哭了出來：她曾經花好多時間長跪，向最偉大母親的母親聖安妮祈禱。而且賣掉這個，也還是不夠付院裡要負擔的贖金份額，所以接下來，瑪麗腳步沉重地走到多年前她帶來修女院的那個箱子，現在裡頭幾乎是空的，只剩一個非常古老的拜占庭風信子戒指，原先是她外婆的。這個戒指現在只能套進瑪麗小指的最後一個指節。她戴的時候，就會看到一群金色的鳥往下飛過田野，一條壯闊的河，還有一名矯健的灰髮女人，沒有臉但是聲音輕柔，那是她外婆。她覺得喉嚨堵著一個厚厚的東西，無法吞下。

她決定獨自去倫敦；這樣會比較快，因為她不必休息，要是碰到有人突襲圍攻，她打鬥起來也最容易、最能發揮，而且她不相信其他人有辦法賣到比她更高的價格。她天沒亮就上馬，聽到她的馬輕聲呻吟著，瑪麗以嚴厲的口氣訓斥那匹母馬，說她必須非常強悍，因為瑪麗將會對她有很高的要求。那馬又再思索了一下，跺了跺腳。她們以這匹馬所能承受的最快速度前進，換了任何體格不如院長強壯的人，都會受不了那個速度的。

瑪麗在鄉間很有名，這位高大的院長有各種繼承自祖先的魔法，有聖母賜予的聖光，當田裡的工人看到她騎馬經過時，都害怕得跪下來低著頭。

但是隨著離修女院愈遠，她就覺得自己的力量愈加減弱。她的信件的確對基督教世界一些最有權勢的人有影響；然而對這些修女院所屬土地之外、沒期待會看到這位知名善戰院長的一般平民來說，她只是一名塊頭龐大的修女，騎著一匹大馬，堅定、怪異、老邁。

黃昏之前，瑪麗抵達了倫敦，進入了滲透皮膚和肺臟的發臭煙霧中，狹窄的巷弄中傳來各種嘈雜的語言和吵嚷，爭辯著；幾隻泌乳山羊忽然從陰影中的糞堆跳向馬，河上高高的深色駁船和蒿柳籬笆交織成一片。無休止的重疊鐘聲讓人頭痛。她直奔商店，一副威嚴的氣勢，逼得店裡其他人全都靠向牆壁。她利用沉默；擺明她選擇這個地方賣掉她的寶物，是給店家一個天大的恩惠。她談判的技巧有如使劍，巧妙的揮擊讓店裡每個人都流血，顯示出她的劍術有多麼精準，而且他們有多麼幸運碰到她手下留情。她臉上沒顯露出滿意與否的表情，但其實她非常滿意；繳了稅金後，她還會剩下一些餘錢以供未來緊急之用，也或許用在她心中已開始思考的一些修女院強化工程。她迅速走入黑暗，騎著馬來到財政所，用拳頭使勁敲門，掠過打呵欠的女僕進去，全屋子的人都被她吵醒了，穿著睡衣、瞌睡朦朧地出現。她站著不動，很有禮貌，那張安茹人的臉嚇壞了所有人。瑪麗堅持要他們拿出徵稅簿、記下她繳的錢——比王后要求的更多——這才肯離開。

接著時間晚了。她擺脫了那些錢和責任，覺得一身輕盈。在河流上方的天空，一枚帶著病容的蒼白月亮垂著黃色的頭。她本來預定去一個贊助人家裡過夜，讓馬休息，也讓自己有好食物和舒服的床，但是她再也受不了這個到處是人的城市了，靠近這麼多更糟糕的性別，讓她充滿好鬥情緒又煩躁。彷彿隨著每吸一口氣，都吸入了邪惡。於是她在那匹聖馬耳邊低語，馬本來正疲倦地閉上眼睛、靠在瑪麗胸前稍微休息；此時馬睜開眼睛，也準備要走了。她們回頭經過發臭的黑暗街道，最後終於來到城市邊緣的開闊田野，在這裡，自由不羈的風吹走了瑪麗外露皮膚上的種種城市惡魔。

她心中有個聲音說，她將再也不會見到背後這個被焚燒得如此黑暗的城市了。她很高興地鬆了口氣。年老是一種持續失去的過程：所有年輕時以為不可或缺的事物，都被時間證明並沒有那麼重要。外皮會蛻去，留在路邊讓新的年輕人撿起來穿上。

當她從迷宮祕密通道的最後一條隧道出來時，看到修女院表面罩著一層清晨的細緻亮光，在山丘上顯得好遙遠。她放心得簡直覺得虛弱；那匹母馬垂頭走路，皮膚疲憊得微微顫抖。

看到院長平安歸來，她的修女們太高興了，一個個容光煥發。在這個瑪麗為她們打造的安全之地，她們不需遮住的臉龐顯得那麼柔弱，瑪麗覺得自己只要太仔細看、就足以弄傷那些臉。她輕聲要求準備洗澡水，同時把食物送到菜園裡，她想讓美好的陽光曬遍她的皮膚，驅走她骨頭裡旅途的寒意。

時間還這麼早，那些年老或體弱的修女已經坐在菜園裡放置的長椅上，旁邊是一大片盛開的濃黃松果菊。薇伏瓦像狗似的朝瑪麗低聲吼著，還用那隻殘廢的腳踢她，安菲麗莎很不幸又中風了，柏根朵法拉最近開始到處跌倒，骨頭脆弱得摔斷了髖骨，伊迪絲則是夜裡不睡覺，像個鬼魂似地到處遊蕩，喊著要找母親。弱智的杜芙琳娜一看到瑪麗就拍手站起來，然後這位修女臉上有個什麼轉變了，一抹狡獪掠過她的臉。一陣小雨落在潮溼泥土上的聲音，杜芙琳娜拉起衣服的下緣，正在地上小便，木鞋周圍形成一個愈來愈大的水窪。而因為瑪麗太累了，什麼也做不了，於是便跟著這位大笑的癡傻修女一起笑，其他年老或衰弱的修女則驚恐地跳起來或設法拖著腳步，趕緊逃離腳下那個逐漸擴大的水窪。

盛夏時，連續下了好一陣子雨，臭氣從太潮溼的土壤以及池塘附近的水溝和水窪升起，害一半的修女都生病了。瑪麗自己也因此病得被移到醫務室，在那裡躺了好幾夜，身邊都是垂死的修女，有的還已經死去。

她聽到雨停了，在漫長的發燒中聽到地面所有的水氣都被吸走，只剩乾燥，乾了好幾天，整整熱了一星期。

她的高燒嚴重得害她抽搐，夜裡痛醒時，她看到一個藍色發亮的小魔鬼用燒著火的鑷子夾她的舌尖。等到她恢復清楚意識時，奈絲特和碧翠絲會告訴她，她在癲癇發作時咬破了自己的舌尖。

兩位醫務師在角落裡輕聲說話，但是瑪麗半醒的那部分聽得到，而且明白她們擔心她會死。她們講話時，死神走進醫務室裡，不懷好意地在角落守夜。

那一夜她又醒來，看到死神對著希碧拉修女彎腰，當年瑪麗剛到修女院時，希碧拉就已經很老了，她工作努力且從不抱怨，也或許是因為她生來就沒有聲音可以說話，而這會兒死神的唇壓住希碧拉修女的嘴，把生命從這老修女身上吸走。

然後依然饑渴的死神分裂成兩個，第二個死神的頭彎下對著年輕的桂拉德絲修女，她是一名威爾斯公主，由於家族叛亂而被送來修女院作為懲罰，因為如果不這樣，她就會生出強壯而聰明的威爾斯貴族後代，將來無可避免會反抗英格蘭國王。

然後兩位修女都脫離肉身，從她們張開的嘴巴升起，加入吸走她們生命的死神黑影中。

日後，等到她可以坐起身、不會因為打寒顫而無法抓住鵝毛筆時，瑪麗將會寫下她的所見，記錄在她的《神賜幻象之書》中。

雖然死神沒有取走我的性命，她寫道，但我當時就像一根羽毛被水流帶走。那兩位死去的好修女升上天堂時，身後就帶著我。

我們在天空上升又上升，朝向上帝的溫暖雙手而去。我感覺自己的身體就像一隻鷹，乘著看不見的小小陣風所形成的氣流，不必拍動翅膀，就可以愉快地往上漂浮。

最後，兩位修女拋下我繼續往上，我發現自己來到一大片雲海之上；在那一望無際的廣大雲海裡，我看到七座高塔，有的離我很近，有的幾乎看不到。

最接近我的那座高塔就在伸手可及的地方，於是我湊向塔窗看著裡頭。我看到死去已久的修女姐妹們，有些穿著金色祭衣，有的全身籠罩著光，有的像艾姆院長那樣頭上戴著大大的荊棘冠冕，每個人都齊聲禱告著。

而在我雙腳下方遙遠深處的地面，我看到啟示錄的四個活物：獅子、母牛、飛鷹，以及女人臉的那個：全都有翅膀，而且全身覆蓋了一眨一眨的眼睛。這些活物流著口水嗥叫，爬到高塔的側面，爬行姿態就像岩石下的蠑螈；他們往上爬得好快，我驚恐得血液都為之凝固。

那些活物爬來時，塔內修女們的禱告就變得更大聲、更熱切，很快地就成為神之歌。歌唱中她們最接近祈禱，因為唱歌就是祈禱的核心，歌聲混合交融。在她們的聲音之下，正發生大地震，我修女姐妹們的歌唱使得高塔的石材搖晃顫抖。

那些活物咬牙切齒地嗥叫，開始抓不住塔，沿著長而光滑的石面往下。接著一個接一個墜落，獅子、母牛、女人臉的那個、飛鷹，儘管他們有翅膀，但還是迅速衝向地面。

當我看著的時候，我的修女姐妹們又回復到低聲的祈禱。但是她們並沒有平安地擺脫那些活物，因為從那些活物血淋淋的屍體身上，冒出了比較小的同類，在地面上開始可怕的嗥叫，接著往上爬，還一面長大。

我醒來時，燒已經退了。

黑暗降臨修女院，醫務室裡的人發出沉睡的聲音，我把病中得到的這個幻象視為一個禮物。

因為在這個幻象中，向我展示了這座神聖女人的修女院是人類所建造的七根巨柱之一，好讓啟示錄中那些憤怒咬牙暴力有鬚的活物遠離上帝的溫柔羔羊們：儘管我沒看到其他六座高塔裡面的狀況，但這第七座就代表全部。

是我姐妹們的光輝，以及她們的信仰與虔誠，形成了一片大火，擋開黑夜的恐怖。在我的保護下，這座修女院成長，而我必須有如那座石塔般穩固挺立，堅強又高聳，讓她們安全地待在地面上方的高處。

就在我退燒那一夜的次日早晨，我接獲消息，就在迷宮外圍，也就是小鎮上，夜裡有個穀倉裡一盞提燈傾斜，被風吹出了一點小火，很快就變成大火。火蔓延得很快，燒過沉睡小鎮西邊的那些房屋，快得幾乎沒有時間大喊，也沒時間跑去河邊或井邊取水。儘管沒燒到我們修女院在鎮上設立的客棧，裡頭的朝聖者和照顧他們的修女們都逃過一劫，但是大火吞噬了街道的另一邊，燒掉了緊鄰著主教堂那些木頭與茅草蓋的工坊，更糟糕的是，主教堂後方的那棟教會房舍全部燒掉了，連同所有睡在裡頭的每一個教會人員，那些奉獻給教會的可憐虔誠靈魂都被燒死了。客棧總管兼施賑吏露絲修女醒來看著對街，只看到一片燒得焦黑的平地還冒著煙，在那些灰燼中，她們發現了二十個死人的骨骸躺在自己的床上。

隨著這場災難性的大火，我們在鎮上原先那些有資格經過祕密通道、來修女院主持彌撒的修會上司沒有一個倖存的，也沒有人能來給我們的修女們進行告解的安慰。

聽到這則消息，我終於明白自己發燒期間得到的那個幻象和指示了。

我會把修女院裡司祭神父的責任扛起來。

因為我身為院長，是這個地方的母親，是這些孩子們的家長，擁有上帝賜予一個家長的所有職權。而且像抹大拉的馬利亞這位使徒中的使徒，她曾向許多人佈道，並使之皈依，我也被召喚來為我的孩子們主持彌撒，並聽取告解。

又過了兩星期，瑪麗才有辦法下床站立與走動。她失去了一些肌肉，會衣在身上變得寬鬆。當風從東北方吹來時，還是聞得到肉燒焦的氣味，而且蘋果樹樹幹的迎風面蒙上了一層灰燼。

黑暗落在院內修女們喜悅的臉上。她們失去了指引，自從那場大火災之後，她們就不曾進行告解而得到赦免，也不曾領聖體，她們哀悼著那些死去的教會上司，儘管年邁又笨拙，但以往都好心地試著給修女們安慰。蒂爾德每天都為這事情跑去煩瑪麗，但瑪麗還是沒寫信請教會派新的人選過來。

等到終於復元得夠強壯，瑪麗把領唱人司科拉蒂卡找來，她是修女中最聖潔的，她的善良是一種純潔與謙卑的光。然後瑪麗向她告解，一如修女們常常遵照修會的會規，向彼此告解自己的罪。領唱人微笑，握住瑪麗一隻手，但她不敢代表天主赦免其罪。等到告解完畢，剛好是做彌撒的時間。瑪麗到小教堂旁邊的小房間穿上祭衣。那衣服上有其他身體、洋蔥、皮膚的氣味，那些身體的主人一直活到前陣子，接著死於大火中。

她有彌撒經書，而且已經親手準備好麵包和葡萄酒。瑪麗穿著祭衣、拿出最權威的模樣走進教堂，觀察著那些修女的臉，有些是震驚，有些則是一種幾乎按捺不住的狂喜。最年老的那些修女在瑪麗前來掌管事務之前就已經熟悉修女院，她們的臉上有惶恐、憤怒和恐懼。歌達看起來實在太驚駭了，要是她當場就脫離肉身，瑪麗也不會驚訝。

薇伏瓦站起來，手杖喀喀敲著地面，還吼叫得好像自己受了傷，那是一種深沉響亮的動物聲音。在一片鼓譟和困惑之中，露絲站起來帶著老修女們離開，走前恨恨地看了瑪麗一眼，那種怨毒讓瑪麗知道多年的友誼到此告終，她失去露絲了，也許她會永遠離開。瑪麗低頭讓那痛苦的波浪傳遍全身，然後再度看著眾多修女們，用她最嚴厲的表情命令她們待在原地。她們太習慣服從了，於是留下來。她們臉上困惑不安，不曉得哪樣的罪比較小，是離開彌撒，還是留下來參加一個女人主持的彌撒？時間繼續流逝，替她們做了決定。彌撒開場的進堂詠開始。瑪麗微笑；她呈上酒與麵包，祝福。出場曲。然後她的修女們站起來，默默走出小教堂去忙各自的工作。

一整天都有很多憤怒的抱怨。

歌達在院長居所裡等著，整個人顫抖得好厲害，連她穿的木鞋都敲得地板噠噠響。她說這是邪惡的，邪惡的，女人主持彌撒是違反教會、違反上帝的。

瑪麗努力逼自己要愛可憐的歌達。她生來如此不是她的錯。

她對歌達說，請告訴我，妳是否相信女人是比較次等的性別？

歌達囟巴巴說女人當然是比較柔弱、比較有罪的性別。墮落又軟弱。

瑪麗又問她有什麼證據，她知道歌達記住的聖經內容很少。

歌達張嘴愣住了，露出缺了牙的那些大洞。最後她終於不確定地說，唔，這不就是夏娃的教訓嗎？

瑪麗告訴這位助理副院長看看自己，然後坐在她旁邊握住她的雙手。歌達其實是很渴望碰觸的人；或許這就是為什麼她總是照顧動物。這會兒她抗拒著瑪麗的手，但接著她就讓瑪麗弄開她緊握的手指，身子緩緩開始靠向瑪麗。瑪麗說，歌達，妳不認為聖母馬利亞雖然只是女人，卻是所有天生有子宮的人類中最珍貴的寶石嗎？我們的童貞聖母難道不是最完美的容器，才會被選中，以她的子宮孕育出聖子嗎？

歌達憤怒地說那當然。可是可是可是。

然後瑪麗說，慢著，我們更仔細想一想，她說她了解歌達，她們過去也吵過架，但是請誠實說：歌達是否碰到過足以可跟瑪麗匹敵的人，無論男女？然後她等著，看到歌達顯然內心掙扎不已，最後終於很小聲說沒有。她脾氣壞又目光短淺，而且深受教階組織和權威的制約，但她自有一種純潔，這個可憐的老修女，就是沒辦法撒謊。

瑪麗說，別忘了，九月的聖母誕辰過後，教區就會派人前來修女院。屆時如果歌達仍覺得女人主持彌撒是大錯特錯，那麼她可以在告解中說出來。

可憐的歌達顯然內心非常痛苦，她站起來跟瑪麗說她得去吐，然後跑出去，房間裡只剩蒂爾德和瑪麗。

蒂爾德迴避瑪麗的目光。她氣得臉頰發紫。瑪麗雙眼定定看著她。

蒂爾德終於開口說，這一切都是嚴重褻瀆上帝，是可怕的罪。要是瑪麗堅持下去，那就一定要舉行院長選舉。

啊拜託，如果今天選舉，瑪麗說，她自己會輕鬆當選的。

蒂爾德說不，不會的。

瑪麗只說，蒂爾德可以自己算，然後看著蒂爾德在心裡一一想過各個修女。最後蒂爾德嘆氣，把手裡的筆折成好幾段。

蒂爾德說，如果有一小部分人反對瑪麗，她會——然後蒂爾德停下。瑪麗很高興看到這位副院長夠聰明，沒繼續講下去。

她們聽到歌達還在外頭對著地上乾嘔。蒂爾德說，現在她終於站出來反對瑪麗了，她老早納悶為什麼瑪麗要保留歌達的助理副院長職位。歌達照顧動物很有一套，但她的拉丁文很差，對於修女院的事務根本幫不上忙。而且她顯然很不願意處理修女之間的私人問題。她不理解別人的感受。

瑪麗說沒錯。對於那類事情，如果歌達給了建議，最好是照著相反的做。

但是蒂爾德說，瑪麗並沒有回答問題，她為什麼不讓聖器保管人、領唱人或抄寫總管來當助理副院長？這些人都聰明又思慮周密，她們至少比較管用。

瑪麗說，歌達除了照顧動物的責任之外，助理副院長的這個職位能讓她保持忙碌。持續情緒化加上頑固是很危險的。但是忙碌的歌達就不會構成威脅了。

瑪麗明白蒂爾德的用意；這位副院長想爭取一個新的助理副院長，做為她封口的報酬。瑪麗賭蒂爾德會先讓步。兩個人比較起來，瑪麗的精神力量要強大太多。她們在房間裡皺眉看著彼此許久，然後蒂爾德淚水盈眶地匆匆離開了。

但是瑪麗的回答折磨著自己，稍後的那天下午，她不得不停止閱讀，思索自己對蒂爾德所說的話。沒錯，她讓歌達繼續當助理副院長，是因為只要稍微奉承一下這個女人的正直，就能輕易而迅速地驅散她的怨恨。她看著歌達，手指上有斑駁的墨水，在一張信紙的背面喃喃數著母羊、小母牛和母雞的數量，然後她劃掉紙上寫的，咬一下筆，重新畫上記號後又出聲數著，再度寫下數量，沾黑的舌尖舔一下嘴唇，而嘴唇也被墨水沾黑了。或許是她身上那種獨有的穀倉臭味、她的粗俗、她的大嗓門、她得意踐踏其他修女的情感，吸引著瑪麗。或許愛一個像歌達這麼難相處的人，瑪麗可以更確定自己的善良。

所以瑪麗去聽她修女們的告解時，心裡覺得自己是個罪人。

水壩潰決了。大部分老修女都很憤怒，但是也不敢說出自己的怒火，於是只能喃喃自語、祈禱，一看到瑪麗就轉過身子。

一開始只有見習修女和獻身兒童和年輕修女會成群來告解，但過了幾星期後，瑪麗一聽告解就要坐上好幾個小時。她傾聽，認真聽進了她們的話。

因聖父聖子與聖靈之名，請求天主傾聽，原諒我的這些罪，她們說，還往往會哭起來。

接下來多年，她都會是修女院裡聽告解的人，她所聽到的將會讓她更為她們義憤填膺。不是什麼小事，諸如祈禱時有口無心、說謊、從烤肉叉上偷了一點雞肉，小小的慾望和特殊的友誼——多少人覺得自己被一個不敬的吻給汙染了！——這類狀況她會要她們做一些小小的補贖，並予以赦免，她的聲音裡會帶著笑意，而她們就會安心。但是她為這些修女來這裡之前的人生感到哀傷，她們帶著那種無形的祕密重擔進入修女院。有個十八歲的見習修女哭著告解，說她不是處女，她滿八歲那天開始，每一夜都會看到一個黑暗的人影坐在她床上，而她是如何吞下他人的罪，當成自己的罪。祕密懷孕不只一次；忽然落在她肚子上的拳頭，腦袋被踢。臉被按在地上，裙子被拉起。那名猶豫的年輕女性說她曾握著刀子伺機而動，因為她知道某個特定的惡魔正打算在她姊姊婚禮那天溜進這個女孩的房間裡，後來果真發生了，而她已經有所準備，接著忽然間到處都是血和吼叫聲，然後是內部腐爛而死，她姊姊幾乎一當上新娘就守寡。這樁謀殺重重壓在這個可憐修女心裡。她從來沒有勇氣告訴任何聽告解的神父，唯獨瑪麗，這樣的事情只能告訴女人。在瑪麗成為聽告解的人之前，要是這個修女死了，就會因為這樁謀殺而下地獄被焚燒。

這是菲婁米娜修女，安靜而虔誠，鼻子上常常有剝落的片片死皮，雙眼從來不會發亮。

瑪麗說，這個親愛的孩子也知道，那是自衛。真正的謀殺凶手是那個懷著邪惡意圖、選擇進入她童年房間的人。

但在沉默中，瑪麗聽得出這個答案絕對不夠。菲婁米娜需要傷害，需要透過身體的疼痛找到滌淨，否則她不會滿意。瑪麗痛恨以身體的懲罰當成補贖，但是嘆了口氣，叫這位修女去禁閉室編笞自己的背部，直到流血為止。同時要跪在那個冰冷的房間，直到晚禱鐘聲響起。跪著時要禱告，全心全意禱告。等到起身時，她的疼痛和禱告將會洗去身上的罪，她可以把這個罪留在禁閉室的地上，帶著一顆沒有牽掛的心去做更充實的禱告。

次日她一整天都在觀察菲婁米娜。那張年輕的臉上有個什麼活了過來，她的肩膀更挺直，而這些年來她身上那種冰冷沉重如石的不快樂，也逐漸加上了一點暖意。

身為聽告解的人，瑪麗並沒有更接近上帝。這點讓她失望。她本來希望能在此發現自己的使命。

然而寬慰的是，隨著聽取每一個祕密，她覺得自己的修女們對院長的愛在滋長，那種愛感覺上溫暖明亮如太陽，照耀她的每一天。她們現在不可能造反了，她想。她知道她們太多事情了。

等到她們的悲傷壓得她太沉重、令她難以入眠時，瑪麗喜歡到抄寫室去，把彌撒經書和詩篇集裡面的拉丁文改成陰性，這有何不可？聽的和說的都只有女人啊。她邊改邊兀自笑了起來。把女人加進這些內容裡感覺好調皮，真好玩。

埃莉諾寫信給瑪麗，說她從她的小密探那邊聽說，瑪麗又擔任了另一個異端的角色。不光是聽告解而已，還有主持彌撒？這就像是把手放進火裡的考驗，要是瑪麗的皮肉被燒傷，也不該太驚訝。

一如往常，埃莉諾提到密探讓瑪麗很心煩。查不出自己的修女們哪個是叛徒，讓瑪麗感覺很糟糕。她的盔甲上有一道裂縫，讓埃莉諾的箭射進來，而且這回不是開玩笑的，因為她知道自己的風險。但她也知道自己這麼做是對的。

接著王后收拾起她的調侃，嚴肅寫道，她看不出瑪麗要怎麼逃過懲罰，而且王后身在大老遠的地方，保護不了瑪麗。

信是從豐特夫羅修道院寄來的，就是王后考慮退休後養老的地方。不過她還是強調自己虛弱無力。人人都知道她在那裡仍暗中操縱她王室和教廷的玩偶。那麼多戰爭，那麼多錢從英格蘭流出去，以防止諾曼地、安茹、普瓦圖、阿基坦叛變。壓榨英格蘭去保護其他遙遠的土地，這樣的狀況不可能長期維持；英格蘭人會反抗，而且瑪麗相信很快就會來臨。另外還有王位繼承的問題。

真是讓人厭倦，王后寫道，但瑪麗感覺到她的字面下有一股沒寫出來的活力；王后有個偉大而敏銳的政治頭腦。瑪麗並不驚訝地發現，其實一直以來，埃莉諾都是安茹帝國背後的力量，而這個帝國正瀕臨崩潰。

然後王后寫道：她頗為驚訝地發現，豐特夫羅修道院這邊的女管窖人整個身體簡直是瑪麗的雙胞胎。一開始她看到瑪麗龐大的身軀、聽到她低沉的聲音出現在這間法蘭西的修道院，而不是那個藏在迷宮裡的古怪英格蘭小修女院時，還以為自己在作夢或想像。最後，王后終於找到那位複製的瑪麗，才發現不，這位高壯的修女不是別人，正是瑪麗的悠蘇蕾阿姨。啊，王后說，她還記得年輕時參加十字軍東征的悠蘇蕾。那張臉好美，穿著那一雙金色靴子，是她女子軍團裡最優秀的女獵人之一，當時幾乎人人都愛她，但是那時她甚至比瑪麗剛到埃莉諾宮廷時還要難以駕馭且舉止不得體！時光對美麗和年輕的摧殘令人驚訝，現在悠蘇蕾就跟她外甥女同樣巨大、悶悶不樂、相貌平凡。世上竟有這樣兩個不可思議的剽悍女人存在！無論如何，王后寫道，悠蘇蕾祈求王后轉達她對瑪麗的愛。

瑪麗抓緊信貼在胸前，因為她原以為這位阿姨一定早就死了，結果沒有，現在至少六十五歲了，而且瑪麗發現自己並不孤單，因為世上還有另一個活人曉得在那條河柳樹掩映的轉彎處游泳是什麼滋味，曉得騎馬追逐一隻跳躍著穿過森林的母鹿是什麼感覺，曉得瑪麗母親生前那種冷靜與智慧有多麼令人深愛，真是個意想不到的上帝恩賜。

到了教區聖職人員來訪的日子了；她們隆重而莊嚴地迎接，齋戒日的夜間點心將會是一整頭烤好的母豬加上乳豬，美好的肉香已經滲入修女院各棟房舍。要幫瑪麗的上司們蒙上眼罩的部分有點棘手，但是瑪麗的動作流暢且迅速，沒有給他們任何抗議的機會，於是他們也沒抗議。

為了這趟訪問，整個修女院清理得閃閃發光；聳立在山丘頂，像是珍珠母打造而成。

見習修女和年輕修女們合作演了一齣戲：美德與罪行。代表諸種美德的純真女子露出豐滿的手臂和胸部，脫掉頭巾、沒有綁住的長髮飄散著，瑪麗不必看訪客的臉就知道，她在用餐時一定要努力發揮說故事的本領，讓整齣戲不光是可以接受，而且是神聖的。

用餐之後，瑪麗在她食堂裡的座位上看著那些修女一一去單獨面談，從獻身兒童開始，接著是見習修女、種田修女、合唱團修女、院務主管。總共有一百八十位修女。當她們從房間裡走出來時，瑪麗從她們臉上的表情看得出一切都很好。沒有一個人洩漏她們的院長主持彌撒，連始終拒絕向瑪麗告解的那些修女都不例外。有些人是因為忠誠，有些人是出於害怕。

然後輪到歌達了。這位助理副院長邁著堅定的步伐走過去。她在門前皺著臉看了瑪麗一眼，然後昂起下巴走進去，門在她身後關上。

瑪麗心想，現在也沒法做些什麼，只能等著看了。

等到歌達出來時，她臉上的表情也是一切都很好。她在最後一刻動搖了，小眼睛盈著淚，眼眶是粉紅色，肩膀垂垮下來。

蒂爾德站起來，朝瑪麗的方向略略看了一眼。不，這位副院長不構成威脅。當她出來之後，臉上不情願的表情也表明一切都很好。

瑪麗自己站起來，走進去。

她以低沉且嚴肅的嗓音說一切都很好，而且她說得心安理得，因為此話不假，在她的牢牢掌控下，修女院的一切的確是非常好。

6

有一天，瑪麗看著自己的雙手，發現上頭有許多斑，而且指節粗大。她老了，她驚奇地想著。

為了防止狼從丘陵跑下來偷走羔羊，瑪麗要院內修女在牧羊草地周圍築起一道石牆，高得無法跳過。這個工程花了一個漫長的秋天。

愛潔娃拿著一大堆洋蔥經過廚房，中途離火太近，會衣著了火，在總廚工拿用過的髒水撲滅之前，她已經大半個身子被火吞噬。她只活到快要第六時辰祈禱之時，最後是瑪麗闔上她起水泡的眼皮。她摸了她發紅腫起的雙手，但是在她手指的壓力下，那皮膚就像烤甜菜根的皮一樣脫落。

農田開始收割，身穿黑衣的修女們散開，拿著長鐮刀在裡面搖晃著身軀。

冬天是一大張羊皮紙，鳥類、狐狸、野兔的小小腳印在上頭書寫著。

春天來了，單純的杜芙琳娜修女在新犁過的田裡行走，聽到一個小小的聲音，跪下來發現一窩新生的小兔子，其中一半被輾成肉泥，另一半顫抖著，身上還沒長出毛來。之後好幾個星期，她移動時都小心翼翼；直到有一天在廁所，領唱人司科拉蒂卡趁其他修女匆匆離開時拉住杜芙琳娜，看她的口袋裡，這才發現黑暗中有四個抽動的鼻子、八隻明亮的眼睛。這樣的溫柔，司科拉蒂卡心想，那些孤兒幼兔挨著杜芙琳娜的身子一定覺得很暖和。然後那一瞬間，她好像置身於杜芙琳娜的腦袋裡，裡面沒有語言，充滿驚奇和鮮明的美，那是一種無所不在、只能用身體感覺的愛，一種呼吸的熱度，一種持續搏動的歡喜。司科拉蒂卡假裝什麼都沒看到。不久到了夜裡，她聽到一個重擊聲，然後四隻小兔子溜下夜間樓梯，緊接著司科拉蒂卡下床追在後頭，從那些假裝睡著的修女臉上勉強忍住的微笑，她知道雖然其他修女知道杜芙琳娜的祕密，而且說不定是所有修女都知道，但是沒有一個人告密。

一個炎熱的夏天，艾思塔和鐵匠與木匠修女製造了一批大大的、會旋轉的奇怪東西，插在每一排葡萄樹的兩端。即使只有微風，這些奇異的機械也會被吹得旋轉、映著陽光，再把炫目的反光照在葡萄樹上，同時持續發出一種女人唱歌的聲音，那是以音調完美的領唱人聲音修改過的，於是聽起來像是無休無止地在唱歌，低沉而撫慰，即使夜裡都不會停止。有些夜裡，瑪麗快入睡時有個印象，覺得自己是個被抱在母親膝上的孩子，被搖晃得昏昏欲睡。這些會唱歌、反射光線的裝置主要是為了要嚇走鳥類，結果效果非常好，葡萄大豐收，多到修女幾乎處理不來，木匠修女們忙著製造裝酒的小木桶，就連瑪麗都來到葡萄破皮的大木槽邊，當她脫下木鞋、雙腳踩進爆開的香甜葡萄汁液時，裡面有一種洋溢的歡鬧氣氛。女佃農們唱歌，拍著手，瑪麗卸下她的莊重，跟其他老少修女一起跳舞，在裡頭滑倒大笑，直到她覺得有點想吐，身上沾滿了葡萄渣，還得由他人協助才爬出來。

她沐浴過，乾淨而清爽地回到自己的居所，發現有一封埃莉諾寫來的信。那是一封奇怪的信，在表面冷靜的字句之下隱藏著一股瘋狂。

之前密探傳來的謠言是正確的：王后最疼愛的孩子，也就是英格蘭的國王，終於付清贖金而獲得釋放後，就怒氣沖沖地到處去攻打那些在他長期囚禁期間佔便宜的人，結果一支敵方亂射的箭意外擊中國王的脊椎。一隻偉大的獅子竟被最微不足道的蠕蟲扳倒。王后最鍾愛的女兒瓊恩，也就是前任西西里王后，最後一文不名且被拋棄，然後在生產時匆匆發聖願成為修女，接著就死去了。瓊恩死前不久，王后兩個最大的女兒已經相繼死去，這兩個女兒是她跟法蘭西國王生下的，雖然她後來改嫁到英格蘭而不得不拋下，但她仍非常鍾愛這兩個女兒。

埃莉諾所生下的十個子女中，只剩兩個還在世，而且到目前為止是最不受寵的。其中最差的一個，毫無顧忌、毫無長處、不愛上帝的兒子，成為偉大英格蘭島的繼承人。這將會是場災難。

年老的王后即將見到她最後一個還在世的女兒，同樣名叫埃莉諾；即使快八十歲了，王后還是被派南下，去她女兒當王后的卡斯提爾挑選一個孫女，以便成為年輕的法蘭西王后。令人敬畏的老埃莉諾。只有她能完成這個任務。

但瑪麗從埃莉諾的字句間看到太多哀愁，讓她不禁打起寒顫。埃莉諾快要崩潰了；快要，但是還沒有。

年老的王后變得很有人性；也或許是只有私下對瑪麗才會如此。她曾經光芒四射得有如太陽表面，讓人不敢逼視；現在瑪麗可以看穿她的臉，直透她的內心。她以往曾追求埃莉諾，希望這位王后能摸索著走向她、找到她；但埃莉諾其實一直離她不遠。

眼前這就是瑪麗想要的。但她覺得失落。

到了信的末尾，埃莉諾的筆跡變得更潦草，說她夢到自己會死於這趟旅程，她會再度被人抓住，於是悲慟而死，她哀求瑪麗為自己的王后祈禱，同時以她神聖的洞察目光，看看王后的夢是否會成真。

瑪麗沿著自己幻象中的長廊往下看，沒看到王后來回西班牙的旅途中會死去。她照實寫信告訴王后，同時嚴厲地叫王后要振作起來，盡自己的責任。她還開了個玩笑，想用其中的愚蠢激怒埃莉諾。埃莉諾（Eleanor）的名字是取自她自己的母親埃諾（Aenor），意思是另一個埃諾（alia Aenor），在她之前從來沒有人取過這樣的名字。瑪麗在信裡稱第二個埃莉諾——也就是卡斯提爾王后，埃莉諾的女兒——是另一個的另一個埃諾。被激怒的王后總比絕望而恐慌的王后好。

最後，有關埃莉諾的選妃，瑪麗說她的幻象裡倒是看見，那個明顯的人選、也就是比較漂亮的長孫女，並不是王后挑了帶回法蘭西的。這個長孫女烏拉卡太嬌弱，她會被各種需要的職責逼死。瑪麗說，日後將會生下世代王室成員與聖人的女孩，是年紀比較小的妹妹布蘭卡，她不是明顯的人選，但是她繼承了王后的勇氣和智慧。

她沒說這其實不是幻象，而是一個親愛的朋友告訴她的，這個朋友小時候在修女院接受教育，後來嫁到卡斯提爾的好人家，跟王室的兩位公主都很熟。

後來，或許埃莉諾自己也看出兩個女孩的特質，因為最後她帶著北上的公主是布蘭卡而不是烏拉卡，然後她將布蘭卡送到巴黎，成為法蘭西王后。然後，覺得自己虛弱的老王后就回到豐特夫羅修道院了。

但是很快地，瑪麗的阿姨悠蘇蕾就來信，說是奉王后命令。而且王后不是下令豐特夫羅修道院的院長寫，而是要悠蘇蕾寫，因為王后準備要死了，她的時間感開始錯亂，隨時滑入過去一生中的某個時間。有時候她相信悠蘇蕾就是瑪麗。悠蘇蕾以前一直不知道小瑪麗和埃莉諾之間曾有這麼深厚的友誼，真是不可思議。事實上，前幾天王后用一種奇怪的聲音告訴悠蘇蕾，說她也愛她，只不過就像愛一個妹妹一樣，這就是為什麼她得送她離開。在瑪麗心中、埃莉諾心中、在她們彼此的關係中，隱藏了一些事情。悠蘇蕾寫道，真希望瑪麗在這裡取代自己。她真希望回到以前，兩人黎明前一起坐在池塘邊，那麼年輕，等著夜裡悄悄來喝水的動物。

瑪麗忽然覺得無法吸氣，一時之間還想著要起身奔向馬廄，騎馬離開，然後雇一條三桅帆船帶她渡過海峽，到諾曼地後再快馬趕到王后床邊，在這個偉大女人死前當她的侍婢。

但是接著她抬頭，看到蒂爾德拿著製作手抄本的委託文件等著她批准；歌達則不耐地說著某些乳牛得了一種神祕的傳染病，身上發熱，厚而潮溼的牙齦上有膿腫。

然後一隻採集了成團花粉的蜜蜂撞擊著牆壁。

瑪麗嘆氣，一隻手撫過臉。她回信給阿姨致上她的愛，同時自己的身體依然留在泥濘的英格蘭。

瑪麗等著王后死去。這段等待好可怕。

她努力安慰自己，盡情享受修女院建築中塗了灰泥的白色空間，她住所裡的壁爐即使在微寒的夜晚也可以溫暖她，出色的廚房和廚工修女會按照她的意思供給食物，獻身兒童和女學生甜美的聲音在她安排的地方——位於她居所正下方的教室裡面——唱著歌。從昂貴得嚇人的玻璃窗，她往下可以看到迴廊和菜園，監視她的小修女們。

但是她逐漸失去胃口。廚工送上來的餐食她大部分沒吃，而且她的肌肉開始緩慢流失。她個子還是很高，但是不再龐大，而且她的會衣得把下緣收短，否則就會拖到地上。

在等待的這幾年裡，有一位史普蘿塔來到修女院，這位見習修女美麗出眾：圓臉上嘴唇飽滿，金色的皮膚和頭髮帶著點粉紅色，大大的眼睛，眼珠是很淡的藍，淡到虹膜都看不清，讓瑪麗想到蛋黃打進蛋白裡。瑪麗在鎮上的主教堂第一次見到她時，這個女孩驚人的美貌，以及她家人哭著跟她道別的嬌寵態度，讓瑪麗深有所感。一股焦慮竄遍全身；這些年來，她一直很怕有另一個阿薇思出現，讓她在修女院所耐心建立的一切基礎又會碰到另一次震撼。但這個女孩接受其他人愛意的態度是昂起下巴，把一隻蒼白的手冷靜地舉在空中，等著家人輪流吻她的手。這個女孩身上有個什麼讓瑪麗覺得難受，而且瑪麗很快就明白這個女孩一點也不像阿薇思，而是完全不同類型的人，是另一種不同的威脅。而當這個女孩的母親——有張貪婪的臉、挺著巨大胸脯的女人——大起膽子靠近修女院長，在瑪麗耳邊低聲說她女兒是有福的、神聖的，可能有朝一日會獲封為聖人，所以最重要的是，她既是上帝賜福之人，就必須得到應有的尊重，也務必把她當成修女院的珍珠善加愛惜，瑪麗聽到這些話，就覺得更加不對勁了。

瑪麗的目光從這個被時光磨得粗糙的母親身上，轉到她相似而更年輕的女兒身上。瑪麗沒說美貌是很會騙人的，當一個人生來就有美貌，要成為聖人只會更困難、而非更容易；平凡女人只有在年輕的露水消褪、一些老邁的小羞辱和小印記壓在她們的皮膚和骨頭之後，才會變得更神聖。

她只是不動聲色地說，是的，史普蘿塔會像所有見習修女一樣被好好對待。在瑪麗的修女院中，所有神聖的姐妹都會被當成珍珠般愛惜。

現在史普蘿塔領了見習修女的白紗，她的話很少，偶爾開口是一種高音調、帶著呼吸的聲音，而且一概使用聖經中的詞句。她臉上始終帶著微笑；有時瑪麗會從中看到一閃即逝的冷酷，近乎嘲弄。年輕修女、學校女生、她的見習修女同儕都緊緊追隨她。當見習修女導師托克蘭安排她跟其他女孩去擦洗食堂地板、或早起去給母牛擠奶時，就會看到僕人從史普蘿塔柔嫩的手中搶走工作。而因為要懲罰這種偷懶，托克蘭就給了史普蘿塔更辛苦的工作，於是她柔弱的肩膀上扛著軛形扁擔，挑著兩桶水去廁所，結果路上絆倒，灑掉了一半的水——或許，托克蘭事後私下說，絆倒不是那麼意外，或許是故意要減輕重量——其他見習修女看到她受苦，抗議說這個可愛瘦弱的女孩如何被那重量壓得腳步踉蹌。但是史普蘿塔抬起一隻蒼白嬌嫩的手說，不，她從柔弱、從受辱、從艱難、從壓迫、從困境中得到喜悅。因為當她柔弱時，接下來她就會變得堅強。

見習修女們聽了臉上發光；而瑪麗剛好經過，聽到史普蘿塔的話，忽然擔心修女院裡要出現一個邪教了。一些舊日的力量又回到她身上。只要碰上有戰鬥對象的時候，瑪麗總是會處於最佳狀態。

然後有天下午，波姆修女——雖然老邁得上半身都往前彎曲，但依然是首席園丁——聽到那個女孩低聲向蜜蜂宣講。她談到沙漠，談到香料的煙霧和各種香味，談到荊棘中的百合。但最重要的是，她偏偏宣講那首邪惡老歌的內容，波姆這麼告訴瑪麗，自己因為爬上山丘而氣喘吁吁。

啊，但那是非常神聖的歌，一點也不邪惡，瑪麗說。那是所有聖典中我最喜歡的，是雅歌。

好吧，那些內容讓我的胃感覺怪怪的，波姆說。而這種異樣感是我身體的惡事。我不喜歡這樣。

瑪麗沒說出來的是，我也有這樣的感覺，但是我非常喜歡。

從瑪麗的窗子，她看到史普蘿塔伸著雙臂，手掌打開對著陽光，追隨者聚集在她後面，只有五個人，但她們握住彼此的手，肩膀湊在一起，崇拜著那個女孩。

瑪麗下樓來到菜園，站在史普蘿塔旁邊那道牆的另一邊傾聽著。那女孩是個出色的演說者，清晰而冷靜，她的訊息沒有什麼創見，說要在工作中愛這個世界，就像蜜蜂愛草地上的花朵，但她運用自己聲音就像彈奏一把魯特琴，勾起了聽眾的情感。當史普蘿塔講完而放下手時，整個人似乎從催眠中醒來，在簇擁著輕拍她的追隨者包圍下，她羞澀地眨著眼睛微笑，說啊真是的，她所記得的最後一件事是她在曬布場，都不曉得自己怎麼會來到蜜蜂這裡，不曉得自己剛剛做了些什麼。

但瑪麗看得出來，清楚有如看到未來，知道史普蘿塔遲早會有自己的神賜幻象。而她那些神賜幻象將可以抬高自己，因為這個美麗姑娘有神賜幻象的流言一定會流傳開來，於是會吸引陌生人想來看看這個神聖女孩，而為了避免那些陌生人設法進入修女院，就得把這個女孩送去鎮上演講，她會在聽眾面前光芒四射，她的名字在外界的名聲將會比她所在的修女院更加響亮。當史普蘿塔從她的名聲得到夠多權力、從朝聖者那邊得到夠多金錢時，她的神賜幻象就會開始挑戰瑪麗的。瑪麗彎腰摸摸細香蔥開出的那些尖刺狀淡紫色花朵，思索著該怎麼做。

耐心點，她告訴自己。要是在憤怒中出手，妳在此所建立的一切可能毀於一旦。

一星期後的晚餐上，史普蘿塔不吃東西，只是靜坐著不動。她的見習修女同儕比劃著問她是不是禁食，她也用手比劃著表示，她不吃四條腿動物的肉。因為違反會規。

次日晚上，見習修女那桌的杏仁醬汁煮香料羊肉完全沒人碰，幾個比較年輕的修女都不吃。瑪麗的老友天鵝頸閉上了外凸的眼睛祈禱著，也不肯吃。

這絕對是一記打擊。瑪麗本來還想慢慢思索這個新發展，但是當她朝那些沉默的修女望去，發現她們忍著微笑，還無禮地朝她張望，而史普蘿塔則瞇起眼睛注視她。

瑪麗也回瞪著她，試探著，但是史普蘿塔沒別開眼睛，於是瑪麗明白她的意志是一堵牆，又高又堅固，如果瑪麗想征服，就得用自己比較柔軟、液體狀一般的意志予以包圍。

更糟糕的是，第二天瑪麗去菜園要跟廚工說她這星期設計的菜單時，她看到那廚工朝史普蘿塔看了一眼，而假裝正在摘菠菜的史普蘿塔輕輕點了個頭。於是廚工才起身走向瑪麗，讓她看一份完全沒有肉類的菜單。

可惜那些牛尾會爛掉了，瑪麗說，抬起一邊眉毛。那廚工害怕得臉色發白，雙手顫抖，低聲說，啊，但是妳知道，史普蘿塔一直在鼓吹要更嚴守會規，她發現我們這些應該聖潔的女人都太散漫了。她預料如果我們不修正自己的作風，就會遭到一個嚴重的懲罰。

真聰明，瑪麗心想。往後任何無可避免降臨在修女院的壞事，都將會成為史普蘿塔的證據：乾草被閃電擊中而燃燒，一隻羔羊被沼澤吞沒，一個屋頂破洞而漏雨。壞事總是會發生；一個這麼龐大的產業，實際情況就是如此。

瑪麗要僕人幫她的馬套上鞍，騎到鎮上打算去跟客棧總管兼施賑吏露絲商量。露絲很有智慧，但同時也很氣瑪麗，所以會直言不諱。瑪麗發現她的老朋友坐在豔陽下，後方的客棧牆面爬滿了燦爛的紅色薔薇。露絲挺著大肚腩，臉胖得從包頭巾下頭擠出來。

露絲似乎沒看到瑪麗。瑪麗站得離她更近，直到幾乎要碰到對方了。她低頭湊近露絲。露絲的目光平靜地注視著空無。最後，露絲兀自咕噥說照在她臉頰的陽光被擋住了，說她是出來呼吸新鮮空氣，看看街上經過的人，但是一定有個女巫詛咒她，也或許是魔鬼的隱形烏雲正懸在她眼前，擋住了陽光。

瑪麗忍住笑說，不，她不是魔鬼的烏雲。而是露絲的院長和一個深愛她的朋友。真奇怪，她們兩個同是見習修女時，露絲都還沒有這麼幼稚，當時小露絲會用薊花的種子冠毛和破布做成祕密小玩偶，夜裡抱在懷裡。

露絲的雙眼猛地盯著瑪麗的臉說，啊，好吧，幼稚，如果院長想談幼稚，最幼稚的事情莫過於穿上神父祭衣、幫自己的修女姐妹進行假聖事了，彷彿彌撒並不是對靈魂永生至關重要的大事，而只是一場遊戲。真是不像話。她憤怒得全身發抖。

要是露絲的感覺這強烈，瑪麗輕聲說，那麼她就應該寫信去給修會的上司們——

但是露絲打斷她說，瑪麗自己也很清楚，她的確寫了信，很多信，但總之每封信都原封不動落到瑪麗手裡。看起來就連最不可能的人都被瑪麗收買了。甚至直接交到收信人手裡的信，也都出了錯。

那麼或許，瑪麗說，露絲得在祈禱中尋求安慰。事實上，或許她會跟露絲坐在一起，共同祈禱所有行惡者得到永遠的懲罰。也或者她們可以把祈禱留到稍後，現在只要享受白天的喜悅、照在皮膚上的溫暖太陽、盛放的薔薇、老友的陪伴。因為享受這種世俗喜悅，也是一種祈禱的形式。

聽了瑪麗的這番胡說八道，露絲雖然還在生氣，仍不禁露出笑容。

最後露絲說，在院長這麼有聲譽的修女身上發現如此世俗的一面，總是讓人覺得很異常。

瑪麗在露絲旁邊坐下，兩人一起呼吸著薔薇的芳香。

瑪麗開始談起史普蘿塔。雖然瑪麗可以感覺到露絲帶刺的憤怒，但也同時感覺到露絲在認真聽。當瑪麗說的時候，也看到街道上的緩慢動靜：白鵝大步走向前，後頭跟著一排小鵝；一個小孩蹲下來在一捆柴枝後頭拉屎：一輛輛馬車載著大頭菜和抹布，那些馬專注前行；施賑所門外聚集著要領施捨物的人。在小巷的邊緣有個褐色的東西在動，瑪麗盯著看，原以為是一隻巨大的老鼠，也或許是一大群老鼠，然後當那褐色的東西移到光亮處，她才看到那是兩個蹲著躲藏的痲瘋病人，母親是疾病晚期了，手指和腳趾趾都已經變短，鼻子塌陷，而且臉上有大大的腫塊，那小孩一隻眼睛已經盲目變白，眉毛完全脫落了。母子緊靠在一起，像人形的土堆。一個穿著細緻黑色亞麻連身裙的女人經過，看到那對母子現在緩緩爬進陽光裡，朝他們身上吐了一大團口水，她身後跟著的兩個小女孩穿著跟媽媽同樣衣服的縮小版，經過時也啐了一口。

瑪麗停止說話，觀察著。露絲跟她交情太久了，一下就看透她的心思。她忍著沒笑，說瑪麗的這個靈感似乎不是上帝所賜，而是魔鬼所賜。

瑪麗說她毫不懷疑這個靈感是上帝所賜的，否則修女院在鎮上另一端有棟附菜園的小房子，要怎麼解釋一直租不出去呢？這是天主的安排啊，她明白接下來該怎麼做了。

然後兩個女人忍著沒笑，一臉嚴肅，看著施賑所分發施捨物，那對痲瘋母子是最後爬到門邊的，伸出他們的碗並鞠躬。

瑪麗回到修女院之前，向露絲交代了一些事情。她擁抱露絲，但是露絲沒有回擁。當瑪麗吞下傷心而登上馬時，露絲終於說，小心點，說她深愛好友瑪麗，但是她痛恨那個佔據院長靈魂的魔鬼。

晚餐時，瑪麗又可以冷靜看著史普蘿塔，而史普蘿塔容光煥發，堅信自己內在的神性。

次日早上，瑪麗召集一個特別大會。這麼多修女，瑪麗心想，看著排列在她面前的那些臉；或許修女院人數已經到達極限。以後除非院裡有修女死去，她才會接受新的修女進來。唔，不過死亡在這裡是常有的事。

她站起來，修女們安靜了。她開口說話，生動地敘述了她在鎮上所見，那對可憐的痲瘋病母子，被吐口水，人類的性命比街上那些拖著垂地乳房的母狗還不如。她說起聖經裡痲瘋病人如何被愛治癒。說照顧世上最不幸的人，是修女的責任。

她的修女們臉上露出善良的光輝，啊她多麼愛她們。

最後她說，在禱告多次之後，她被賜下一個幻象，要把鎮上邊緣一棟附有菜園的房子建立為痲瘋之家，修女院應該負責照顧這些最不幸的人。聽到這個消息，修女們都一臉急切，因為她們大部分都真正是上帝的女人，全心奉獻給自己的信仰。

瑪麗繼續說。在神賜幻象之後，她祈禱一整夜，希望獲得指引，能選出一個修女擔任痲瘋之家的總管。她跪在小教堂裡，到了早上，她得到了答案。

她暫停一下，以製造緊張氣氛。

她說，新的瘋瘋之家總管，將會是親愛的見習修女史普蘿塔。

瑪麗看著那女孩身上的粉紅色完全褪去。

史普蘿塔站起來，以一種令人佩服的平穩聲音說，獲得院長指定真是莫大的榮耀。但是可惜啊，史普蘿塔發現自己只是個見習修女，還沒有領紗，而且還有好多事情要學習，才能跟得上其他正式修女。她很難過自己還得待在修女院裡學習幾年，才有辦法承擔這樣的責任。

瑪麗說，這個她也祈禱過，但是上帝告訴她，史普蘿塔的特殊光輝將會讓修女們忽略她的無知。在場的每個人都看到過，知道史普蘿塔連對土裡的昆蟲都那麼悉心照料。因為這種虔誠的光輝，她今天下午就會接受新職責了。

史普蘿塔提出異議，啊不，但她只是個小蟲，只是個糞金龜，配不上這麼大的榮耀。或許該找個已經證明自己能力的修女，去擔任瘋瘋之家的總管。當然了，論聖潔和行為得體的程度，歌達助理副院會是最適合這個職位的人。

聽到有人這樣熱烈地誇獎自己，歌達驕傲地昂起下巴。

瑪麗微笑著心想，助理副院長這個位置忽然出缺，就得投票選出新的人選。她佩服史普蘿塔的詭計多端，佩服她能想出這些高明的招數。

啊，看看史普蘿塔有多麼謙虛，瑪麗說。這麼謙虛又有風度！但是大家別忘了：

聖經上說，因為上帝要把自高的人降為卑微，又高舉自甘卑微的人。

史普蘿塔沒辦法再反對了，雙眼噙著淚水。在場深愛她的人以為那是虔誠而感動的淚水。

在第九時辰祈禱之前，一輛馬車上堆滿了麥酒和葡萄酒和麵粉和其他基本食物，加上亞麻和條紋棉布床單褥墊，史普蘿塔的追隨者們欣喜若狂地圍著車子，看著她晉升新職，而且這麼快。史普蘿塔旁邊坐著一個極瘦的暗褐色僕人，她在宣布之後就衝向瑪麗，懇求說她也要一起去，而現在她因為坐得那麼靠近這個美麗的女孩而全身顫抖、臉上一陣陣發紅。

那僕人後來將會垮著臉向露絲報告，說她們一到那棟房子之後，史普蘿塔就把自己關在後頭房間裡，在裡面大聲祈禱，而當僕人準備好濃湯要給第一批到達的痲瘋病人時，發現那女孩的窗子打開，馬棚裡的馬不見了。

天鵝頸哭著來找瑪麗，氣憤極了。她就算想喊也喊不出來，但她的低語卻更糟糕。這是妳造成的，天鵝頸說，妳和妳不敬神的驕傲。妳容不下這裡有另一個女先知，非得除掉競爭對手不可。

真荒唐，瑪麗輕聲說，我可沒有打開史普蘿塔的窗子，也沒踢腳要她的馬走路啊。

瑪麗寫信給史普蘿塔家，悲傷地報告這位叛逃修女的事情。說不幸中的大幸是史普蘿塔並沒有染上痲瘋；不過她是感染了自認聖潔的虛假念頭，事實證明這些念頭是魔鬼灌輸給她的。

對方沒有回信，證明她們窩藏著這個叛逃的修女，同時修女院也可以沒收那筆豐厚的入會金，瑪麗把這筆錢用為痲瘋之家的維護費用。

最後是樸素、安靜、年老的天鵝頸氣消了之後，自願代替史普蘿塔去當痲瘋之家的總管。私底下，她說她有個妹妹就是死於這種疾病。身體爛掉、飽受折磨是非常慘的事情。比起她那位死前都被家人保護、深愛的妹妹，大部分痲瘋病人的境遇要糟糕太多，被逐出家中，在外頭餐風露宿，挨餓而滿心怨恨。她說，她會讓痲瘋之家的病人保持清潔和溫飽，讓他們被愛且安全。

瑪麗摸著天鵝頸的雙手說，她真的很善良。

天鵝頸微笑。唉，她說，她當然不是聖人。只不過是個心懷慈悲的老女人罷了。像她這樣的善良之人很平凡。

瑪麗柔聲開口，不帶任何尖銳的意味說，唯有那些在無聖潔之處見到聖潔之人，才會覺得這樣的善良很平凡。

＊＊＊

四月一日，瑪麗在一片安靜中醒來——就像是寂靜中剛有一聲鐘響之後的空氣停滯——於是她知道夜裡埃莉諾死了。

一切都在旋轉，瑪麗正在往下墜落。從哪裡墜落？從一隻長期抓住她的手。月光如匕首刺入。在她四周，修女們起床、祈禱、烤麵包，她聽得到自己在這世界並不孤單。但她卻感覺寂寞無比。

有好幾天，人世的一切都失去了意義。瑪麗躺在院長居所的床上，荒謬地想著自己的身體像一個羽絨墊，裡頭的羽毛被一把一把抓出來。

她始終沒能發現埃莉諾的密探可能是誰；而這個疏忽現在讓她滿心憤怒。

一個星期後，瑪麗發現自己坐在書桌前。那封確認王后死訊的信攤在她眼前。蒂爾德正瞇起眼睛看著帳簿，但是歌達在房間另一頭注視著她。瑪麗抬起頭嗅一嗅。歌達身上有種獵犬的特質，她嗅到了看不見的情感。

所有人都像草一樣，歌達突然說，草的光輝就是田野的光輝；草枯萎了，花落了，但是聖子永垂不朽。她的聲音顫抖，雙眼看著院長書房的天花板，瑪麗這會兒好恨那天花板那麼完美，那麼高，沒有裂痕又純白。

謝謝，歌達，蒂爾德驚訝地說，但瑪麗懶得回應。

也許，瑪麗日後將會驚奇地心想，在王后死後，悲慟把她逼得有點瘋了。後來有人告訴她，她舉起一張桌子丟出去，手抄書、蠟燭、墨水散落一地，但是她完全不記得。她走過迴廊時，雙腳不聽使喚地亂踢，把一隻貓踢到牆上。事後她也不覺得懊悔，她向來討厭貓。有一回，她停止對修女們朗讀，兩眼眨也不眨地盯著她們腦袋上方，慢慢數到一百，而她的修女們就等待著，因為神賜幻象降臨在她身上時，她就會是這個模樣；但結果她沒有朝她們發出那種強烈的光，並宣布自己有什麼神賜幻象，而是閉上眼睛，像棵樹似地倒下。

埃莉諾死後沒幾個月，沃菲德突然成了寡婦——這是個不幸的故事，一個屋簷下的鳥巢，一把搖晃不穩的梯子，人墜落到街上，被一輛載著牛糞疾馳而來的馬車踩過——瑪麗騎馬趕去，把痛哭中的沃菲德抱進懷裡，吻她的頭頂，感覺自己的悲傷使得她為這個心愛孩子的悲慟加倍。沃菲德的幾個女兒都聚集在周圍。她跟她們一起禱告，也為她們禱告，直到她們都睡著了，沃菲德一整夜談著她失去的丈夫，她最親愛的伴侶，全世界最溫柔的人。瑪麗傾聽著，然而有一小部分的她覺得安慰，因為沃菲德懂得瑪麗的某些感受，因為她不必被迫獨自承受自己的寂寞了。

她每天第六時辰和第九時辰之間都會出去騎馬，風雨無阻。走過四月無休止的雨和五月的霧，在田野間不斷繞來繞去，恨不得能進入森林痛快馳騁。她夢想著去打獵好幾天，沿著血跡追蹤到一隻受傷野獸筋疲力盡藏身的地方，感受到那種殺戮的興奮，溫熱的血沾到手上。可憐的馬艱難地往前行。

她想用字句描述自己的悲傷，但是那就像是去抓一朵雲。

於是，當她騎馬時，就想著上帝。現在她明白，上帝一定最像天上的太陽，白天升起，夜裡安眠，不斷地更新自己；而且太陽很溫暖，會傾瀉出溫暖和亮光，但同時又冷漠而遙遠，總是持續前進，不在乎地上人類的生或死，從不改變自己的路徑，從不傾聽下頭地面上的聲音，沒辦法停下來注意人類的生活。祂擺脫掉我們人類想釘在它身上的種種荒謬故事，冷靜地存在，只有自己，光輝、遙遠而毫無意義。

陷入凡塵困境的人類要靠聖人和天使幫忙求情，高高在上的他們一定覺得這些骯髒的小生物像是蠕動的小昆蟲，在那邊叫喊著聽不到的字句。

六月過去，七月也過去了。到了八月，有回騎馬出去時，她看到那條供應啤酒坊水源、帶走廁所下方糞便的小溪在熱氣中乾涸了。她刻意沿著小溪往上游騎，最後小溪進入森林而消失。即使在乾河床上，也還是有大量黑莓灌木糾纏生長，刮過馬的皮膚，直到那可憐的馬身上流出一滴滴血，宛如紅寶石珠子。

終於，走過黑莓灌木叢之後，她進入了那片濃密的森林，再過去，她找到了最接近的一條迷宮中道路。

這裡的小溪隱密地藏在道路下方的隧道中，一般人根本不會想到流經這裡。過了那條路，她再度進入黑莓灌木叢中，經過河床，努力來到對岸，接著穿過的那片森林好濃密，她得平貼在馬背上，雙腳放在後方，而她那匹肥壯的馬必須縮起腹部，扭動呻吟著，好讓自己的身軀擠過那些緊密的樹。接著她們又來到路上。那匹馬一生中曾英勇血戰、打敗敵人，這會兒卻不肯第三度鑽入帶刺的黑莓灌木叢中，但是瑪麗又哄又罵，直到那馬只能屈服於院長更強大的意志。又穿過四片濃密的森林、四條道路，她出了迷宮。

這裡的樹縮小了，地面潮溼。這一定是王室的土地，她告訴自己，同時那匹馬的腳在泥巴裡中打滑。她拴住馬，脫掉木鞋，不管那沼澤吸著她的雙腳和小腿，繼續往前走。

最後她終於來到一片林中空地，好寬闊又好奇特，她還得揉揉眼睛再仔細看一下。這是一片沼澤地，裡頭矮小的沼澤樹像是一隻隻手搔著低低的天空，還有大叢的綠褐兩色蘆葦和病懨懨的青草。最後她的視線停留在環繞著這片空地周圍的奇怪藍色碗狀岩石上。

她感覺到自己指尖的火；但那快速在她體內旋轉的火又消失了，她後來寫道，她不確定自己所看到的是聖母馬利亞所賜的幻象、或者只是自己幻想出來的。

但是她看到的是，這片水將會被攔在她所站的這個地方。沼澤地的水滲入泥中，最後成為那條溪，這裡將會築起木製的閘門，以鐵輪將閘門升起或放下，所以那一片大大的藍色碗狀岩石裡就會充滿水，形成一個湖。當閘門關得夠緊，小溪一年到頭就會有少量水流出來。在比較熱的幾個月，綿羊會在溪邊喝水解渴，還可以涉入溪中涼快一下，流動溪水的美妙聲音會加入修女院的夏日聲響。這條小溪會冷靜而持續地流過啤酒釀造坊下頭，修女院在夏天也會有新鮮的麥酒和蜂蜜酒，不像現在都得喝不新鮮的麥酒和去年的葡萄酒。溪水還會帶走修女們發臭的排泄物。

這個幻象很好，雖然可能並不是神賜的。她昔日的雄心又因此燃燒起來。

她會從這個無用的、充滿爛泥和臭氣的沼澤，打造出一個有用的湖泊。如果有人要說這不是她的土地，那麼她心裡的那股怒氣已經準備好要施展自己的威力，對抗膽敢存在的王室。儘管最稱職的國王已經死去，但是如果可以，她會用自己的雙手摧毀新的王室。

艾思塔說沒錯，這樣的計畫是行得通的，而且她說的時候帶著昔日的機敏，那張瘦臉依然年輕，只有眼睛周圍的細網狀皺紋顯得老一些。她興奮得顫抖，而且又是蹦蹦跳跳。

副院長蒂爾德反對，說她們不可以、絕對不可以把不屬於自己的土地灌滿水，那是竊奪，但瑪麗畫出她的計畫給大家看，於是就沒人要聽蒂爾德說什麼了。

對於又要展開另一個建築工程的計畫，沃菲德皺起眉頭。她說這是沉重的負擔。而且她們為什麼要擴張得更大？這個修女院為什麼要佔據更多土地？她說，這樣瑪麗會一路擴張，直到她控制這整個溼爛的大島。講到最後，她根本是用吼的。沃菲德說自己已經工作得累死了，修女們也已經富有得引起眾怒了；這個冬天她們施捨的衣服是羊毛料的，而且精緻得連一般富裕主婦都穿不起，她們抱怨不該免費把誠實的老百姓都買不起的好衣服送給窮人。

時光對待沃菲德並不仁慈。幾十年來不斷代表院長出外，不斷衝突，不斷收到怒氣、怨恨和辱罵，不斷努力收取租金，不斷被太陽曬著她的臉；而且新寡的悲慟讓她老得更快。她雙眼下方有深深的黑色眼袋，她嘴邊、耳下、下巴底下都有奇怪的肉垂。自從守寡以後，她就帶著兩個年紀最長的女兒——小沃菲德，以及郝伊瑟——

同行，因為這兩位姑娘已經逐漸成為母親的副手，分攤母親再也沒辦法負荷的超量工作。母女三人身上都有羶味，發亮的皮革外衣有一股臭味，那是由她們的身體、她們的馬匹、壞天氣、鄉間的泥煤和潮溼、她們隨行帶著保護自己的狗所混合而成的。當瑪麗仔細觀察沃菲德的兩個女兒時，一時覺得無法呼吸：兩人都生著母親年輕時的臉，黑睫毛濃密，雙頰粉紅。

瑪麗一副理所當然的口氣說，這個工程是要讓修女院堅不可摧。要是碰上旱災，要是井水枯竭，修女院就還是會有水，修女們就依然可以不受侵犯。她提醒她們會規裡的規定：要自給自足。

艾思塔說別擔心，這其實不是什麼大工程。只不過是迷宮或修女院新建築的一小部分而已。

沃菲德身體前傾。有那麼一刻，她感覺上像是一棟建築物；這位地產管理人正凝聚意志，要對抗瑪麗的意志。房間裡其他女人屏住呼吸，看著她們之前無法想像的，就連令人敬畏的瑪麗也可能棋逢對手。

但是歌達腳步沉重地走進這個氣氛緊張的房間，甩著手。她剛剛不得不淹死三窩小貓，可憐，但是那些貓太好色了，活該。她哈哈大笑，然後四下看著，問怎麼回事。沃菲德身上那種凝聚的威力感不見了。

沃菲德點點頭，沉重地說她會照瑪麗的意願去做。

蒂爾德有點太大聲地說，即使是竊取自王室，也還是竊取。

瑪麗厲聲說她們什麼都沒有竊取，那塊土地還是會在原來的地方，修女們只不過是讓那土地變得有用而已。蒂爾德張嘴，閉上，又張嘴。她無法鼓起勇氣，於是嘴巴又閉上，不再張開了。

她們開始動工。採石場切下一塊塊大石頭，手推車出動，清理樹木，移走樹樁，沼澤地面築起一片平台好進行作業。第一批鋪下的大石頭被泥巴吞沒。最健壯的幾十名修女在地面上像螞蟻般移動，所有的工作都進行得迅速且安靜。不太可能有任何王室的密探看到她們的行動，因為想看到她們，頭一個就要先闖入迷宮，或者必須從一條鮮少使用的小徑上頭的一個小定點往上看，還要有鷹隼般的好視力，才能看到那片碗狀岩石內的動靜。在這個小定點上，只要往前一步或往後一步，就會被樹遮住視線。但是若有人碰巧看見而說出去，這種事也不是不可能發生的，沃菲德低聲這麼告訴瑪麗；儘管這一帶的王室或修女院所屬土地上，修女院都更受人民愛戴，但是總難免會有少數效忠王室的人。

碗狀岩石內將會成為水壩，她們先把開口兩邊築好；同時在修女院裡，鐵匠和木匠修女蹲下來，對著她們畫在泥土地上的草圖研究，然後鍛造坊開始忙碌，鐵鎚成天敲敲打打，回音充滿了寒冷的空氣。天空開始落下白雪，在工作的修女身上融化，滲入她們的會衣。瑪麗每天騎馬出去幫她們打氣，帶熱食給她們。她會跟她們一起祈禱，有時還留下來彎腰逐一拿起石頭，填入那道通往水閘頂的外部階梯，因為即使老了，她還是很強壯，身體也渴望這種動用肌肉的辛苦工作。在修女院，每當清早第一時辰祈禱後、修女們集合要出發去工作時，沃菲德就會催她們要更加快速度，她臉色蒼白清癯，雙手插在束腰外衣裡取暖，說她們務必要在隆冬時節之前完工。一開始水壩的水深高度到小腿，接著是到腰部，再來升高到臨時牆上，這道臨時牆日後是要裝上水閘的；好多東西都已經淹沒在水面之下，青草、罕見沼澤鳥類的巢、蛇類的窩、河狸築的小壩。最後幾隻只有在這片溼地才能見到的奇異紅色蠑螈，被從冬眠的巢穴趕出來而死去，內臟被一隻鳥啄開。那些扭曲的樹，矮小但古老，見識過羅馬帝國和丹麥來的人入侵英格蘭，現在眼看著水一路淹沒它們最頂端的樹枝。這個新形成的湖，邊緣結了閃爍的冰。為了要把打造好的水閘運送到預定裝設的地方，動用了四匹挽馬並排竭力往前拉，不過修女們很幸運，當時地面已經結凍了，使得這趟運輸比一個月前要省力太多。中間有一場暴風雪讓所有施工暫停，修女回到黑暗而封閉的修女院，一開始是鬆了口氣，讓她們覺得自己像是疲倦的工作馬被帶回舒適的馬廄，但很快地，舒適成了一種囚禁感，她們又渴望起戶外的空氣。看著屋頂滴水形成的垂冰愈來愈長，她們開始想念春天。

最後，她們愉快地鬆了口氣，天氣暫時好轉了，那是一個冰雪閃爍的冷天，積雪形成堅硬的冰，她們可以走在上頭。修女們完成了水閘外的階梯，工作迅速以保持溫暖，水閘穩妥地安裝好，有了艾思塔高明的設計，閘門輕易且安靜地升起又放下。艾思塔讓幾匹馬拴上鍊子，另一頭連接到那道擋水的臨時牆，她大喊著讓馬同時拉，於是馬拉斷了那道牆，轟隆隆一道攪動的褐色水湧出水閘，直到艾思塔降下閘門，而水減少為一道穩定的水流。即使在深冬，溪水仍歡樂地沿著溪床奔馳，水量多得彷彿是春天融雪或下雨的水漲時節，從道路的下方穿過，進入田野。

幾里格之外，在修女院的羊欄裡，牧羊修女們將會聽到一陣雷鳴般的巨響，抬頭看見遠處一道起泡沫的急流，經過乾燥的溪床衝過來，讓人聯想到一群沒人騎的馬全速奔馳，然後她們歡欣大喊著。

沃菲德跟瑪麗並肩站在水壩上方，望著那一大片沒有光澤的湖面。

瑪麗打量著周圍。她辦到了。她辦到這個了，把碗狀岩石堵起來，讓裡面充滿了水。她感覺自己的雙手、雙腳、腹部都散發出光輝。

她感覺自己像女王。她感覺自己像教宗。

但是在她旁邊，沃菲德發出喘息聲。這幾個月工作時她一直在咳嗽，而且愈來愈嚴重，後來咳嗽中還開始有嘎嘎聲。瑪麗看著這位地產管理人，握住她一隻手臂，看到她曬黑皮膚底下的蒼白，還有她結實身體底下的瘦削。瑪麗擔心地問沃菲德身體還好吧，但現在她感覺到她皮膚散發出來的熱度。

沃菲德說只是小毛病，努力擠出微笑。說她的肺有點狀況。

她一直工作得那麼辛苦，瑪麗說，交代她一定要回家休息一下。瑪麗又派人去找奈絲特，請這位醫務師去鎮上沃菲德家照顧她，好確定沃菲德會聽話休息，因為沃菲德只要不能騎馬出去辦修女院的事情，就會不高興。

接著修女們撤離水壩周圍，把迷宮中道路的那些缺口盡量先補好，打算等到春天再來種上幼樹和灌木；之後大家沿著溪床走回修女院。比較年輕的修女看到自己努力帶來了那些奔流、翻騰的白色溪水，興奮得跳舞唱歌，而年紀較大的修女則看著她們大笑，雙手跟著打拍子。

管窖人瑪蜜兒知道這一天是收工日，早就跟廚工計畫妥當，宰了一頭肥豬烤好，還做了奶油韭蔥派，以及其中最美味的一道：以牛奶和切碎香草植物所烹煮的濃湯。

兩天來，奈絲特都捎來謹慎的訊息：沃菲德病得相當嚴重，但是只限於她的肺部，沒有進展。

到了第三天，瑪麗騎馬到沃菲德家時，奈絲特跑出來庭院，疲倦的臉顯得蒼老。沒有碧翠絲在旁邊幫她放鬆，她的肩膀又回到靠近下巴的緊繃狀態。啊瑪麗，她說，然後說她很遺憾瑪麗不能見沃菲德，說沃菲德需要睡眠，這比什麼都重要。

最早的一批綿羊開始產下小羊，歌達和助手在羊欄裡架高的附輪活動式小木屋中過夜。啊，好吧，並不會不舒服，歌達告訴來探望的瑪麗，至少沒有寢舍裡的臭腳丫和屁味。一隻羔羊死產，還有母羊生下羔羊就死去，歌達拿了死產羔羊身上剝下來依然溼潤、依然帶著血跡的羊毛，用繩子綁在孤兒羔羊身上，那顫抖的羔羊寶寶用鼻子碰自己的新媽媽，母羊嗅了嗅寶寶，發出一個叫聲，幾乎像是女人的痛喊。

潮溼空氣中的濛濛細雨逐漸變大，成為夾著雪的大雨。瑪麗在泥濘中走回修女院，想著那隻披著死羊皮的小羊，想著這樣的預兆意味著什麼。

她在洗浴間擦乾自己，然後仔細考慮了兩回，才下令幫她準備洗澡水，想著沃菲德發痛的身體若是泡個熱水浴會多麼舒暢，她知道自己無法把這種舒適轉給其他人，但她還是相信自己的仙女祖先美露莘的魔力或許有辦法透過空氣伸展，因為美露莘也喜歡沐浴。誰敢說這樣的魔法會有什麼樣看不見的路徑。

因為下雨，天黑也提早，晚禱後緊接著就是睡前禱。瑪麗在倦極睡著前獨自躺在床上。有個什麼在滲透，一片黑色濛霧籠罩大地，有個又大又黑的東西潛伏在瑪麗的視野之外。雨水猛烈地打在窗子上。

她躺在床上，直到聽見外頭傳來奔跑的腳步聲，同時鐘聲狂響，她起床時知道自己害怕的消息終於到來。她穿上平常離開修女院去辦事所穿的那件海豹皮舊斗篷，迅速跑出去，穿過果園到庭院。黑暗中一片喧鬧，有個人喊著溪水淹過堤岸，女佃農們用難以理解的英語大喊著什麼，其中一個罩著兜帽、臉被遮暗的女佃農走近瑪麗說，啊那些綿羊會被淹死。瑪麗想到睡在羊欄裡的歌達和其他修女，感覺像是一隻冰冷的手伸進她胸腔，按住她的心臟不動。她派艾思塔和三個強壯的女佃農騎馬到水閘去，然後從那些匆忙點燃的火把中抓起一根，用最快的速度衝進黑暗中斜飛的雨，進入田野，朝羊欄跑去。她跑了又跑，彷彿永遠跑不完，地面吸著她的腳跟。

終於，瑪麗看到一片隆起處上的一叢黑影，走近時，看到是獲救的綿羊，同時修女們正跑進水深及腰的田野裡想救出更多。浮在黑暗中的蒼白影子就是溺水的綿羊。瑪麗走進水中，冰冷的水淹到她的腰、她的肋骨。寒意攫住她，溼溼的羊毛會衣緊黏著她的雙腿。她發現一隻母羊站在另一隻死去的姐妹身上，兩隻前腳恐慌地划著水，而儘管那母羊是一般兒童的兩倍大，而且瘋狂地扭動，瑪麗還是把羊抱在懷裡，帶到隆起的高處。四下一片昏暗，直到遠處有一根火把接近，忽然照亮了蒼白的羊毛，那些綿羊在丘陵高處擠成一團。現在更多火把往前，她看到水已經漲得太高，大部分修女沒辦法安全離開，於是擠成一團在哭。瑪麗已經不如往日那麼強壯，不過她還是回頭進入淹到胸部的水中，兩邊手臂上各抱著一隻羊回來。再一次，再一次，再一次，再一次，水淹到她脖子了，她舉高一隻全身不動、但是還有呼吸的羔羊。

不過現在歌達的臉在黑暗中起伏往前，頭巾不見了，雨水從她剪得很短的腦袋傾瀉而下，她雙眼瞇成細縫，喊著這樣夠了，這樣夠了，她們已經失去夠多了，不能連院長也失去。夠了。瑪麗聽到自己打哆嗦的聲音，那是一種從腹內湧上來、經過喉嚨的呻吟，她沒辦法停止，也無法讓牙齒不再打顫。她腦袋歇在歌達的一邊肩膀上，歌達伸出雙手抱住。啊，歌達用她的母語英語說，冷靜下來吧，讓妳的心冷靜下來，我最親愛的，我的院長，彷彿瑪麗是一隻不安的母牛，同時冷雨灌入瑪麗的脖子。

清晨的天光照出了這場大破壞的規模：三打綿羊溺死，外加一隻因為太幼小而無法游到安全處的牛犢，另外有一個修女肺裡進水。水閘被強行破壞了，艾思塔面色凝重地說，需要三天才能修復。為了安全起見，就地溼透的可憐綿羊群就安置在果園。

那些愚蠢的生物毫無記憶；又開心地四處尋找掉落的爛蘋果。那隻多穿了一層羊皮的羔羊奇蹟似地獲救，也在果園裡蹦蹦跳跳，彷彿從未嚐過失去親人的滋味。

沃菲德三個最年長的女兒主動來到修女院。小沃菲德、郝伊瑟、米爾柏嘉。她們站在瑪麗面前，每一個都嚴肅而蒼白，瑪麗悲傷又內疚得真想把她們全都擁入懷中。若是上帝給她孫女，那就會是沃菲德的這幾個女兒了，她們都是瑪麗的榮耀，而現在她們就要失去母親了。

瑪麗等著她們會說出氣話，指責她害她們的母親工作到病倒，但是那三名年輕女子緊靠著她，吻她，她真不懂她們為什麼還愛她，她不值得她們愛。都是瑪麗失去自己深愛之人的強烈悲慟，才會害沃菲德病倒；一切都該怪瑪麗巨大的自尊和傲慢。

三姊妹說，她們去檢查過壞掉的水閘，顯然是國王的密探破壞的。她們還說，這場戰役將會持續下去，而且對方的手段會狠毒多倍，除非她們追獵到下手的人為止。三姊妹要求瑪麗讓她們去執行這個任務。這種工作不適合神聖的修女們，而且她們三個可以從中得到安慰，因為水壩和閘門會是她們母親最後一個努力的工作計畫。沃菲德辛苦的呼吸聲不分日夜充滿那棟房子；她身體腫脹，眼神狂野。她們很樂意逃離那棟房子，否則會發瘋，她們說。她們會找到破壞閘門的人，並確保類似的事情絕對不會再發生。

瑪麗警告她們，要是她讓她們去辦這事情，就等於是修女院允許她們犯下罪行。

小沃菲德笑了，她的犬齒尖尖的，跟她母親一樣。她在這裡，瑪麗心想。沃菲德最黑暗的部分，重現在女兒身上。

接著小沃菲德說，幸好瑪麗是聽取她們告解的人。

次日晚禱到一半，瑪麗發燒了，到了頌唱謝主曲時，她的亞麻內衣已經完全溼透。她感覺自己的頭頂在冒氣。食物讓她噁心。她攔下一個正匆忙提著一桶髒水經過的僕人，叫那個嚇壞的孩子去通知馬廄裡的人幫她上馬鞍，她得騎馬去鎮上。

這發燒，她相信，是逼她去找沃菲德。

她騎馬時，拂過臉頰的涼爽空氣感覺很好。黃昏的鎮上一片安靜，所有人都回家跟家人吃飯休息了。途中瑪麗碰到有個人騎馬飛奔經過，但黑暗中看不到對方的臉。

到了沃菲德家，她把韁繩隨便一扔，跑進屋直奔樓上亮著燭光的房間。她上樓梯時，聽到一個刺耳的聲音，像是金屬在鐵砧上磨，心知那是她可憐的沃菲德在呼吸。

在房間裡，奈絲特正把一條溼毛巾敷在沃菲德腫起的紫色臉上；她抬頭，很驚訝。院長一定像傳說中那樣有魔法，她告訴瑪麗，她一定是乘風飛來的。幾分鐘前，奈絲特才派碧翠絲去找她來。

在枕頭上，沃菲德恐慌地看著瑪麗。

沃菲德的女兒們都在陰影裡，她們也才剛到家，帶著一股馬匹和汗水的氣味，郝伊瑟的長襪上有一塊深色汙漬，米爾柏嘉的束腰外袍上有一道潑濺痕。瑪麗的目光掃過她們一眼。郝伊瑟點頭，嚴肅而蒼白。事情辦好了。

瑪麗也點了一下頭。她們的注意力又回到可憐的沃菲德身上。

瑪麗脫下木鞋，爬上靠近牆壁的床，一雙巨腳從邊緣垂下去。她抱住沃菲德，想把這女人的痛苦拉到自己身上。沃菲德的呼吸變得比較不吃力了；突出的眼睛閉上。女兒們走上前來，最年幼的、紅潤而美麗的依丹把母親的頭髮從臉頰往後拂。

瑪麗一再看著奈絲特。這位醫務師一開始搖頭，然後當瑪麗不肯讓步，臉上露出命令的表情，奈絲特終於沉默地在院長的意志下低頭。她轉身把一整個小瓶子裡的鴉片全都倒進杯子裡，餵著沃菲德喝，同時拿一塊白布湊近沃菲德的嘴，想接出溢出來的藥水，但是完全沒溢出來，因為瑪麗輕拂沃菲德的喉嚨，而努力呼吸的沃菲德閉著眼睛，把所有藥水都吞下。隨著鴉片逐漸吸收，沃菲德的刺耳呼吸聲減緩了。

小沃菲德表情冷靜但臉頰溼溼的，她要求瑪麗幫她母親做臨終告解，於是瑪麗盡可能聲音清晰地進行，她帶來的聖水倒在手上，被她自己發燒的皮膚弄得太溫熱了。

等到她進行完畢，沃菲德的女兒們跪下來，頭靠在母親身上。

房間裡的那種痛苦讓瑪麗幾乎受不了。禱告有幫助，但是更有幫助的是故事。於是她告訴沃菲德的女兒們，當年她們的母親剛到修女院當獻身兒童時，有另外一個獻身兒童討厭她。當時這個女孩年紀是她們母親的兩倍，而且塊頭大上很多很多。有大約兩個星期，她會在時辰頌禱禮時偷掐沃菲德，等到她睡著時把她推下床，故意害她絆倒而跌進屎堆裡，諸如此類的。沃菲德都冷靜承受，一次都沒有抱怨過，人人都以為她是謙卑的典範。

此時女孩們開始微笑；她們太了解自己的母親了。

瑪麗繼續說，但是其實，她們的母親在等待。終於，有天夜裡狂風咆哮得好厲害，修女們幾乎都聽不見自己的聲音了，而且每個人都很緊張，因為發瘋的蓋莎修女在當天晚間吃齋日點心的誦讀時站起來，信心十足地說這是月圓之夜，狼人會變為巨大的狼，在窗外喘氣，看著床上睡覺的基督徒。而沃菲德躺在寢舍裡自己的床上，觀察著那個壞心女孩起床，點亮一根小蠟燭去上廁所。她赤腳偷偷跟著出去，即使當時冷得要命。當那個女孩進入廁所後，沃菲德就悄悄拿起自己老早為了這一刻而藏在草叢裡的那塊馬蹄鐵，塞在門上，讓那個女孩困在那臭氣沖天的骯髒地方。然後她耐心等在黑暗裡，那壞心女孩踢著門大喊，但是風聲太大，沒人聽得見。接著那女孩的蠟燭燒完了，沃菲德就拿了一跟掃把敲擊廁所牆壁，把裡頭的女孩嚇壞了，直到最後昏過去，而沃菲德就回去寢舍睡覺。後來在守夜祈禱前不久，獻身兒童的導師醒來，發現那個壞心女孩的床上沒人，於是到處找，才把廁所裡那個半凍僵的可憐女孩放出來。到了早上，導師叫所有女孩排成一排，問是誰做出這麼可惡的事情，沃菲德就站出來用她稚嫩的聲音說是自己。現在她們扯平了。而儘管那導師為了這件事狠狠揍了她一頓，但沃菲德並不後悔。

幾個女孩大笑。郝伊瑟說聽起來就是她們母親的作風。

米爾柏嘉說，她有回跟著母親到修女院的一個佃戶家裡，主人端出果仁蛋糕和很好的蜂蜜酒要招待，結果她母親忽然站起來跳出窗子，因為她發現這家人只是想拖延時間，好讓僕人把一半的綿羊帶到遠處的一片草地，隱藏他們真實的財富。

小沃菲德說她當天也在場，她們的母親當然猜對了。

依丹問那個壞心女孩後來怎麼樣了，她們最後成為好友了嗎？因為沒有人可以生她們母親的氣太久。她們見過這個修女嗎？

瑪麗一手摸著那女孩的頭，朝她微笑。她沒說這是個悲傷的故事，才幾個月後，那個可憐的女孩就被一隻受驚的馬摔下來，死於頭骨破裂；而瑪麗從來不會忘記自己的修女、也從來不會忘記任何事，卻忘了這個曾深深傷害沃菲德的獻身兒童名字。

蠟燭快燒完了，一臉疲倦的奈絲特又點了一根新的。伊丹頭靠在母親的胸口睡著了，此時沃菲德發出嘎嘎的呼吸聲。她長長的睫毛闔在臉頰上。瑪麗屏住氣，等著沃菲德再次呼吸。或許，她胡亂想著，雙手放在沃菲德心臟上方，把自己的力量往下注入那靜止不動的身體，全心全意懇求著。活過來，她心想。要是聖母能向瑪麗顯示一個奇蹟，那就一定是這個了，讓沃菲德的呼吸回到她的肺裡，血液衝到她的臉上，讓她的雙眼睜開，被太陽曬黑、有裂痕的大手再度碰觸瑪麗的臉。但是沉默持續著。瑪麗的恐慌逐漸消失，她終於移開兩手。好吧，她心想，這個方法以前也沒救活她母親。她整個人的力量那麼強大，但是這雙手卻沒有辦法製造奇蹟，把死人救活。她看著沃菲德幾個女兒緩緩明白的臉，一個接一個，她們知道自己的母親走了。

我們會在來生看到她，瑪麗說。她太痛苦了，只能如此相信。

奈絲特回修女院。那些女兒都悲傷地入睡。

守夜祈禱時瑪麗坐在屍體旁邊，這是最後一個她以私人身分、而非院長身分全心深愛的女人。全都走了：她母親、五個阿姨、瑟希莉、王后、沃菲德。

隨著夜愈來愈深，發燒逐漸退去，瑪麗忽然經歷了一種轉變。這回沒有穿著白亮得像在發光的身影出現，上方也沒有雲朵裡傳來堅定的聲音；只有這個她精神上的女兒之死，還有無盡的黑暗。

她這輩子都懂得祈禱，但是在今夜之前，祈禱始終就像把一枚許願的硬幣丟進水裡，只是模糊地向外送出去而已。此時她祈禱的對象不是強加在她身上的、堅定的三位一體，而是朝向聖母馬利亞，而且這個聖母有一張瑪麗的母親的臉。即使在祈禱時，她也在反叛。

現在她看清了本來應該很明顯的事情。她當了聖潔的修女，過著清白無罪的聖潔生活，她說了各種正確的話，但在心底，她一直渴望著自己反叛的光榮感。

瑪麗的傲慢害沃菲德病死。她無休止的渴求吞噬掉她精神上的女兒。她必須擴張這個修女院，一直以為這個修女院就是她自己身體的延伸。她的行動向來就是為了回應這個問題：只要能給予她自由，她就可以在這個世界有什麼成就。

現在，坐在死去的沃菲德旁邊，瑪麗放棄了一直在心中燃燒的那種渴求。她會繼續維持原先所得到的一切。她會學著知足。對於一個如此野心勃勃的人而言，這個悔改將會證明是一種意志力的考驗，是一場無休止的摔角比賽，對手是那個生著她的臉的惡魔。

她將會放棄自己長期對修女院中心之美的抗爭，她將會讓種種否定吞沒掉她的自我。啊，她心想，她已經好老、好疲倦了。

就在天亮後的那個早上，她悲慟地騎馬回修女院，在極短暫的幻象閃現中，她看到樹木上方赫然聳立著一隻石鷹，像一座山那麼大。儘管這一天瑪麗行經的森林溫和而明亮，但是那石雕鷹的上方有一片黑色的雷雨風暴正在肆虐，裡頭還夾雜著閃電。而在傾盆大雨之下，那鷹的石雕羽毛很快融化，臉上的鳥喙和雙眼滴出灰色水流，彷彿那鷹是鬆軟的泥土做的，而不是岩石雕刻成的。

馬繼續往前走，那幻象消失了，天空又逐漸恢復為藍色。瑪麗眨眨眼，又能呼吸了。這個幻象是有關安茹帝國的，這個國家的努力奮鬥終於走到了盡頭；很快地，埃莉諾過往那麼小心翼翼建立的一切都將崩塌，化為烏有。

瑪麗嘆氣，雙手撫過疲憊的臉。崩解是人類不斷重複的狀態，她告訴自己；有關洪水和大方舟拯救一對對生物的故事，只不過是一首重複傳唱歌曲中第一次出現的副歌，地上世界逐漸地一再縮減，一個接一個文明化為塵土，直到夏娃的子女們隨著啟示錄的末世死去，七個封印，七枝號，七位天使，七個碗。到最後地上會裂開，惡者會被扔進火湖裡。瑪麗覺得地上的石頭和土壤和水，將會落到這個燃燒的結局，由於人類的愚蠢和貪婪，使得人間太熱而再也無法承受任何生命。所以塵世的一切都將結束；就算到時候瑪麗還有意志力想阻止，也阻止不了。

7

生活緩慢。時間錯綜複雜。

一個個年輕稚嫩的見習修女來到，在院內工作與祈禱。一個個正式修女死去而擺脫肉身。

時令日週期，包括聖誕節期，復活節期。聖徒日週期。各個季節自有其顏色：鴿灰到綠色到花彩到金色。每個月的月初、初九、月中。每個星期的六天，安息日。夜晚與白天。

守夜祈禱、晨曦禱、第一時辰祈禱、第三時辰祈禱、第六時辰祈禱、第九時辰祈禱、晚禱、睡前禱。

在唱詩班裡，修女們準備要唱某節特定的詩篇時，從痲瘋病院回來找瑪麗商量的天鵝頸可以感覺到那些獻身兒童的眼睛、她們幾乎無法克制的歡喜。她們唱到天主降下青蛙毀掉田地時，天鵝頸就下巴收到胸口，吹脹臉頰，睜大眼睛，迅速吐著舌頭。一陣響亮的咳嗽聲來自獻身兒童和見習修女們，甚至還有正式修女。這是天鵝頸每碰到這節詩篇時都會開的老玩笑，幾十年了；這個小事是年輕人在教會年曆中很期待的，也是大家很愛天鵝頸的原因。

知道所有的古老週期都將會重新循環，令人感到安心。

老年降臨在歌達身上，像是晴天霹靂。她因為指節紅腫去找奈絲特敷藥膏。當奈絲特把藥膏擦在她手上按摩時，這位助理副院長嘆著氣閉上眼睛。奈絲特看著歌達緊閉的、周圍有皺褶的小嘴，驚嘆於自己初到修女院是好久以前的事情了，當時她是一名悲慟不已的年輕寡婦，被歌達嚇住了，她的愛罵人，職位的權威，講得很快的英語和法語，她良好的貴族血統。但是這些年下來，奈絲特逐漸了解，只要你照顧一個成年人的身體夠久，你就會發現潛藏在裡頭那個嚇壞的小孩。對病痛呻吟抱怨的聲音愈大，那個小孩就愈小。而歌達就是個剛出生的嬰兒。藥膏應該已經開始發揮效用了，但奈絲特沒放下歌達的手，還是繼續輕輕按摩著，直到第三時辰禱的鐘聲終於響起。

現在，無能、瘋狂和貪婪為這個大島帶來了一種新的黑暗，國王和羅馬之間開始爭鬥。

一二〇八年，教宗對英格蘭發出禁行聖事令。無論健康或生病的人都同樣受到處分；因為在生命之中，死亡同在。不准舉行彌撒，屍體不准埋在祝聖過的土地。只能為嬰兒施行洗禮，以及為臨終人舉行傅油禮。各地的人都會悲傷、驚駭，而且所有城市的人都會受苦，她們無法告解，無法領聖體，深愛的死者會放到屍體爛掉也無法下葬，空氣中會充滿他們腐爛的臭氣。

瑪麗閱讀到這個可怕的消息時——比抵達英格蘭宮廷的信使還要早幾天，因為她的情報網更快也更好——她放下那張羊皮紙，氣得視野邊緣都發黑了。

自認為是她教會上司的這些人，總是選擇如此愚蠢又殘忍得沒有必要的手段。為了傷害國王，就打擊無辜的人民。就這樣以權力腐蝕思想和靈魂，她心想。

在她居所的樓下，一個僕人走調的嗓音唱著一首小而悲傷的歌，瑪麗聽著擦洗地板的聲音，以及那歌聲，還有母牛在牧草地上哞哞叫，聽了一會兒。

舊日的恨意在她心中湧起，上升。

好吧，這個禁罰的事情，她不會告訴院內的任何修女。她們將完全不知道，此事不會對她們的生活造成影響，不會打擾她們的平靜。她們會一如往常那樣快樂度日，知道自己是上帝最鍾愛的。

修女院這個孤島所認知的最高權威，將會只有瑪麗。

想到這裡，她發現連自己都有點興奮。

幾天後，教區送來一封令人震驚的信：啊，高貴的剽悍女子，妳的智慧勝過其他同性典範，信的一開始這樣寫，接著要求她要讓院內修女持續祈禱這個處罰能撤銷。

她感覺到蒂爾德在她身後，也在看信，她讓這位副院長繼續看。

我們遭到教宗禁行聖事令的懲罰？蒂爾德極其直率地問瑪麗。

唔，沒錯，全英格蘭一概如此。但是各修院還是可以進行時辰祈禱，瑪麗說，好像這樣就解釋了一切。

蒂爾德坐下，頭緩緩前傾，直到最後臉貼在書桌表面。瑪麗等著。同時聽到下方修女院擦洗地板的刺耳聲音，唱歌的聲音。但是蒂爾德一直沒動。

我是修女院裡所有人的牧羊人，最後瑪麗終於說。我是院長，要保護並指引我所有的修女姐妹和僕人和佃農。不必仰賴外人，我們自己就很完整。

瑪麗，妳距離成為教會領袖非常遙遠。蒂爾德說，聲音被書桌悶住了。

以那些教會聖職人員來看，沒錯。但是在所有人類中，我們謙卑而溫馴的神聖姐妹們坐得離上帝之手最接近。而且我們的修女院被視為全英格蘭最虔誠的。如果塵世有任何與神溝通的中間人，那個中間人就是我了，瑪麗說。因此，我不承認這個處罰。

哪裡來的神賜幻象告訴妳可以這樣的？蒂爾德抬起臉問，那張柔軟而羞怯的臉氣得好厲害，搞得瑪麗心臟都慢了一拍。沒有？這回沒有神賜幻象？蒂爾德說。那麼妳剛剛所說的，或許不是真的。

是真的，瑪麗說。她從來沒這麼確定過。

蒂爾德嘆氣，頭又放到桌面上。她說好吧，那就這樣辦吧，但是院裡的修女在外頭都有家人，都遭到禁行聖事令之苦。至少應該讓修女們知道自己的家人在受苦。

於是瑪麗才興奮地意識到自己贏了；蒂爾德不會阻礙她了，她會告訴修女們有關教宗對英格蘭的禁罰，但是她們不會被教廷降臨在全島的烏雲所影響，她們會待在瑪麗保護下的明亮溫暖中，孤單，但全院團結一心。

但是一如往常，死亡搶走了瑪麗這場勝利之感。

艾思塔雙手伸進乳牛棚運作中的泵浦裡，但是有一隻老鼠佔住在裡頭，咬了她的大拇指。真沒想到，艾思塔心想，看著那咬傷，而當這一天的種種事件都出乎她的預料，她就愈來愈生氣。她沒理會那咬傷，繼續過日子。才一星期，可憐又乾瘦的艾思塔就眼睛發直、流口水、口吐白沫，胡亂說著魔鬼騎在她身上，而且她一直好渴，渴得伸出又大又黑的舌頭，接著過幾個小時就死了。瑪麗邊哭邊收拾著那具X型腿的屍體。

之後，有僕人因為發現身邊只有女人，很不高興，於是在夜裡溜掉，帶著一大塊扁圓形的上好乳酪，還有最精美的一塊祭壇布，上頭裝飾著珍珠。幾個月後，有人在迷宮裡一個窄窄的圓凸形區域裡發現她，一堆亂糟糟有汙漬的破衣、屍骨被動物翻尋過，似乎是死於寂寞和恐懼。乳酪早已被野獸吃掉或滲進泥土裡，但是修女們發現那塊祭壇布仍完好如新。這是奇蹟！其他僕人說，不過瑪麗聽到有人偷偷說那不是奇蹟，而是院長對那塊布下過詛咒，當那女孩偷走神聖的祭壇布時，詛咒就跟著她了。

接著有一天，一整個早上都看似有暴風雨即將來襲的威脅，蓋莎修女變得瘋狂起來，她在手稿上畫的不是拿著自己眼珠的聖璐琪，而是一顆蘋果樹，但是樹上的蘋果其實不是蘋果、也不是蝴蝶，而是一個個敞開的女性性器官。等到最後，一整個下午累積的壓力終於結束，狂野的夏日暴風雨爆發，在咆哮的大風和雷聲和黑色的怒吼天空下，這位瘋修女就手舞足蹈地進入羊欄，被閃電擊中而死，一個小而渾圓的黑洞從她的頭骨鑽入，再由左腳跟穿出。

瑪麗親自清洗這具殘缺的屍體。沒了這位瘋修女，修女院會多麼無趣，其中的色彩和美麗都會逐漸消逝。她沒縫合蓋莎的嘴。她要留著那些露出的藍色牙齒，開心地面對死亡。

但是稍後，透過葬禮的美好，透過修女們的歌聲，她又覺得重拾信心了。瑪麗想著：自己年輕時各種深埋在心中的厭惡，經過時間的擠壓，不知怎地都變成了愛。

因為這個修女院很寶貴，在這裡，連最瘋狂、被拋棄、難對付的人都有一席之地；在這裡，連最不討喜的女人都分得到足夠的愛。要是蓋莎孤零零地迷失在世俗世界的殘酷中，她的人生會多麼短促而寂寞。要是蓋莎沒有這些愛她的修女姐妹，這瑕疵處處又艱困的修女院生活，將會少去多少她所帶來的美。

這種充滿女人和工作的平靜生活是好的，瑪麗心想，非常非常好。她很驚訝自己以前居然那麼憤怒地抗拒。

現在是一二一二年。瑪麗七十一歲。

教宗的禁行聖事令數年來沉重地籠罩著英格蘭。折磨著修女院外的信徒們。

瑪麗在倫敦宮廷內的密探報告說，在歐洲各地，父母們紛紛幫自己的孩子購買結實的鞋子和衣服，包好小袋的香腸和硬麵包和乳酪，把這些純真的小孩送去加入前往聖地的兒童十字軍。瑪麗想像雨點般的純真孩童大批湧入十字軍國家，在途中迷路且挨餓，被擄走當奴隸，在海裡被淹死，飽受痛苦。而在家鄉，他們的父母開心地大吃大喝，確信只要把孩子送走，就能幫自己在天堂買到位置。

曾經，瑪麗以為十字軍是神的人身拳頭。但現在她知道十字軍是可恥的，源自於傲慢和貪婪。

瑪麗氣得發抖。她放下手上的信，正要把自己的感想告訴蒂爾德，這位副院長進入中年後開始有斜視。但是一個聲音在外頭喊，蒂爾德跳起來奔向門。歌達和瑪麗彼此看了一眼。瑪麗又默默開始閱讀她的信，此時門開了，副院長牽著一名老婦進來。

蒂爾德笑得露出滿嘴牙齒，搞得瑪麗不明白她是哪根筋不對，然後蒂爾德說，院長，這位就是院裡新來的養老人。

瑪麗審視著那老婦。顯然自己應該要認識她。或許是以前的獻身兒童始終沒成為修女，選擇去嫁人，現在老了要回來。或許是曾在修女院受教育的女孩，在歷經一段好婚姻之後回來。那女人穿的深色衣服式樣簡單，但是布料華貴，連身裙的褶邊和上身都有精緻的刺繡。

然後那女人露出微笑，說出瑪麗的名字，兩頰的皺紋間有大大的酒窩。瑪麗緩緩站起來。

歲月並沒有剝去這個年老女人過大的耳垂和下垂的眼皮；但是有另一個人站在那

個老婦的位置，那是瑪麗的金髮瑟希莉，她的第一個朋友，圓滾滾、粗野又深情。她記憶中的那個女孩和眼前的這個老婦合而為一，一起朝瑪麗伸出她們的手。

打從有記憶以來，瑪麗首次發現自己說不出話來。

瑟希莉說她回到瑪麗身邊了。終於。就像她當初承諾過的那樣。三次婚姻，每次都比上一次更富有，但現在她再也不會結婚了。沒有子女，有很多錢可以給修女院當養老金。她回來照顧瑪麗了。

這麼多年來，瑟希莉從來沒寫過信，瑪麗終於開口。說她還以為瑟希莉死了。

瑟希莉說，唔，這完全都是瑪麗的錯，當年這個笨女孩只教她認字，卻沒教她寫字。她開始喜極而泣。

這一切全都是蒂爾德副院長安排的，瑟希莉解釋。蒂爾德說她已經幫瑟希莉準備好養老仕女住的房間。但是這位老僕人說她絕對不會住在裡頭，而是吩咐自己的僕人把東西搬進瑪麗的院長居所。瑪麗沒阻止。她只是握著瑟希莉的雙手，驚奇地笑著。

為了預先杜絕閒話，蒂爾德堅定地告訴其她修女，說這位新來的養老仕女小時候和瑪麗一起長大，情同姊妹。她這麼說，也是為了防止自己心中升起不安。

最後的這幾個月，瑪麗睡在床上，又有瑟希莉幫她溫暖身子了。

8

最迅速的一次神賜幻象降臨到我身上了，瑪麗在她的書中這麼寫道。在聖母賜予我的歷次幻象中，這是第十九次，也是最甜美的一次，因為我得到時，就知道這會是最後一次。

我已經老了，活了七十幾年，就像果園裡的一棵老樹，多節瘤的樹幹在春天長出蓓蕾和花朵，但是所有的甜美養分都集中在秋天的少數果實裡。

那幻象降臨時，我們正聚集在修女院內的小教堂裡祈禱。我的修女們在唱《詩篇》第八篇……你陳設的月亮與星辰……就在頌唱出這個字和下一個字之間，奇異的火碰觸我的皮膚，同時我眼前降下了一個世界之始的幻象。

在這幻象中，龐大又光輝的上帝是一隻大母鳥靜坐於黑暗的水面之上，似在沉思。靜坐到一半，落下了幾顆發亮的創世之蛋。那些蛋裂開，殼裡裝的東西湧出來。從第一顆蛋裡出現了光，劃分為白晝與黑夜，從第二顆蛋裡出現了天空。從第三顆蛋裡出現了地面與海與結果子的地。從第四顆蛋裡出現了太陽和月亮和星辰，從第五顆蛋裡出現了所有空中與水裡的飛鳥和魚。從第六顆蛋裡出現了所有陸地上的走獸，以及人類的第一對父母。

但是第一對人類的小小身軀躺在地上不動，彷彿泥塑的玩偶，直到上帝的雙翼拍起一陣風，吹過新生的土地和海洋和森林；這陣大風把生命吹進了人類身軀裡，他們動起來，坐起身看著四周。

因為這大風就是聖靈，像接生婆一樣，從嬰兒的嘴裡吻出生命，讓嬰兒得以呼吸。

上帝用她的蛋，將良善降生到世界上。

上帝的聖靈用她的氣息充滿我們，使得我們活起來。

而我脫離幻象，回到自己的肉體，嘴巴還正要唱《詩篇》的下一個字。

在我旁邊，那些蜂蠟細燭忽然全都閃爍起來，隨著聖靈的吐氣而熄滅，這讓我確認了自己所看到的真理。

在四下一片黑暗中，我跟修女們講述了這個世界的美麗，而且我看到自己很快就要離開了。

而且我也知道，這將是我所看見的最後一個幻象。我感覺到那些幻象都已遠去。因為我已經傾訴了一切，就像倒光的水一樣。我的骨頭全都脫離關節。我的心臟已經化為蠟，在體內融化。

＊＊＊

瑪麗七十二歲了。在埃莉諾、沃菲德相繼死去後，她心中的鬥志也隨之消失。只剩下一種對住在修女院外的人愈來愈大的恐懼，恐懼他們的邪惡，恐懼他們對神的無知。

她好疲倦。她感覺自己的雙乳之間有一顆蛋緩緩變硬。她母親也曾生出過這種蛋；而她外婆也是如此。她還記得母親臨死前皮膚變得多麼灰暗，龐大的身軀瘦到只剩骨頭。

蒂爾德副院長跑來跑去忙著管理；她會成為一個優秀的院長。或許沒什麼創意，但是瑪麗覺得相當有理由確信，蒂爾德將會維持前任院長所努力的成果：瑪麗在這個潮溼骯髒大島上奮戰了漫長的幾十年，在這個奇怪的修女院裡，她建造了一層殼，一個主教堂，一個家。

瑪麗和瑟希莉一起坐在院長居所的前廳裡，打開的窗子迎入四月的寒風。一小綹從瑟希莉頭巾裡溜出來的白髮揚起又落下；她的雙手緩緩從空無中變出一棵金線編織的生命樹。有好一會兒，瑟希莉一直在講一個故事，但瑪麗都沒在聽，注意力全被別的事情吸引走了：樺樹附近那一小片溫暖而有樹蔭的凹地裡所種的薑剛冒出新芽，窗台上那隻大如指骨的綠色昆蟲正在用雙手打理自己的小臉，下坡果園裡一群見習修女正在學習桂多手[18]的歌聲，奇妙地織進了瑟希莉故事中粗糙溫暖的金線裡。但現在瑟希莉正講得愈來愈激動，快要講到痛哭宣洩的高潮，瑪麗猛地把注意力轉回來，認真聽著瑟希莉正在說的故事。那是個老故事，瑟希莉自己的廚子母親用發亮的小刀削蘋果皮時很愛講的；是關於一個貴族淑女非常美，雙眼燦亮極了，每個看到她的人都會愛上她。這位淑女日夜不得安寧，她去打獵時也被人追獵，走路時被人跟蹤，騎馬時被人追趕，夜裡總有人對她唱歌，於是她無法睡覺，她的侍女睡覺時必須兩手各握一把匕首，以防止那些心有邪念的人偷溜進她的臥室。最後，這位淑女被自己的腦子逼得沒辦法，來到窗前，對著下頭花園裡黑暗中看不見的、正在奏出樂音的魯特琴和長笛，她憑著一把火炬的亮光挖出自己的雙眼，大叫說如果他們這麼想要她的眼睛，那就給他們吧。然後她把血淋淋的眼睛扔出去。

但是在瑟希莉故事說完、可以盡情痛哭之前，瑪麗就噓聲要她安靜，說她一直

18 Guidonian hand，將音符繪在手掌各指節，以記憶音階和唱名的方法。

覺得這個故事奇蠢無比，說如果故事裡的這個淑女很美，那麼她就是因為美而受到懲罰，但是在真實人生裡，女人生來不美，才更可能受到懲罰。

瑟希莉不耐煩地厲聲說，瑪麗自己也很清楚，瑪麗從來沒有被認為美麗過，但她卻沒有因為長得醜而受到懲罰，而是變得偉大，現在她坐在全島最聖潔的修女院中，備受尊敬與喜愛，是國王的女性男爵，擁有的土地比這裡大部分貴族還要多，而且絕對是豐特夫羅以北最富有的修女院長。要是瑪麗是美女，或甚至同樣醜、但有多一點溫柔女性氣質的話，她就會被嫁掉，可能老早就在生小孩的時候死去，而她唯一留給這世界的就是一個小貴族女兒，忙得都不記得母親的臉長什麼樣子。事實上，瑟希莉說，正是因為瑪麗長得不美，才造就了她。

瑪麗有點憤怒地看著瑟希莉。她想跟她扭打，就像小時候那樣，扯她的頭髮，擰她手臂和臀部的皮膚、直到擰出紫紅色瘀血，咬她。她低沉而尖銳地說，瑟希莉搞錯了。造就瑪麗的沒有別人，只有瑪麗自己。

瑟希莉聽了輕蔑大笑，說是啦，她是靠自己奮鬥成功的哩！就像一隻蠕蟲是從泥巴裡生出來的。不，從她在母親的子宮裡只是一顆種子開始，瑪麗就是由他人形塑的：包括她母親、她剽悍的阿姨們、她的書、她的錢；王后把瑪麗送到修女院，在造就瑪麗這件事上頭的影響比瑪麗自己要大。瑪麗生來什麼都有，尤其是生來很醜這個天大恩賜，她要再說一次，要不是瑪麗這麼幸運、生來這麼醜，她現在就會在塵土裡腐爛，讓蛆爬過她的胸廓。

風吹得瑟希莉那絡白髮不斷輕拍著她的深色羊毛頭巾。她的雙頰發紅，又回到童年時代，坦白而直率。但現在她臉上出現一抹困惑，她擔心地說瑪麗的雙眼不可能變得含著淚吧；她沒說什麼嚴重到會惹得一個德高望重的老修女院長哭的，對吧？

瑪麗眨回淚水，冷冷地說，她從來不曉得瑟希莉認為她這麼令人厭惡。

瑟希莉彎著不靈活的膝蓋跪在瑪麗面前，握住她的雙手湊到唇邊，說瑪麗血管裡或許有一些意外的貴族血統，但其餘的部分就完全是個老傻瓜。因為若是論起心靈的力量、良善、聰慧和溫柔，都強大到令人讚嘆，相較之下，美貌根本不算什麼。比起一座山，美貌只是一粒塵埃；在著火的穀倉旁邊，美貌只不過是一根乾草而已。

瑪麗要她站起來，說她真是個老土包子。但是她臉紅紅，幾乎無法忍住笑意。而向來實話藏不住的瑟希莉抬頭，看著那張有鬍子和皺紋的臉，還有清晰明亮的褐色眼珠，心知自己安慰了瑪麗的自尊，直達內心深處。她還有很多刻薄話可講，但是出於愛，瑟希莉忍住了。

＊＊＊

現在院長都睡得很多。她坐在太陽下，旁邊的薇伏瓦絕對超過一百歲了，竟然還活著。薇伏瓦已經失去講話的能力；只會咕噥、臉上扮出各種表情，就像瑪麗上輩子在西敏宮廷見過的那些猴子一樣。

很快地，瑪麗就虛弱得沒法出去戶外了，她躺在自己的床上，努力隨著每一次心跳而祈禱。

當她沒睡著、但是假裝睡著以防有人來打擾時，就會思索自己的一生。有些回憶鮮明得有如神賜幻象。瑟希莉，在田野裡好年輕，她們溜出曼恩的莊園要去盧昂的那幾天，碰到一場突來的暴雨，一開始是小雨，接著雨變大，馬就開始小跑，來到一片充滿乾草堆的田野，她們鑽進一個大型乾草堆裡乾燥的內部，兩個女孩扭動著脫掉衣服，拉了羊毛毯蓋住自己，大笑著，因為彼此身體這麼靠近，還有兩人移動肢體碰撞，還有雨聲和乾草的甜香。她們往後躺，緊貼著取暖，瑪麗感覺到瑟希莉的心跳傳送到全身各處，感覺到她枕著瑪麗手臂的太陽穴的脈搏，她的氣味好強烈，辮子中心是檸檬香蜂草和薰衣草，皮膚是蜂蜜和野蔥和上頭腐爛的葉子。她們以前總是隔著衣服互相摩擦，但從來沒有像這樣裸著身子；從來不敢。瑟希莉眨著眼睛，睫毛拂過瑪麗的手臂。瑪麗按住瑟希莉，數到一百。心想到了一百，自己就要放開手，或是吻瑟希莉了。但數到二十一，瑟希莉轉頭，嘴唇緊貼著瑪麗的脖子，瑪麗抬起一手摸瑟希莉的臉，手指找到她的嘴唇，這裡沒有人會看到或阻止她們，不必在馬廄門打開、陽光和一個剪影背對著天空出現時喘著氣分開，沒有人知道她們在乾草底下的地上，瑟希莉冰冷的手害羞而緩慢地觸摸她的膝蓋內側，往上經過長長的腿，來到她兩腿之間的最深處。她的左手放在瑪麗頭部下方，右手擁抱著她。瑟希莉在她的嘴唇之下微笑，瑟希莉的手四處兜轉，但是沒碰觸瑪麗最希望被碰觸的地方，反而將手移開，來到臀骨和微微隆起的腹部、肋骨和乳尖，最後她才終於願意把手又往下滑，非常溫柔地貼著瑪麗的核心，那是瑪麗以前從不敢要求瑟希莉碰的，於是將瑪麗緊緊包圍在內的那道牆開始崩塌，她脫離理智，陷入由她的核心所發散出來的愉悅鈴聲中，這是以往所有時刻——在雞舍與馬廄那些鬼鬼祟祟的親吻，在河裡摔角、同時小魚啃咬著她們的腳踝——的高潮；最後她終於失去了思考的能力，喜悅在她全身奔流，深感狂喜，因為自己活在一個如此豐富的身軀內，活在這個充滿美好、令人驚嘆的物質世界。一整夜，直到令人驚奇的白晝來臨。

即使到現在，她這具病中的身軀仍有小小的愉悅鈴聲迴盪著。

但並非一切都那麼美好。也有痛苦。痛得就像被看不見的小野獸啃噬或猛咬，比方狐狸或黃鼠狼。

而在這樣的痛苦中，她回想起自己剛到修女院的那幾個月，當時她像是個叛教的天使，從天堂的光明被扔到地獄的黑暗裡。

她一次又一次回想起，就在她接掌修女院事務後不久，有一夜醒來後心緒不寧，於是出門進入無星的深濃黑夜中。那個白天，有一隻小牛跟她的母親分別。母牛和小牛都哞哞叫了一下午，直到入夜，叫到讓某些心軟的修女都難過極了。之前瑪麗稍微抱怨時，歌達亙巴巴說把母牛和小牛分開是有必要的，除非修女們不想要她們的牛奶和奶油。於是瑪麗就不吭聲了，因為她很喜歡她的牛奶和奶油，而且讓她覺得難過的是，牛奶和奶油似乎好得值得讓這些動物受苦。到了傍晚，母牛不再叫了，但是這會兒瑪麗的腳步聲想必吵醒了睡著的母牛，那母牛四下看看，伸腳又要去找她的小牛，沒找到，於是又開始哞哞叫，這會兒瑪麗靠得很近，格外感覺到那叫聲悲傷不已，因而一時間熱淚盈眶。那母牛的痛苦龐大又有力，像一股浪，瑪麗淹沒其中，覺得自己的痛苦也被一掃而空。她走進牛欄裡，找到那頭母牛，安慰地撫摸她的側腹。但那母牛挪動身子，頭正對著瑪麗，那顆大而粗糙的頭頂貼著瑪麗的胸部和腹部，於是瑪麗雙臂抱著那沉重的下巴，感覺到那母牛失去小牛的悲慟衝入她體內，就這樣，她在他者的受苦中忘了自己。稍後，當守夜祈禱的鐘聲響起時，她在黑暗中彷彿目盲般地走回去，想著這一刻是否自己最靠近神——不是其實已死的母親，不是曬暖土地、哄著種子冒出土壤的太陽——而是在自己中心的那種空無。不是耶穌，因為說出耶穌就限制了那種無限之大；而是耶穌之外的寂靜，其中蘊含了無限生命。

於是她明白，她心中的風景跟她的修女姐妹們看起來如此不同，她們從小就被教導要渴望去從屬於別人、而她沒有，她們相信的一些事物是她心底認為很愚蠢、配不上女人的，這些都不重要。她們充滿了良善，就像盛滿葡萄酒的杯子。瑪麗並不是那樣，也永遠不會是。當然瑪麗的確有偉大之處，但偉大跟良善並不一樣。

那一刻她明白，自己可以如何利用這種偉大，協助她的修女姐妹們；她可以放棄心中那種熱切的個人之愛、轉為一種更大的愛，她可以環繞著其他女人建立一座精神上的修女院保護她們，避開寒冷潮溼，避開等著將她們生吞活剝的教會上司，她會憑自己建立一座看不見的修女院，以她的靈魂建立一個更大的教會，在這座自我的大廈中，她的修女姐妹們會成長，一如嬰兒們在黑暗、溫熱、搏動的子宮中成長。

當她進入只點著一盞燈的小教堂，看到陰影和深色會衣中只有一張張修女的臉發著微光在頌唱，她覺得她們彷彿是柔弱赤裸的嬰兒，漂浮在黑暗的羊水裡。

現在她已年老，在醫務室的藥草氣味中即將死去，她想著好奇怪，臨死之前，會想到的不是漫長美好舒適的快樂時光，而是最短暫的狂喜時刻、黑暗時刻、掙扎、熱情、饑餓和悲慘的時刻。

她對著在那段痛苦時刻的自己微笑，當時的她好年輕，因而相信自己可能會死於愛。真是傻，老瑪麗會對著那個孩子說。張開妳的雙手，讓妳的人生自行發展。這人生從來就不是妳的、從來無法聽任你的意志擺佈。

9

瑪麗病得更重了。

有一夜她看到一群地獄之犬，在外頭的黑暗地面上繞著圈子打轉。

她坐起身，急著想警告院內的修女們。

一個甜美的聲音叫她別出聲了，溫柔的雙手扶著她又躺下。她們脫掉她的頭巾。她認出那雙手的溫暖，還有那藥草的氣味。奈絲特。啊可愛的、容易緊張的奈絲特。

她年輕時，有一頭最濃密、最美的頭髮，有個人哀傷地說。現在妳看看。白得像冰。她認得那個聲音，努力想著叫什麼名字，卻想不起來。但是那張臉來到她面前；金色乾草裡有酒窩，或者頭髮像是乾草。嘴唇有如心臟般跳動。年輕。

為什麼她看不見？她眼前一切都變成灰白色。她想告訴她們，但忘了是什麼事情。很緊急。她一定要講。她看到自己巨大的雙翼仍張開在修女院上方，要保護這裡。

她聽到遠處的吠叫聲。是了，是了：地獄之犬，愈來愈多跑來了。

現在她聽得到他們了，聽得到他們沉重的爪子跑過地面的聲音，速度好快。在她修女院的土地上挖洞。咬死綿羊。嗥叫，呼喚著地獄的姐妹們前來。她好想告訴她的修女們認真聽，帶著十字架和她們的祈禱書出去，把那些狗趕走。

因為這個了不起地方的修女們，已成為神聖七塔其中一座，能讓邪惡遠離世界。

因為她們的良善和虔誠，才能將聖母恩典保留在地上。

因為她們的祈禱，就是撐起天空的支柱。

現在有個人在說，可憐的院長病得比她願意承認的更久。好幾年來她都會痛得喘氣，一手按著雙乳之間。摸摸看，那裡的腫塊硬得像石頭。

啊，院長不會告訴她們疼痛的事情。她不會想害院裡修女們擔心。她自己的母親就是這樣過世的，還有她的外婆也是，這是家族的詛咒，唉。瑪麗的外婆過世時，瑪麗的年紀還很小，但是她後來親眼看著自己的母親生病。她現在臉色死灰，就跟她們當年一樣。應該快了。

在眼前的灰白中，有個人的呼吸聲格外刺耳。

那疼痛正在啃噬瑪麗。

嘴巴無法說，眼睛看不見，雙手沒法摸，雙腳無法走，她也無法從喉嚨發出聲音。快了，她就快死了。

末日：海面上升，海面下降，海裡冒出咆哮的怪物，海水沸騰，樹木流出鮮血，地震搖垮建築物，丘陵化為塵土，所有人類四散驚逃，死者的骨骸升起，星辰從天空墜落，天與地焚燒，地面釋出死去的好人、到天上接受最後審判——是的，審判即將來臨。

一隻母鹿在冷水冒出的水汽中焚為白色，是母親，是女王，頭上的鹿角架就是她的王冠。

院裡的修女們，準備好面對末日。

連要吸口氣都好痛苦。

她再也無法保護院內的修女們了，她很快就要感謝聖母賜下的禮物，她會為院中修女們代禱，她很快就會躺在自己的母親旁邊，讓母親肌膚的暖意傳出來，溫暖這具冰冷的軀體，充滿愛意地碰觸她鬈曲的深色頭髮。

最後的臨終儀式。

她能做的一切都做完了。

她看到一個女人躺在箱子內。

不，她就是箱子裡的那個女人。她如蛇般滑動，躲開從各個角落插過來的劍，在黑暗中扭著身體，免得被接下來插入的劍給刺中，那些劍好無情、好鋒利，每把冰冷的劍都緊貼著她，但是沒有一把割得她破皮流血。

是的，她的人生就像這樣。

唱讚美詩。

我自己的葡萄園，在我面前。

瑪麗切望著，切望著，整個身體都竭力往前探，黃金，天堂的音樂，解脫。看見神，不是分裂為三，而是單數。上帝，單數，女性。她已經有一個永恆的修女院，這樣便已足夠。

快一點，我心愛的。

就這樣了，她心想。於是果然如此。

葬禮莊嚴，之後的餐宴盛大；日後傳給其他修院輪流書寫、又傳回來的亡者捲軸上，將會充滿對瑪麗院長的讚揚，顯然在全國各地沒有其他女人會被如此尊崇地記憶。瑪麗很威嚴，死去了也依然很偉大，而且她的名字甚至能在那些從不認識她的人心中引發恐懼。

還記得瑪麗接手修女院之前那種貧窮狀況的人，已經沒有幾個在世了，只剩歌達，以及當初跟瑪麗同是見習修女的露絲和天鵝頸。這三個老修女在葬禮餐宴上講了一些故事：一星期有十四個修女死於瘟疫；歌達用自己的身體保護最後一頭乳牛，不讓四個餓壞的修女拿著廚刀去宰殺來吃，當時吃飯時只有悲慘的烤大頭菜，獻身兒童紛紛餓死。還有巨大而瘦削得像隻鶴的瑪麗，來到修女院的第一天騎著她那匹戰馬走出森林，完全不像個救星，當時餓得奄奄一息的修女們在院裡隔著窗子遮光板往外看著她走近，希望破滅地哭了起來。

但是想著如今長滿蔬菜的夏日菜園、在花叢間穿梭的蜜蜂、在吟唱雕塑下的葡萄藤、院裡飼養的豬和綿羊和山羊和雞和牛、結實纍纍的蘋果樹，兩位昔日的見習修女露出微微的笑容，知道眼前這些修女雖然聖潔而真誠，但是無法完全相信她們所說的故事。

她們把瑪麗的遺體埋葬在小教堂主祭壇的石頭下，那是最榮耀的地方。有人談到封聖。夜裡已經開始有女佃農跑來，在靠近瑪麗埋葬的地方祈禱，還有一個粉瘤、一個手腕骨折、一個牙齒膿腫不藥而癒的傳言。

蒂爾德被選為院長後，連續八天夜裡都在夢中驚醒，感覺自己的心臟猛烈跳動得好厲害，像要逃出她的胸膛；到了第九夜，她在同樣的恐慌中醒來，便起身到小教堂祈禱。

她把隨身帶的細燭放在祭壇上，跪在旁邊，但在這裡她還是覺得無法平靜，腦中的思緒不受控制地亂飛。她發現自己望著牆上在微光中舞動的壁畫：末世毀滅，最後審判，抹大拉的馬利亞放下的長髮及腰，樸素的長臉像馬。一道大大的金黃強光往下照在天使報喜的童貞聖母臉上。啟示錄，有兩張臉的巴比倫大淫婦騎著她的惡龍。

然後她脖子感覺到一股小小的涼意，像是有人在旁邊朝她吹氣。這個人或非人就站在她後方的中殿裡。她吞嚥著，看到舉在面前的顫抖雙手，於是唸著禱詞，同時緩緩站起來。她伸手去拿蠟燭，但是手碰到燭台時，火焰熄滅了。黑暗中的裊裊白煙盤旋在她的手上方。

她下定決心轉身看，看到隱約有一抹微光，就在瑪麗埋葬的石頭正上方。她毫不懷疑，心知她所看到的就是老院長的鬼魂，但稍後她會自問，那會不會其實是月光照在外頭櫟樹光滑的葉子上、映入窗內，使得折射的光在空中顫抖著。

瑪麗院長始終胸懷大志，那是一種焦急、常常難以抑遏的憤怒，但從來不邪惡；蒂爾德之前跟瑪麗並肩工作二十多年，這點她非常清楚。隨著這個思緒，她感覺到自己的恐懼逐漸褪去，腦子開始冷靜下來。

她雙腳轉向那抹微光，走近時，那微光似乎翻動著、重新調整形狀，又跟她拉開距離。於是她讓那微光引導自己走到戶外，黑暗的樹在寒風中搖動，她經過了落地腐爛蘋果的甜膩氣味，走向院長居所。

憑著那引路的微光，她穿過黑暗，來到那張堆著她未完成工作的書桌。在月光下，她看到了白天忽略的東西；架子上塞滿了一捆捆幾世紀以來歷任院長的作品，其中很多都是出自瑪麗的手筆。

但是當蒂爾德走到門前，時光彷彿一層層從她身上剝離，在黑暗中，一個幻象出現在她眼前，她看到以往一度的瑪麗，就在被選為院長的幾個月前，當時蒂爾德才剛成為見習修女、成為抄寫室裡的抄寫員不久，根本不敢期望王后會提拔她當副院長。瑪麗的臉此時已經固定為英挺樸素的模樣；她站在橘色的晨間側光中，對著剛進門的蒂爾德微笑，那時的蒂爾德好年輕又膽怯，帶著一個其他修女無法解答的拉丁文問題來求教。蒂爾德敲門時，瑪麗院長一手本來拿著修女院的封蠟印模，看到蒂爾德，瑪麗就把印模小心翼翼地放在一本皮革裝訂的小書上。她喊了蒂爾德一聲，而聽著院長嘴裡吐出她的名字，讓蒂爾德一陣激動。院長回答了她的問題，毫不猶豫，一臉歡喜的笑容。

然後這段回憶褪去，蒂爾德院長點燃了自己的細蠟燭，翻尋著那些書，直到她找到當年那本曾經暫放著印模、令她記憶太深刻的小書。

她一路閱讀著，沒停下來參加守夜祈禱和晨曦禱和第一時辰祈禱，等到閱讀完畢，她揉揉太陽穴。這是一個陰冷的灰色黎明，十一月十三日，窗外的微弱天光照在冰凍的地上。她跪在壁爐前自己生火，因為她已經鎖上房門避免有人打擾，也不會讓僕人進來。她注視著爐火，好給自己思考的時間。

她一直知道瑪麗院長是個出色的謀略家，在修女院事務方面是個周全而聰明的管理者，也是個到處都有密探和同盟的精明政治家，跟大人物和小人物都能成為朋友，更是個有自己信念的善良、明智女人。她見過她從蜘蛛網裡救出一隻被纏住的蝴蝶，見過她被夕陽光輝感動得跪地。沒錯，曾有一些關於巫術的謠言；但是有權勢的女人總難免伴隨這類謠言。然而，蒂爾德始終相信聖母賜給瑪麗的幻象並不真的是神賜，而是瑪麗以想法編造出來的願景，好向修女們推銷她的建築計畫。蒂爾德原本並不相信她的院長是神祕主義者。神祕主義者是空靈脫俗的人，但是瑪麗跟空靈脫俗恰恰相反。她龐大、高壯，由她的饑渴所支配。

同時，關於那些神賜幻象，還有一點讓蒂爾德不安；因為那些幻象感覺上比較不像聖經裡帶著權威的神之話語，而是比較人性，如果要她說實話，或許感覺上並不是神賜的、而是完全創造出來的。

但是院長的鬼魂之前想跟她講話，一定有什麼意義。

她拚命思索著，卻想不出可以怎麼做。

她重新閱讀那本小書，一次又一次驚訝至極，因為要是這些神賜幻象的內容在瑪麗院長活著時流傳到外界，她會被當成異端、綁在火刑柱上燒死，而院內的修女都會被逐出而四散各方，修女院多年來累積的財富會被那些貪婪的教會上司們搶走，他們已經覬覦多年，恨不得把這些財富據為己有。

在瑪麗的神賜幻象中，夏娃和聖母馬利亞親吻；上帝是一隻巨大的母鴿，下蛋到世上；瑪麗自己是保護者，權力遠遠高於任何女人。單獨來看，每一個神賜幻象似乎都不是非常異端，但合在一起，那種想像力太超越常理，讓蒂爾德驚嘆不已。她有摀住自己雙眼的衝動。

把這本書流傳到外頭是不可能的，這點她已經知道了。作者是誰很容易就會被發現，而院裡剩下的修女將會立刻受到嚴厲的懲罰。蒂爾德院長已經打算，為了謹慎起見，要停止自己主持彌撒與聽取告解，毫不爭取就把這個權力交還給教會的上司們，因為她也覺得女人的雙手太小太軟弱，握有這麼大的權威讓她覺得不安。光是把瑪麗這本神祕主義的書留在修女院裡，她就已經覺得很危險了。

接著她心想，只要把這本小書放回其他書後頭，先藏著，等到她有了處理的智慧再說，但此時她聽到走廊傳來助理副院長的沉重腳步聲，接著歌達握住門把想打開，蒂爾德恐慌得一時腦袋空白，拿起那本小書扔進火裡，當藍色火焰迅速吞噬羊皮紙時，她看著瑪麗精心寫下的字有如蜘蛛腳般皺縮。

蒂爾德沒有天賜的神祕視覺，她無法看見這次焚燒中失去了多少：一位前任的種種痕跡，可能為下一千年展現出一條不同路徑的種種願景。一次新嫁接的強壯母株沒了。善意的花朵有可能多麼緩慢才會綻放，而惡意的毒花盛開了好幾個世紀，遠超過原始植株的生命。

修女院逐漸崩塌，地球變暖，雲朵拋棄了這個地方，蠑螈和鳥類消失，而在熱而乾燥的新世界裡，在這個已經改變、沒有修女的陌生地方，廢棄的古代修女院建築痕跡在草地上形成一道道乾褐的線條，而迷宮的線條則被埋在後來更加貪婪的人們所建造的道路和房屋之下。

不，這位新的修女院長如此善良、如此服從、如此虔誠，她只感覺到一種可怕的陰暗與焦黑的歡喜在心中擴散，她開始隨著這種感覺顫抖，因為她從來沒體會過毀壞的愉悅有多麼深刻。

她在毀壞中所體會到的這種愉悅，日後將會令她思索、深感不安；這種愉悅感覺上很基本、很人性，伊甸園中的蛇第一次在夏娃耳邊發出的嘶嘶低語，想必就是這個。

等到歌達進門時，瑪麗那些神賜幻象的所有痕跡都已化為灰燼。

歌達大吼著說院長絕對不能鎖著門、不讓其他修女們進來，這是不允許的，即使是院長。她會大吼是因為她非常老了，耳朵大半都聾了。

蒂爾德說她會在告解中要求補贖，感覺自己的臉紅得發燙。

歌達很狠瞪著她，然後走到她的書桌前氣喘吁吁地坐下。她嘆息，交疊雙手，接著又非常鄭重地嘆息，說那些豬。

蒂爾德看著她。那些豬？

歌達說，這實在是很令人難過，她必須告訴院長，新生出來的那些小豬中，有三隻天生就有肩膀下垂的毛病，所以今天早上就會宰殺掉。

蒂爾德看著這位善良的助理副院長，竭力逼自己要有寬容的愛。她說她很慶幸歌達在監督修女院禽畜的表現這麼出色。

歌達懷疑地看著她，想確定這位年紀較輕的新院長不是在嘲笑，不過她最後點點頭，嘴巴略彎、幾乎形成微笑。她說她當助理副院長的時間比院長的年紀還長。五十六年的助理副院長。她親眼看著院裡從只剩一隻生病的母牛到擁有健康的三打牛。原先的四隻雞到現在有幾百隻。豬和山羊更是多得數不清。她不是個驕傲的人，但她的確做得還可以。或許比還可以更好，即使從來沒有人感謝她的辛勞。現在，她用小許多的聲音說，那是什麼氣味？好臭。院長身體不舒服嗎？歌達吃了甘藍也是會胃腸不舒服。

地爾德院長說她剛剛燒了個東西，但是不必擔心，那東西不重要。

她沒說謊，因為她已經仔細看過爐火，看到整本書都燒光，即使那書一度有重要性，現在也變得不重要了，再也不是一本書，而是灰燼了。這樣她就不必決定該怎麼處理前任院長所記錄那些奇異的幻象。隨著這本書燒掉，所有瑪麗的神賜幻象就彷彿不曾存在過。

塵歸塵，煙歸煙，她心想，然後感到一陣心痛，因為她辜負了自己的老友，辜負了那個消失的鬼魂。

這樣小小的火，將會難以察覺地為世界加熱，直到幾個世紀後，世界將會熱得無法容納人類。

在教室裡，見習修女們正在朗誦拉丁文的未完成被動直述動詞，第三變位：capiebar, capiebaris, capiebatur, capiebamur, capiebamini, capiebantur；臉上有雀斑的見習修女露西掐了有一雙大牛眼的見習修女桂蓮恩一把，然後兩位姑娘都掩著嘴巴偷笑。

在院長廚房裡，沒固定好袖子的廚工揉著麵團，揚起的麵粉在空中像是一陣薄霧，一個僕人用強壯的雙手捏破堅果殼，吃掉果仁，然後把殼扔進火裡，說著新任院長的八卦，說她雖然有王室血統，又當了幾十年的副院長，但她似乎對自己的新角色沒有把握。

那僕人說，事實上，蒂爾德跟老院長真是太不同了。啊，以前的瑪麗院長是她這輩子所見過最堅強的女人，據說曾有個熾天使跟瑪麗的母親睡覺，所以瑪麗才會高得出奇又身上發光。不，老院長受不了蠢人。當她走進一個房間時，空氣都緊繃得像鼓。但是那雙大腳卻像貓似的，即使年老病弱也還是靈活得有如十歲的小姑娘。她不只一次把所有僕人嚇得尿在褲子裡。

啊沒錯，她也曾是十字軍戰士，那個廚工很了解狀況地說。據說她那雙巨大的手在耶路撒冷殺掉了幾十個異教徒，甚至幾百個。她讓街道的血積到膝蓋那麼深。那位偉大的院長令人驚嘆又害怕。了不起啊，是個聖人。

但是一個新來的年輕洗碗姑娘說，她四處聽人說，其實老院長那套巨大會衣之下包著的不是女人，根本就不是，除此之外，她也聽說老院長瑪麗若不是女巫，就是魔鬼偽裝成修女，有人看過她頭巾底下、檢查過是否有魔鬼的角嗎？

那廚工丟出一根擀麵杖，擊中洗碗姑娘的額頭，吼著說要割掉那姑娘的舌頭，任何人都不准褻瀆她的神聖瑪麗，老院長曾把她和太多人從最慘的狀況裡救出來，挽救他們快餓死的一家人。這世上從沒見過這麼好的女人。她氣呼呼地說。

那姑娘咕噥著說她又沒說什麼，一面揉著頭上腫起的包。

在外頭的果園裡，個子小而動作敏捷的佩卓妮拉修女奔跑著，追上了正抱著一疊乾淨床單要去院長居所的愛莉思修女，同時匆忙四下看一圈，好確定沒人在看她們，她迅速吻了那年輕臉紅修女的嘴巴一下，然後繼續往前跑。

在羊欄裡，年輕的若海瑟修女躲在裡頭逃避她該做的雜務，膝上抱著一隻小羊，為她家中生病、日後將很快被聖母接走的妹妹而哭。

沒多久，有人看到一個小小的人影拉了鐘繩敲響，好通知所有修女第三時辰祈禱的時間到了。修女們聽到鐘聲，就各自結束手上的勞動、或拉丁文動詞變位朗誦、或哭泣。她們一個接一個朝小教堂走去。

慢慢地，隨著她們走到教堂，思緒便轉向了祈禱。

工作和時間仍繼續下去。

致謝

感謝Katie Bugyis博士，她的演講給了我這個故事的第一個靈感，而且她的著作《修女的關懷：中世紀英格蘭本篤會的女性聖工》（*The Care of Nuns: The Ministries of Benedictine Women in England during the Central Middle Ages*）又提供了進一步的啟發。她的才智和詳盡的註記，讓我在創作這本書時保持正確的方向；而所有的錯誤當然責任在我。

感謝哈佛大學雷德克里夫學院（Radcliffe Institute for Advanced Study）所提供了不起的駐校人才獎金，讓我有時間和能力開始這本書。謝謝我的大學生研究員Patricia Liu出色的工作表現和友誼。

謝謝古根漢基金會（Guggenheim Foundation）給了我更多時間。

謝謝我溫柔的朋友：康乃狄克州Abbey of Regina Laudis的修女們大方地歡迎我拜訪她們的訪客屋、彌撒、工作，向我展示修院生活的驚人之美。特別謝謝Lucia院長和Angele修女善良而誠懇地跟我交談。另外也要感謝J. Courtney Sullivan的介紹。

謝謝阿默斯特學院（Amherst College）法文系的Paul Rockwell博士私下指教了我

兩學期的古法語，就是他第一次介紹我認識我深愛的法蘭西的瑪麗。

謝謝我的讀者Laura van den Berg、Elliott Holt、T Kira Madden、Jamie Quatro，一次又一次地研究這本書。

謝謝我Riverhead出版社的家人，尤其是Sarah McGrath、Jynne Dilling Martin、Claire McGinnis。

謝謝Bill Clegg和Marion Duvert和Clegg Agency的其他所有人。

謝謝我父母在疫情肆虐全球期間，收留我們住在他們位於新罕布夏州的小小烏托邦裡。

謝謝Rebecca Ferdinand和Maria Clevenger照顧我們。

謝謝Clay、Beckett、Heath。

謝謝我的讀者們。

這本書要獻給我的姐妹們，包括實質上的姐妹，以及精神上的姐妹。

文學森林 LF0179

瑪麗迷宮
Matrix

作者
蘿倫・葛洛芙（Lauren Groff）

一九七八年生於紐約州，主修文學創作。出道作品《坦柏頓暗影》讓史蒂芬・金大為驚豔，入選AMAZON和美國獨立書商協會當月選書，也讓葛洛芙榮獲英國柑橘獎提名為最佳新人。

葛洛芙第三本長篇創作《完美婚姻》，因其富含寓意、挑戰文化價值的兩性議題，創新精巧的敘事結構，於二〇一五年上市首週，便空降《紐約時報》排行榜與AMAZON總榜，同年十月入圍美國國家書卷獎，年底榮獲美國總統歐巴馬選書，AMAZON年度選書，堪稱該年度小說最大贏家。

二〇一八年出版短篇小說集《佛羅里達》，榮獲該年故事獎，並憑此書二度入圍美國國家書卷獎決選；《瑪麗迷宮》是她第四部長篇小說作品，讓葛洛芙三度闖進美國國家書卷獎決選，獲頒喬伊斯・卡洛・奧茲文學獎、佛羅里達圖書獎金牌獎，入圍卡內基傑出獎章虛構類決選、浪達同志文學獎女同志小說類等大獎，並再度成為美國前總統歐巴馬年度愛書。

作品入選《美國最佳短篇小說》選集多次。她曾贏得保羅・鮑爾斯獎虛構類獎、美國筆會歐・亨利獎、「手推車」獎，美國國家書評人協會獎、《洛杉磯時報》好書獎提名。她曾被《格蘭塔》文學雜誌列為二〇一七年最佳年輕美國小說家之一。

譯者
尤傳莉

生於臺中，東吳大學經濟系畢業。著有《台灣當代美術大系：政治・權力》，譯有《依然美麗》、《當時，上帝是一隻兔子》、《完美婚姻》、《渺小一生》等多種。

封面設計　蕭旭芳
內頁排版　立全排版
主　編　詹修蘋
責任編輯　陳彥廷
行銷企劃　黃蕾玲
版權負責　李家騏
副總編輯　梁心愉

初版一刷　二〇二三年十月二日
定價　新台幣三八〇元

ThinKingDom 新經典文化
發行人　葉美瑤
出版　新經典圖文傳播有限公司
地址　10045臺北市中正區重慶南路一段五七號十一樓之四
電話　886-2-2331-1830　傳真　886-2-2331-1831
讀者服務信箱　thinkingdomtw@gmail.com
臉書專頁　http://www.facebook.com/thinkingdom/

總經銷　高寶書版集團
地址　11493臺北市內湖區洲子街八八號三樓
電話　886-2-2799-2788　傳真　886-2-2799-0909
海外總經銷　時報文化出版企業股份有限公司
地址　桃園市龜山區萬壽路二段三五一號
電話　886-2-2306-6842　傳真　886-2-2304-9301

First published by Riverhead Books, an imprint of Penguin Random House LLC
Translation rights arranged by The Grayhawk Agency and The Clegg Agency, Inc., USA.

譯者說明圖素取自Pngtree.com

Printed in Taiwan

瑪麗迷宮/蘿倫.葛洛芙(Lauren Groff)著；尤傳莉譯. -- 初版. -- 臺北市：新經典圖文傳播有限公司, 2023.10
296面；14.8*21公分. -- (文學森林；YY0279)
譯自：Matrix

ISBN 978-626-7061-88-6(平裝)

874.57　　112014669